Unverwüstlicher Kampfgeist

Rebecca Lange

Published by Rebecca Lange, 2024.

UNVERWÜSTLICHER KAMPFGEIST

First edition. September 30, 2024.

Copyright © 2024 Rebecca Lange.

ISBN: 978-1957089508

Written by Rebecca Lange.

Inhaltsverzeichnis

Für die Träumer die spannende Romanzen lieben ...

1

Schreckliche Nachrichten

Kate blickte mit brennenden Augen auf das Telegramm in ihrer Hand. Sie hatte sich schon gewundert, warum sie so lange nichts von ihrem Vater gehört hatte, aber sie wusste auch, dass ihn die Ranch manchmal einfach zu sehr in Anspruch nahm.

Kate,

> *wir haben herausgefunden, dass Oliver Drysdale die Telegramme und Post an dich in den letzten Wochen nicht weitergeleitet hat. Er wurde sofort von Michael Johnson entlassen, aber leider müssen wir dir mitteilen, dass dein Vater vor drei Wochen bei einem Postkutschen-Raubüberfall ums Leben kam. Crystal und dein Onkel haben die Beerdigung bereits eine Woche später vollzogen. Brief folgt.*

Ridge

Sie konnte es einfach nicht fassen. Wieso hatte keiner versucht, sie anderweitig zu erreichen? Sie machte dem Vormann ihres Vaters keinerlei Vorwürfe und wusste, dass er alles versucht hatte, aber ihrer Stiefmutter und ihrem Onkel traute sie es durchaus zu, diese Information mit Absicht nicht weitergegeben zu haben.

Kate ballte ihre Fäuste, während sie krampfhaft versuchte, ihre Tränen zurückzuhalten. Am liebsten wäre sie sofort in den nächsten Zug gestiegen, um nach Hause zu fahren, aber ihre Großeltern brauchten sie.

Sie schloss für einen Moment die Augen, um sich zu sammeln. Vor drei Jahren hatte sie ihre Heimat verlassen, um auf ein Mädchen-College in San Francisco zu gehen. Sie wollte alles lernen, was man für die Ranchführung wissen musste, besonders was das Geschäftliche betraf. Als einziges Kind ihrer Eltern wusste sie, dass sie eines Tages die Ranch ihres Vaters übernehmen würde.

Da die Eltern ihrer Mutter in San Francisco lebten, musste sie somit auch nicht in der Schule wohnen. Als Dank kümmerte sie sich um das alte Ehepaar. Während der ersten zwei Collegejahre waren ihre Großeltern auch noch sehr fit, aber das hatte sich in den letzten Monaten rapide geändert.

Kate hatte schon mehrere Male an ihre Onkel und Tanten geschrieben, aber außer dem jüngsten Bruder ihrer Mutter hatte niemand ihre Großeltern besucht. Sie verstand, dass die zwei Töchter nicht kommen konnten, da sie in Boston und

Philadelphia wohnten und ihre älteste Tante sogar im Rollstuhl saß, aber der älteste Sohn wohnte in Sacramento.

Er war Arzt und konnte sich die kurze Reise sehr wohl leisten. Dennoch schien er in keiner Weise daran interessiert zu sein, wie es seinen Eltern ging. Kate wusste, dass ihre Mutter es nie versäumt hätte, ihre Eltern regelmäßig zu besuchen, aber leider war sie direkt nach der Geburt von Kate verstorben.

Auch ihre Cousins ließen sich nie blicken, was sie sehr ärgerlich machte. Der älteste Sohn ihres Onkels studierte sogar in San Francisco, aber er war nur zweimal zu Besuch gekommen, seit Kate bei ihren Großeltern war.

Es war am Tag ihrer Ankunft gewesen. Ihr Vater hatte sie nach San Francisco begleitet und Jared war am selben Abend vorbeigekommen. Sie hatten sich eigentlich sehr gut verstanden und eine angenehme Zeit gehabt.

Am nächsten Abend kam er wieder vorbei, war aber von Anfang an sehr unfreundlich und aggressiv. Er legte sich dann ziemlich schnell mit ihrem Vater an und machte keinen Hehl daraus, dass er die Meinung vertrat, dass er als ältester männlicher Cousin die Ranch seines Onkels übernehmen sollte und nicht Kate.

Steven gab ihm daraufhin, unmissverständlich zu verstehen, dass Jared keinerlei Anspruch auf irgendwas hatte und Kate sehr wohl in der Lage war, die Ranch eines Tages zu übernehmen. Da Jared niemals zuvor in irgendeiner Weise Interesse an der Ranch seines Onkels signalisiert hatte, warf er seinem Neffen vor, die

Ranch nur übernehmen zu wollen, da sie mittlerweile viel Geld einbrachte und ein großer Erfolg geworden war.

Kates Vater ließ ihn wissen, dass er seine harte Arbeit niemals jemandem geben würde, der es nicht zu schätzen wusste. Jared hatte außerdem überhaupt keine Ahnung von Ranchführung, da er sein ganzes Leben in der Stadt und nie auf dem Land gewohnt hatte. Er setzte dann noch einen drauf und informierte seinen Neffen, dass er einige Brüder hatte, die, wenn überhaupt, vor ihm dran wären, da sie blutsverwandt waren.

Als Jared daraufhin auch noch Streit mit Kate suchte und ihr ein paar abwertende und sogar hasserfüllte Bemerkungen über Frauen an den Kopf warf, hatte Kates Großvater die Nase voll und verwies seinen Enkel des Hauses. Er sagte Jared, er könne nur wieder kommen, wenn er bereit war, sich bei Steven und Kate zu entschuldigen.

Jared ließ sich daraufhin niemals wieder bei Kates Großeltern sehen. Kate vermutete auch, dass das ein großer Grund war, warum ihr Onkel und der Rest der Familie nie zu Besuch kamen. Offenbar nahm die gesamte Familie es ihrem Großvater übel, dass er seinen Enkel hinausgeworfen hatte.

Kate war darüber fassungslos. Es war unglaublich, dass manche Menschen glaubten, sie hätten etwas verdient, nur weil sie ein Mann oder mit jemandem verwandt waren.

Es erstaunte sie auch jedes Mal von Neuem, wenn bestimmte Leute meinten, sie könnten tun und sagen, was immer sie wollten, aber schwer beleidigt waren, wenn sich jemand anderes das gleiche Recht nahm.

Wenigstens hatte sich Jared seitdem komplett zurückgezogen, im Gegenteil zu dem Bruder ihres Vaters.

UNVERWÜSTLICHER KAMPFGEIST

Todd war der jüngste Bruder ihrer Mutter. Er war ein US-Marshall und beruflich sehr beschäftigt und doch kam er nach San Francisco, wann immer es ihm möglich war. Er unterstützte seine Eltern auch finanziell, worüber Kate sehr dankbar war, da sie das alles sonst hätte gar nicht meistern können.

Sie hatte ihren Onkel vorher kaum gekannt, aber seit sie bei ihren Großeltern wohnte, hatte sich mittlerweile eine innige Verbindung zu ihm entwickelt.

Ein leiser Seufzer entfuhr der jungen Frau. Sie wusste nicht, wie sie sich jetzt verhalten sollte. Ihre Großeltern bauten immer mehr ab und wenn sie erfuhren, dass Kates Vater gestorben war, könnte das durchaus ihren Gesundheitszustand verschlimmern. Aber war es Recht, so eine Nachricht zurückzuhalten?

Sie entschloss sich, ein Telegramm an ihren Onkel zu schicken und ihn um Rat zu fragen. Sie wollte nicht schuld daran sein, dass es ihren Großeltern immer schlechter ging, aber sie wollte auch nicht, dass sie sich so fühlen mussten, wie sie sich gerade fühlte.

Kate schluckte schwer. Wenn sie nur ihre Tränen herauslassen könnte, aber sie war mitten in der Stadt und hatte sich vor Jahren geschworen, dass sie Gefühlsausbrüche dieser Art niemals in der Öffentlichkeit zeigen würde.

Sie ging zum Telegrafenamt zurück und schickte noch schnell eine Nachricht an Ridge bevor sie ihrem Onkel schrieb.

Kate hatte kaum die Tür zum Hause ihrer Großeltern geöffnet, als sie auch schon schluchzen hörte. Hoffentlich war ihre Großmutter nicht wieder gefallen. Sie eilte in das Schlafzimmer der alten Frau und setzte sich zu ihr ans Bett.

„Was ist geschehen, Großmama? Hast du dir weh getan? Bist du wieder gefallen?" Sie blickte besorgt in das runzelige Gesicht, doch ihre Großmutter schüttelte nur mit dem Kopf.

„Warum hast du uns nicht davon erzählt?"

„Wovon?"

„Dass dein Vater gestorben ist. Warum hast du das für dich behalten? Wir haben gerade ein Telegramm von Crystal erhalten." Die alte Dame hob einen Zettel hoch und Kate schluckte.

„Ich habe es auch gerade erst erfahren." Sie zeigte ihr eigenes Telegramm und ließ es ihre Großmutter lesen. Einen Augenblick später trat auch ihr Großvater ins Zimmer.

„Wieso hat der Telegrafist in Black Hawk Post an dich nicht weitergeschickt?"

Kate zuckte mit den Schultern. „Ich bin mir nicht ganz sicher, aber Crystal und Gregory sowie Crystals Vater haben schon so manches auf dem Kerbholz. Ihnen würde ich es durchaus zutrauen, es mit Absicht gemacht zu haben. Crystal mochte mich von Anfang an nicht."

„Sie ist ein abscheuliches Weib", brach es plötzlich aus dem alten Mann heraus. „Wir kennen sie vielleicht nicht so gut, aber mit dieser Heirat hat sich dein Vater wirklich den Teufel ins Haus geholt."

Kate nickte. Ihr ganzes Leben lang hatte sie sich gewünscht, ihre leibliche Mutter kennengelernt haben zu können. Alles, was man ihr über ihre Mutter erzählt hatte, verursachte bei ihr Heimweh. Heimweh nach jemandem, den sie persönlich überhaupt nicht kannte. Die zweite Frau ihres Vaters war arrogant, selbstsüchtig und manipulierend.

Crystal war nur zehn Jahre älter als Kate und es gewohnt, im Mittelpunkt zu stehen. Sie erwartete von allen, wie eine Prinzessin behandelt zu werden. Kate war in Black Hawk aufgewachsen und sehr beliebt und somit gerieten die beiden Frauen regelmäßig aneinander, wenn sie zusammen an einer Veranstaltung teilnahmen.

Crystal wollte von den Männern vergöttert werden, aber da sie verheiratet war, hielt sich die männliche Bevölkerung von ihr fern. Eine Ausnahme war der jüngste Bruder ihres Vaters, der sich zwei Jahre nach der Hochzeit von Crystal und Steven Cooper auf der Ranch eingenistet hatte. Am Anfang arbeitete er noch in einer Mine, aber nachdem Crystal ihm sehr deutlich gemacht hatte, dass sie an ihm interessiert war, wurde er auch immer träger und stellte das Arbeiten irgendwann ganz ein.

Kate war sich ziemlich sicher, dass die beiden ein Verhältnis hatten und es auch vor ihrem Vater nicht verheimlichten. Leider ließ sich Steven nie in die Karten sehen. Sie verfolgte einmal eine Diskussion zwischen Ridge und ihrem Vater, in dem der Vormann seinem Freund und Boss die Leviten las und ihn aufforderte, sich endlich von Crystal zu trennen und die Scheidung einzureichen, aber ihr Vater weigerte sich.

Bei Kates letztem Besuch fand sie dann ein paar Antworten, warum ihr Vater Crystal so viel durchgehen ließ. Offenbar hatte sich Steven die Suppe selbst eingebrockt, zumindest glaubte er das. Er hatte Pläne, seine Ranch auch für die Holzlieferung und Herstellung zu nutzen und versuchte, mit dem Vorstandsvorsitzenden der Denver und Rio Grande Railroad ins Geschäft zu kommen, Crystals Vater.

Nach nur wenigen Monaten schien Stevens Plan aufzugehen und der ältere Mann fing an, auf Kates Vater und seine Ziele einzugehen. Plötzlich war dann auch die Rede davon, dass Steven und Crystal heiraten würden, was dann auch geschah.

Nicht lange nach der Hochzeit hatten Steven und Crystal dann eine heftige Auseinandersetzung, da Kates Vater bemerkt hatte, wie verschwenderisch seine Frau mit seinem Geld umging. Er machte ihr unmissverständlich klar, dass er das nicht dulden würde, da er auch für seine Tochter sorgte und seine Angestellten bezahlen musste.

Crystal war das ganz gleich und sie begann ihn zu manipulieren. Als Steven ihr dann mit der Scheidung drohte, mischte sich Crystals Vater ein und machte kein Geheimnis daraus, dass er Stevens Leben zur Hölle machen würde, sollte er es tatsächlich wagen, diesen Schritt zu gehen. Obwohl Steven schon lange keine Schulden mehr hatte, drohte Herman Clarkson damit, ihn zu ruinieren.

UNVERWÜSTLICHER KAMPFGEIST

Kate erkannte, dass ihr Vater nicht aus Angst nachgab, sondern aus Dickköpfigkeit.

Er hatte nicht vor, sich sein Geschäft und seine Ranch ruinieren zu lassen und somit begann auch er ein nicht ganz ehrliches Spiel zu spielen.

Er öffnete ein zweites Konto und sorgte dafür, dass das meiste seiner Einnahmen dort eingezahlt wurde. Crystal wusste auch nicht, wie viel er wirklich verdiente. Steven behielt ein Auge auf das offizielle Familienkonto, damit immer genug Geld darin war, aber auch nicht zu viel, denn sonst nahm seine Frau überhaupt keine Rücksicht auf ihn oder sein Geschäft. Ridge und Kate waren die Einzigen, die darüber Bescheid wussten.

Kate blickte auf, als ihr Großvater noch etwas sagte. Sie musste sich erst einen Moment sammeln, da sie in ihren Gedanken komplett abgeschweift war.

Obwohl der alte Mann versuchte, körperlich fit zu wirken, konnte sie ihm und auch ihrer Großmutter ansehen, dass die Nachricht über ihren Vater genau das angerichtet hatte, was sie befürchtet hatte. Sie konnte sehen und spüren, dass ihre geliebten Großeltern nicht mehr lange unter den Lebenden weilen würden.

2

Tod und Abschied

K ate blickte auf den Sarg ihres Großvaters. Ihr Herz schmerzte furchtbar und die Tränen liefen ihre Wangen hinunter. Gerade erst eine Woche war es her, dass sie ihre Großmutter beerdigt hatten, aber ohne seine Frau wollte ihr Großvater offenbar auch nicht weiterleben.

Die Trauerpredigt des Pastors war rührend, aber Kate fühlte sich verlassen und einsam. Nicht einer der Kinder oder Enkelkinder war zu der Beerdigung ihrer Großmutter gekommen. Todd hatte ein Telegramm geschickt und gesagt, dass er es versuchen würde, aber da es mit Kates Großmutter dann doch schneller als gedacht zu Ende ging, schaffte er es nicht. Von ihrem Onkel in Sacramento hörte sie nicht einmal.

Kate sah sich um, als der Pastor zum Ende seiner Rede kam. Nur die Kirchengemeinde war anwesend sowie ein paar Freunde.

Als der Pastor ihr die Schaufel reichte, war sie dem Zusammenbruch nahe. Sie konnte spüren, wie ihr Blut immer tiefer zu sacken schien und alles begann sich um sie zu drehen. Sie versuchte krampfhaft die Schluchzer zu unterdrücken und das nahm ihr den Atem.

UNVERWÜSTLICHER KAMPFGEIST

Kate durfte jetzt nicht ohnmächtig werden. Nicht vor allen Leuten. Sie musste es schaffen, stark zu bleiben. Kate merkte, dass ihr Gehirn zwar reagierte, aber ihr Körper nicht gehorchte. Ihre Beine knickten weg. Der Pastor und Jugendpastor traten sofort neben sie und ergriffen ihre Arme, damit sie nicht wegsacken konnte.

Warum musste sie das alles alleine bewältigen? Warum stand ihr niemand zur Seite? Ihr Herz fühlte sich an, als ob es in tausend Stücke zersprungen war. Sie hatte ihr Bestes gegeben und ihren Großeltern bis zum Ende beigestanden und sie gepflegt.

Sie hatte versucht, tapfer zu sein, aber es war nicht nur der Verlust ihrer Großeltern, der ihr auf die Seele drückte, sondern auch der Tod ihres Vaters.

Kate schnappte nach Luft. Sie hörte die Stimme des Jugendpastors, der ihr zuredete, es herauszulassen, aber sie wusste, wenn sie jetzt anfing zu weinen, würde sie so schnell nicht wieder aufhören können.

Als ihre Beine wieder nachgeben wollten, winkte der Pastor den Arzt heran. Bevor er Kate jedoch erreicht hatte, wurde sie plötzlich fest von jemandem in die Arme gezogen. Ein Blick in sein Gesicht genügte und alles brach aus ihr heraus. Er trat ein wenig zur Seite, ohne sie loszulassen, nahm dem Pastor die Schaufel ab und schaufelte zweimal ein bisschen Erde in das Grab und über den Sarg. Erst dann umfasste er sie mit beiden Armen und zog sie fest an seine Brust.

Kate brauchte eine lange Zeit, bis sie sich wieder gefangen hatte. Die Trauergäste hatten sich bereits verabschiedet und auch die beiden Pastoren hatten sich zurückgezogen. Der Regen hatte eingesetzt, aber weder Kate noch der junge Mann ließen sich davon beeindrucken. Als Kate das Gefühl hatte, sich wieder unter Kontrolle zu haben, blickte sie auf.

„Onkel Todd, wie bin ich froh, dass du hier bist."

Er drückte sie liebevoll an sich. „Es tut mir so leid, dass ich es vorher nicht geschafft habe. Ich habe mir furchtbare Sorgen um dich gemacht. Ich könnte meinen Bruder umbringen, dich mit allem alleine gelassen zu haben."

Sie verzog verächtlich ihr Gesicht. „Onkel Howard hat sich in drei Jahren hier nicht sehen lassen. Seine Patienten und Kollegen waren ihm wichtiger als seine eigenen Eltern. Großmama hat schrecklich darunter gelitten." Ihre Augen schweiften einen Moment ab, bevor sie ihm ein kleines Lächeln schenkte.

„Aber über deine Besuche hat sie sich immer so unsagbar gefreut und Großvater auch. Er war ja immer eher ruhig und hat nicht viel von seinen Kindern geredet, aber über dich hat er immer Loblieder gesungen. Er war so schrecklich stolz auf dich."

Todd drückte sie noch einmal fest an sich. „Ich hatte so gehofft, nach San Francisco versetzt zu werden, damit ich meinen Eltern näher sein konnte, aber leider hat das nie geklappt. Ich habe jetzt aber um meine Versetzung nach Denver gebeten."

UNVERWÜSTLICHER KAMPFGEIST

Kates Augen leuchteten auf. „Wirklich? Das wäre wundervoll, dann könnten wir uns wenigstens gelegentlich sehen. Du bist ja schließlich der Einzige aus der Familie meiner Mutter, der mir geblieben ist. Und jetzt, wo mein—"

Sie verstummte und spürte, wie ihr die Tränen wieder in die Augen stiegen. Todd hob mit seinem Finger ihr Kinn höher, damit er in ihre blauen Augen blicken konnte.

„Es tut mir so unsagbar leid, dass du jetzt auch noch deinen Vater verloren hast. Was Gott dir an Prüfungen geschickt hat, ist wirklich kaum zu ertragen."

Kate wischte sich schnell die Tränen ab und lächelte ihn schwach an. *„Die aber, die auf den Herrn hoffen, empfangen neue Kraf; wie Adlern wachsen ihnen Flügel. Sie laufen und werden nicht müde, sie gehen und werden nicht matt."*[1]

Todd drückte ihr einen Kuss auf die Stirn. „Das war die Lieblingsschriftstelle deiner Mutter."

„Wirklich?"

Er nickte. „Lauren hatte auch so einen starken Glauben wie du. Egal, wie schwierig ihr Leben auch war, oder wie sehr sie geprüft wurde, ich hatte das Gefühl, dass ihr Glauben an Gott eher gefestigt wurde, als dass sie sich von ihm abwandte. Wusstest du, dass sie, bevor du geboren wurdest, drei oder vier Kinder verloren hat? Sie wollte so gerne Kinder und es brach ihr jedes Mal das Herz, wenn sie merkte, dass sie ein Kind erwartete, es dann aber nach ein paar Wochen wieder verlor."

Kate schüttelte ihren Kopf. „Das ist ja furchtbar."

Er nickte. „Das war es, aber sie gab die Hoffnung nie auf und war überglücklich, als sie dich dann in den Armen hielt."

Kates Gesichtsausdruck verdunkelte sich plötzlich. „Leider hielt dieses Glück nur ein paar Stunden."

„Meine Mutter erzählte mir, als ich erwachsen war, dass Lauren schon lange krank gewesen war, es aber deinem Vater und ihrem Vater gegenüber verheimlichte. Sie war dankbar, dass sie deine Geburt noch erleben durfte und somit deinem Vater etwas von ihr dalassen konnte."

Nachdem sie den Friedhof verlassen hatten, lud Todd sie spontan zum Essen ein. Sie lächelte ihm dankbar zu, denn Kochen war überhaupt nicht ihre Leidenschaft. Sie hatte es während der letzten drei Jahre fast jeden Tag machen müssen, damit ihre Großeltern versorgt waren, aber sie vermisste die Haushälterin und Köchin ihres Vaters.

Todd führte sie in ein Restaurant, in dem sie noch nie zuvor gewesen war, und die beiden fanden auch gleich einen Tisch.

Kate spürte schnell, dass viele der Restaurantbesucher sie beobachteten. Es machte sie etwas unbehaglich, aber da ihr Onkel sein Marshall Anzeichen an seiner Anzugjacke trug und man ihm ansehen konnte, dass er zu den US-Marshall gehörte, folgerte sie, dass man sie deswegen so an starte. Todd war mit seinen 28 Jahren auch einer der jüngsten Marschalls und das trug sicherlich auch dazu bei, dass er die Aufmerksamkeit auf die beiden zog.

Nachdem der Kellner die Bestellung aufgenommen hatte, lehnte sich der junge Mann in seinem Stuhl zurück.

„Ich kann dir gar nicht genug danken, Kate. Was du in den letzten drei Jahren geleistet hast, ist bemerkenswert. Du hast dich ja nicht nur um meine Eltern rührend gekümmert, sondern nebenbei auch noch das College abgeschlossen und mit Auszeichnung bestanden."

Kate blickte ihn verwundert an. „Woher weißt du denn, wie ich bestanden habe?"

Er grinste ihr zu. „Ich konnte leider nicht oft nach San Francisco kommen, aber ich habe Ma und Pa regelmäßig geschrieben und die Briefe, die ich erhalten habe, machten es sehr deutlich, wie stolz meine Eltern auf dich waren. Sie haben dich in jedem Brief in den höchsten Tönen gelobt."

Verlegen blickte sie auf ihren Teller. Sie spürte sehr wohl, wie sich ihre Wangen erwärmten.

„Ich glaube, Großmama und Großvater haben da wohl etwas übertrieben."

„Das denke ich nicht. Meine Eltern haben dich vergöttert. Du warst das einzige Enkelkind, das ihnen zeigte, wie sehr du sie liebtest und auch schon all die Jahre, bevor du nach San Francisco kamst, mit ihnen Kontakt gehalten hast."

„Sie waren die einzigen Großeltern, die ich noch hatte und durch sie habe ich auch ganz viel über meine Mutter erfahren. Mein Vater hat fast gar nicht über Mama gesprochen."

Todd nickte. „Ich weiß, wie tief es Steven getroffen hat, als Lauren starb. Ich war zwar selbst noch ein Kind, aber Ma und Pa haben es oft erwähnt, da er ihnen so unendlich leid tat."

Sie schwiegen einen Moment und dann kam auch schon der Kellner wieder, um ihnen ihr Essen zu bringen. Als sie dann wieder alleine an ihrem Tisch waren, räusperte sich Kate.

„Onkel Todd", fing sie an, aber er unterbrach sie sogleich.

„Ich denke, es ist an der Zeit, dass du den Onkel weglässt. Ich bin gerade mal neun Jahre älter und jetzt, wo du erwachsen bist, hört sich das einfach komisch an."

Sie zuckte mit den Schultern. „Das kann ich nicht so einfach abstellen, schließlich habe ich dich so lange ich denken kann so genannt." Ihre Augen funkelten schelmisch und er grinste.

„Ich bin mir sicher, dass dir das leichter fallen wird, als du jetzt denkst. Sonst muss ich eben ein wenig nachhelfen."

„Ach ja? Und wie willst du das machen?" Sie sah ihn herausfordernd an und er wollte gerade antworten, als sie unterbrochen wurden.

„Marschall Todd Carter, was für eine nette Überraschung."

Kate blickte auf, als sie die tiefe Stimme neben sich hörte und sah, dass ein älterer Herr an ihren Tisch getreten war. Er schien ebenfalls ein US-Marschall zu sein.

Todd stand auf und die beiden Männer umarmten sich freudig. „Marschall Brock Whitmer. Was bringt dich denn nach San Francisco?"

Der Ältere grinste verschmitzt. „Ich wurde hierher versetzt. Jetzt, wo unsere Kinder aus dem Hause sind, haben meine Frau und ich uns entschieden, in San Francisco in die Rente zu gehen. Drei unserer vier Kinder leben hier und somit passt das ausgezeichnet."

„Du hast bei den Marschalls bereits aufgehört?" Todd schien überrascht zu sein, aber Brock schüttelte seinen Kopf.

„Nein, bisher nicht. Zwei Jahre habe ich noch und dann werde ich noch einige Jahre als Sheriff arbeiten. Mein Schwiegersohn hat mir bereits eine Stelle beschafft, da der alte Sheriff in zwei Jahren aufhören wird."

Bevor Todd noch etwas sagen konnte, bemerkte Brock Kate und wandte sich ihr zu. „Carter, ich wusste gar nicht, dass du verheiratet bist. Wie hast du es geschafft, dir so ein hübsches Mädchen zu angeln?"

UNVERWÜSTLICHER KAMPFGEIST

Kate, die gerade ein Schluck Wasser getrunken hatte, verschluckte sich heftig und ihre Wangen standen in Flammen. Todd war sofort neben ihr, aber sie winkte ihn ab. Nachdem sie dann das Gefühl hatte, wieder vernünftig atmen zu können, blickte sie dem älteren Mann gerade ins Gesicht.

„Wir sind gewiss nicht verheiratet. Todd ist mein Onkel. Wie kommen Sie überhaupt darauf?"

Ihre Augen funkelten gefährlich und ihr Gesichtsausdruck machte es unmissverständlich klar, dass weder Todd noch Brock etwas Falsches sagen sollten. Trotzdem grinsten die beiden Männer.

„Ihr gebt einfach ein schönes Paar ab", gab Brock trocken zurück. „Dass Todd Ihr Onkel sein könnte, hätte ich gewiss nicht gedacht."

Kate war noch immer puterrot im Gesicht, aber sie fühlte sich auch etwas verärgert. Brock ergriff ihre Hand.

„Ich hatte nicht vor, Ihnen nahezutreten oder Sie verlegen zu machen. Es tut mir aufrichtig leid, falls ich Sie verärgert haben sollte."

Kate holte tief Luft, lächelte dann aber. „Es tut mir auch leid, dass ich so heftig reagiert habe. Ich habe damit einfach nicht gerechnet."

Brock zwinkerte ihr zu und verabschiedete sich. Todd ging mit ihm noch vor die Tür. Als sie alleine war, blickte sich Kate wieder im Restaurant um. Offenbar war Brock nicht der Einzige gewesen, der so über sie und Todd gedacht hatte. Die anwesenden jungen Frauen folgten dem jungen Marschall mit dem Blick und es war so etwas wie Erleichterung auf ihren Gesichtern zu lesen.

„Warum hast du nichts gesagt?" Kate blickte ihn etwas aufgebracht an, als er an den Tisch zurückkehrte und Todd konnte nur mit Mühe ein Grinsen unterdrücken.

„Worüber?"

Die junge Frau schüttelte ihren Kopf. „Das weißt du ganz genau. Warum hast du nicht sofort klargestellt, dass du mein Onkel bist?"

„Ich wollte sehen, wie du reagierst, aber ich habe ihm eben dann noch alles ausführlich erklärt."

„Ach wirklich?" Kates blaue Augen funkelten noch immer gefährlich und dieses Mal grinste er sie frech an.

„Ist es denn wirklich so schrecklich, wenn eine Person so über uns denkt? Wir kennen doch die Wahrheit."

„Es ist nicht nur eine Person, sondern das ganze Restaurant. Und ja, ich empfinde es als furchtbar, wenn Leute denken, wir könnten ein Paar sein. Wir sind schließlich miteinander verwandt."

„Früher war das gar nicht so ungewöhnlich", neckte er sie, aber Kate war nicht amüsiert. Bevor sie etwas erwidern konnte, sprach er allerdings schon weiter.

„Du musst lernen, das alles mit Humor zu nehmen, Kate. Bis ich irgendwann alt und grau bin, werden uns sicher noch so manche als Paar sehen. Ich bin nun einmal ein junger Marschall und du eine hübsche junge Frau. Aber wenn es dich zu sehr bekümmert, kann ich mir vielleicht ein zweites Abzeichen machen lassen. Anstatt *US-Marshall* sagt es dann *unverheirateter US-Marschall – zurzeit auch ohne Freundin oder Verlobte*."

UNVERWÜSTLICHER KAMPFGEIST

Er beobachtete Kate sehr genau und sah, wie es um ihren Mundwinkel zuckte. Als sie ihm dann in die Augen schaute und er ihr verschmitzt zuzwinkerte, lachte sie plötzlich laut los. Selbstverständlich zog das automatisch die Aufmerksamkeit von anderen Gästen auf sie und sie hielt sich die Hände vors Gesicht, um sich wieder unter Kontrolle zu bekommen.

Todd selbst konnte sein Grinsen auch nicht unterdrücken. Als Kate sich wieder beruhigt hatte, warf sie ihm einen vorwurfsvollen Blick zu.

„Das war deine Schuld, Onkel—" fing sie an, verbesserte sich aber sogleich, als sie seine hochgezogene Augenbraue bemerkte. „Todd."

„Wieso war das meine Schuld? Ich kann doch nichts dafür, dass du plötzlich laut loslachst."

Kates Augen blitzten amüsiert. „Über deinen dummen Spruch musstest sogar du grinsen."

Als die beiden das Haus erreichten, blieb Kate plötzlich stehen. Sie hatte seit dem Tod ihres Großvaters im Hotel geschlafen, da sie die Einsamkeit nicht hätte ertragen können. Sie wusste, dass Todd ebenfalls in seinem Elternhaus übernachten würde, aber der Gedanke, dass ihre geliebten Großeltern nun nicht mehr da waren, traf sie auf einmal sehr hart. Kate bemühte sich, die Tränen zurückzuhalten, dennoch liefen sie ihr die Wangen hinunter.

Todd hielt sofort inne, als er merkte, dass mit Kate etwas nicht stimmte und wandte sich ihr zu.

„Kate, geht es dir nicht gut?", fragte er besorgt, doch die junge Frau schüttelte nur ihren Kopf.

„Mir ist lediglich gerade so richtig bewusst geworden, dass Großmama und Großvater jetzt wirklich nicht mehr da sind. Ich habe seit Großvaters Tod im Hotel geschlafen."

„Oh Kate." Er zog sie fest in seine Arme und gegen seine Brust. Obwohl sie sich bemühte, die Schluchzer zu unterdrücken, klappte es nicht so, wie sie es gerne gewollt hätte. Todd musste ihren inneren Kampf gefühlt haben, denn er hob sachte ihr Kinn in die Höhe.

„Du musst nicht mehr für drei stark sein. Es ist in Ordnung, die Gefühle herauszulassen."

Er wartete geduldig, bis Kates Tränen versiegt waren. „Hast du hier im Haus noch etwas, was dir gehört?"

„Ich habe heute Morgen meine Koffer hergebracht, da ich dachte, hier noch eine Nacht zu schlafen, bevor ich morgen dann nach Colorado zurückkehre, aber ich glaube, ich würde nur die ganze Nacht weinen."

Er nickte. „Ich habe meine Tasche vorsorglich gleich beim Hotel gelassen. Lass mich deine Koffer herausholen und dann gehen wir gemeinsam zum Hotel." Er drückte ihre Hand und verschwand im Haus, bevor sie etwas erwidern konnte. Wenige Augenblicke später erschien er vor der Tür und hielt dann eine Kutsche an, damit sie nicht die ganze Strecke laufen mussten.

Nachdem die beiden ihre Zimmer bezogen hatten, trafen sie sich in einem gemütlichen Gemeinschaftsraum, in dem auch eine Bar war, und nahmen auf einem Sofa Platz. Kate blickte sich neugierig um, aber außer ein paar Männern an der Bar war keiner im Raum.

„Möchtest du wirklich morgen schon abreisen? Ich hatte gehofft, noch ein paar Tage Zeit mit dir verbringen zu dürfen."

Kate seufzte leise. „Ich war seit einem Jahr nicht mehr in Black Hawk und mit dem Tod meines Vaters, muss ich sehen, dass sich Crystal und mein nichtsnutziger Onkel nicht alles unter die Finger reißen."

„Meinst du, dass sie das tun würden? Ich meine so schnell nach dem Tode deines Vaters?"

Kate nickte energisch. „Leider ja. Du kennst sie ja nicht, aber ich traue das beiden ohne Weiteres zu. Unser Vormann Ridge wird ihnen sicherlich auf die Finger hauen, wenn sie das versuchen sollten, aber lange wird er auch nichts ausrichten können."

„Mal sehen, ob ich meine Versetzung beschleunigen kann und wenn nicht, werde ich einfach bei den Marshalls aufhören. Mein Vertrag läuft ohnehin in ein paar Wochen ab."

Kate runzelte die Stirn. „Du kannst doch meinetwegen nicht deinen Job aufgeben. Du brauchst dir um mich gewiss keine Gedanken zu machen. Ridge und seine Frau Diana sind wie Eltern für mich und werden mich nicht aus den Augen lassen. Aber ich würde auch ohne die beiden zurechtkommen."

Todd zog eine Augenbraue hoch und blickte sie fest an. „Unterschätze das mal nicht. Du warst jetzt drei Jahre fort und hast wenig auf der Ranch ausgeholfen."

„Ich war auf dem College, um genau das zu lernen, was ich nun übernehmen muss. Mein Vater hat mir während meiner Besuche immer wieder gezeigt, wie man die Buchführung und alles Geschäftliche macht und ich habe mein ganzes Leben auf der Ranch gewohnt und auch mitgeholfen."

„Das bedeutet aber nicht, dass du jetzt ganz alleine die Ranchführung übernehmen kannst. Viele Aufgaben sind für Männer gedacht und nicht für so zierliche Frauen wie du es bist."

„Ich bin weder zierlich noch zimperlich und auch nicht alleine. Ridge wird mir mit Rat und Tat zur Seite stehen."

„Doch du bist zierlich und eine hübsche junge Frau. Cowboys und andere Männer, mit denen du arbeiten wirst, werden versuchen, dich zu betrügen. Männer in dieser Branche sind oft unberechenbar und nehmen auf Frauen keine Rücksicht. Als Marschall habe ich leider auch oft erlebt, wie schamlos sich diese Männer an wehrlose Frauen herangemacht haben."

Kate wollte etwas sagen, aber er war mit seinen Ausführungen noch nicht zum Ende gekommen. „Ich bitte dich einfach, nichts Unüberlegtes zu tun, Kate. Rancharbeit ist hart und kann mitunter sehr gefährlich werden, wenn man mit Rindern und Pferden arbeitet."

Obwohl er Kates wirkliches Temperament nicht kannte, sollte er davon jetzt eine Kostprobe bekommen, denn sie war kurz davor, in die Luft zu gehen. Nur weil sie wusste, dass er es im Prinzip gut meinte, hielt sie sich etwas zurück.

„Hast du schon einmal auf einer Ranch gearbeitet?" Kate blickte ihn herausfordernd an, ihre Augen funkelten gefährlich. Todd schüttelte den Kopf, doch eine Antwort brachte er nicht heraus, da Kate schon weitersprach.

„Woher willst du dann wissen, dass ich als Rancherin nicht geeignet bin? Ich bin mir über die Schwierigkeiten durchaus bewusst. Wie zuvor erwähnt, habe ich seit meiner Kindheit alles mit meinem Vater mitgemacht oder zugesehen, bis ich alt und stark genug war, um es selbst zu tun."

Sie rümpfte ihre Nase.

„Ich habe mich schon als Fünfzehnjährige gewissen Männern stellen müssen, da mein Vater und Ridge wollten, dass ich lerne, mich durchzusetzen und mich nicht beschwindeln lasse. Ich gehe gewiss keine Risiken ein oder bringe mich absichtlich in Gefahr, aber mein Ziel und der Wunsch meines Vaters war es von Anfang an, dass ich einmal die Ranch übernehmen würde. Und du, der keinerlei Ahnung von Ranchführung hat, meinst mich bevormunden zu müssen?" Ihr Gesichtsausdruck war zu einem Eiskristall gefroren, ihre Stimme hörte sich an, als ob sie nur mit Mühe ihren Ärger unterdrücken konnte.

„Kate, ich habe nie gesagt, dass du dafür nicht geeignet bist. Ich möchte nur nicht, dass du dich in etwas verrennst und auf dich nimmst, nur um zu beweisen, dass du das als Frau auch schaffst." Er hatte kaum zu Ende gesprochen, da konnte er bereits sehen, dass er sich in ein tiefes Fettnäpfchen gesetzt hatte. Kate erhob sich.

„Ich denke, es ist besser, wenn wir dieses Thema nicht weiter erörtern. Egal, was wir als Frauen auch tun, ausser kochen und putzen vielleicht, es wird immer so dargestellt, als wenn wir das nur tun, um etwas zu beweisen. Und offenbar müssen wir uns auch beweisen, da ihr Männer uns das gar nicht zutraut." Ihre Augen waren verbissen auf ihn gerichtet, aber als er Anstalten machte, etwas zu erwidern, fuhr sie schon wieder fort.

„Ich bitte dich, mich nun zu entschuldigen, damit ich mich auf mein Zimmer zurückziehen kann. Ich muss für die lange Reise ausgeruht sein, damit ich aufmerksam und wach bin.

Dieses Mal habe ich schließlich keinen Reisebegleiter. *Onkel Todd*", sagte sie und betonte das Wort *Onkel* mit Absicht. „Ich wünsche dir noch einen schönen Abend." Sie hatte sich kaum umgedreht, als Todd auch schon vor ihr stand.

„Ich habe dich in keiner Weise verärgern wollen, Kate. Ich hatte gehofft, dass es als Sorge herüberkommen würde, was offensichtlich nicht der Fall war. Vergib mir, falls ich dich verletzt haben sollte. Aber ich werde dich gewiss nicht so einfach davonrennen lassen, besonders jetzt, wo du böse mit mir zu sein scheinst."

„Und du meinst, du könntest das einfach so verhindern?" Sie blickte zu ihm auf und er grinste sie schelmisch an.

„Das meine ich. Du hast keine Chance gegen mich, Kate."

Empört wollte sie an ihm vorbeieilen, als er sie auch schon ergriff und kurzerhand über seine Schulter warf. Sie schnappte erschrocken nach Luft.

„Bist du verrückt geworden? Lass mich sofort wieder herunter."

„Das mache ich nur, wenn du versprichst, noch hierzubleiben und mich später in den Speisesaal zum Abendessen begleitest."

„Wieder in ein Restaurant? Auf gar keinen Fall. Irgendjemand wird uns bestimmt wieder ansprechen und sagen, dass wir ein hübsches Paar wären."

„Das sollte dir im Augenblick eigentlich gleich sein, junge Dame. Überlege dir gut, wie du dich entscheidest oder ich kann nicht garantieren, dass du nicht aus Versehen im See hinter dem Hotel landest."

„Das würdest du nicht wagen."

„Stelle mich nicht auf die Probe, Kate. So eine Strafe wird dich vielleicht auch lehren, mich nicht mehr Onkel zu nennen."

Das machte Kate für einen Moment direkt sprachlos. Sie spürte aber die Blicke von anderen Hotelgästen auf sich, die mittlerweile ins Zimmer gekommen waren, und fühlte sich auch ein wenig schwindelig, so über seiner Schulter zu hängen. Sie beschloss, lieber nachzugeben.

Er grinste ihr frech zu, als er sie vor sich auf dem Boden absetzte. „Gute Entscheidung, Kate."

Sie schnaubte halb spielerisch, halb verächtlich. „Das war in keiner Weise fair. Du hast deine männliche Stärke einfach gegen mich benutzt."

„Und das werde ich jederzeit wieder tun, deinem Sturkopf muss man ja irgendwas entgegensetzen können", konterte er sogleich und zwinkerte ihr zu. Kate konnte daraufhin nur mit Mühe ein Lächeln unterdrücken.

„Meinem Sturkopf? Ich weiß nicht, was du damit sagen willst." Sie hatte dabei keine Miene verzogen, allerdings gab sie ihm ein strahlendes Lächeln, als er alles sagend eine Augenbraue hochzog.

Der Zug fuhr schon sehr früh ab und somit musste Kate zeitig aufstehen. Zu ihrem Erstaunen setzte sich Todd zu ihr, als sie gerade am Frühstücken war.

Sie hatten sich den Abend vorher verabschiedet und somit hatte sie nicht mit ihm gerechnet. Er bestand darauf, sie zum Zug zu bringen und sich um ihr Gepäck zu kümmern. Nachdem er sie ins Abteil gebracht hatte, nahm er sie fest in die Arme.

„Danke für alles, was du für meine Eltern in den letzten drei Jahren getan hast. Ich werde mich um den Hausverkauf kümmern und wenn es etwas in dem Haus geben sollte, dass du gerne hättest, sag mir Bescheid."

Kate nickte und blickte ihm direkt in die Augen. Er lächelte. „Ich werde dir bald folgen und mich dann in Colorado ansiedeln. Es muss schließlich einen geben, der dafür sorgt, dass du keine Dummheiten machst." Er zwinkerte ihr zu und sie grinste verschmitzt.

„Sieh mal zu, dass du selbst keine Dummheiten machst, Todd. Und vor allem gib deinen Job nicht einfach auf, nur um in meiner Nähe zu sein."

„Ich bin beeindruckt, Kate. Du hast mich tatsächlich nur Todd genannt. Und mach dir um meinen Job und mich mal keine Sorgen. Zur Not kannst du mich ja als Cowboy einstellen."

„Hmm, ich weiß nicht, ob das so eine gute Idee wäre", konterte sie sogleich und ihre Augen blitzten ihn frech an. „Ich werde dann dein Boss sein und du kannst mich nicht mehr einfach so bevormunden oder mir sogar Befehle erteilen, denn das könnte dir schnell deinen Job kosten."

„Ach wirklich?" Er zog wieder seine Augenbraue hoch und blickte sie fest an. Sie errötete ein wenig, hielt seinem Blick aber stand.

„Ja wirklich."

„Na, das werden wir dann noch sehen." Todd drückte sie noch einmal ganz fest und dann hörten sie auch schon den Schaffner laut rufen, dass der Zug in wenigen Minuten abfahren würde. Der junge Mann eilte zur Tür und sprang mit einem Satz auf den Bahnsteig.

UNVERWÜSTLICHER KAMPFGEIST

Kurz darauf setzte sich die Eisenbahn in Bewegung und Kate winkte, bis sie Todd nicht mehr sehen konnte. Erst dann ließ sie sich in ihren Sitz fallen.

Es waren ein paar anstrengende Tage. Die Zugreise war angenehmer als mit der Postkutsche fahren zu müssen, aber dennoch konnte sie es kaum noch erwarten, endlich wieder zu Hause zu sein.

Kate fühlte sich auch ständig beobachtet, aber immer, wenn sie sich umsah, war niemand zu sehen.

Selbstverständlich machte es sie sehr unruhig, was auch dazu beitrug, dass sie nachts kaum schlafen konnte.

Sie war dankbar, als sie Denver erreichte und nur noch ein paar Stunden in der Postkutsche zu sitzen hatte.

„Können Sie mir verraten, warum sie der jungen Frau folgen und sie beschatten?" Obwohl er sich im Hintergrund aufgehalten hatte, hatte ihn offenbar doch jemand gesehen. Er sah sich um und blickte einem US-Marschall direkt ins Gesicht. Er zuckte mit den Schultern.

„Welche Frau soll ich denn verfolgt haben?"

„Tun Sie nicht so scheinheilig. Ich und zwei meiner Stellvertreter haben sie die ganze Reise beobachtet und Sie haben sogar versucht, sich ihr ein paar mal zu nähern, sind dann aber zurückgeschreckt, wenn Sie jemand anderen in ihrer Nähe gesehen haben."

„Was sollen diese unverschämten Fragen, offenbar verfolgen sie die junge Dame selbst. Ich habe nichts Falsches getan."

„Das werden wir noch sehen. Wir sind beauftragt worden, ein wachsames Auge auf die junge Frau auf dieser Reise zu haben und Sie kommen uns doch sehr verdächtig vor. Zuerst werden Sie uns jetzt zum Sheriff begleiten und weitere Fragen beantworten. Ich denke, wir werden Sie auch über Nacht im Gefängnis lassen." Der US-Marschall legte dem anderen Handschellen an und führte ihn aus dem Bahnhof.

3
Nicht wie erwartet

Als Kate aus der Postkutsche stieg, blickte sie sich neugierig in der kleinen Stadt um. Sie wusste, dass keiner sie abholen kommen würde, da sie niemandem gesagt hatte, wann sie nach Black Hawk zurückkehren würde. Ihr war bewusst, dass Ridge und Diana sich schon darauf freuten, sie wiederzusehen, aber Kate traute Crystal und ihrem Onkel in keiner Weise. Das Letzte, was sie wollte, war, dass die beiden ihr schon bei ihrer Rückkehr Steine in den Weg legen konnten.

Sie wollte gerade in Richtung Mietstall gehen, als eine fröhliche Stimme sie zurückhielt. „Kate Cooper, lässt du dich in Black Hawk tatsächlich auch einmal wieder sehen?"

Kate grinste sogleich und drehte sich um, damit sie der anderen jungen Frau ins Gesicht blicken konnte.

„Amanda Hanson, es hätte mich auch gewundert, wenn du mich einmal etwas freundlicher begrüßen würdest." Sie bemerkte, wie mehrere Anwohner der kleinen Stadt stehen blieben und die Unterhaltung amüsiert verfolgten.

Die beiden jungen Frauen umarmten sich herzlich. „Schön, dich wiederzuhaben, Kate. Das mit deinem Vater tut mir so unsagbar leid. Ridge hat mir erzählt, dass Oliver Drysdale deine Post einfach zurückbehalten hat." Sie schüttelte ihren Kopf.

„Ich wette, da steckte deine *Stiefmutter* hinter. Crystal ist ja dermaßen eifersüchtig auf dich, es ist kaum mehr auszuhalten."

„Wieso?"

Amanda schnaubte verächtlich. „Seit dem Tod deines Vaters hat sie furchtbar über dich hergezogen und Lügen über dich verbreitet, wann immer sie sich in der Stadt sehen ließ. Sie wollte uns tatsächlich einreden, dass du mit deinem Vater nichts mehr zu tun haben wolltest und deswegen nicht zurückkamst, bzw. von dir hören ließ. Einmal fing sie sogar an, Gerüchte zu verbreiten, in dem sie behauptete, du hättest ein Kind bekommen, wüsstest aber nicht, wer der Vater war." Amandas Augen blitzten zornig und ihre Fäuste waren geballt. Kate schnappte nach Luft.

„Da sie das in unserem Laden von sich gab, habe ich sie sofort achtkantig hinausgeschmissen und ihr Hausverbot erteilt. Selbstverständlich macht ihr das nichts aus, da sie seitdem ihren geliebten Gregory schickt."

Amanda kochte noch immer und sah aus, als ob sie höchstpersönlich auf die Cooper Ranch reiten wollte, um der anderen Frau eine Ohrfeige zu verpassen.

„Bürgermeister Johnson, hat sie daraufhin auch zur Seite genommen und ihr die Leviten gelesen. Er hat sie daran erinnert, dass die Bürger von Black Hawk dich lieben und auch deinen Vater immer geschätzt haben und er es nicht dulden würde, dass sie solche unmöglichen Sachen über dich verbreitete."

„Oh, das kann ihr aber nicht sehr gefallen haben."

„Ganz bestimmt nicht. Zuerst machte sie dem Bürgermeister eine furchtbare Szene, was allerdings nach hinten losging, da die

Unterhaltung dadurch öffentlich wurde. Dann setzte sie deinen Onkel und später ihren Vater darauf an, aber auch das bewirkte nichts. Bürgermeister Johnson lässt sich weder manipulieren noch einschüchtern und das verärgerte Crystal nur noch mehr."

Kate nickte und freute sich innerlich. Sie hatte Michael Johnson und seine resolute Art immer gemocht.

„Wissen Crystal und dein Onkel, dass du zurück bist?"

Kate schüttelte ihren Kopf. „Nein. Ich habe mit Absicht nichts von mir hören lassen. Wer weiß, was Crystal sonst über mich verbreitet hätte."

„Ich bin mir sicher, dass sich Diana und Ridge über deine Rückkehr riesig freuen werden. Und mit deiner Rückkehr muss sich Ridge auch nicht mehr alleine über die beiden ärgern. Vielleicht kannst du sie sogar aus dem Hause werfen."

„Ach Manda, wenn das mal so einfach wäre. Ich werde mir sicherlich noch so manche Kämpfe mit den beiden liefern müssen."

„Aber du bist doch die rechtmäßige Erbin."

„Das schon, aber da ich ja noch nicht 21 Jahre alt bin, werden sie das sicherlich gegen mich verwenden. Der Anwalt meines Vaters ist zwar mein Patenonkel und Ridge eine Art Vormund, aber Gregory und Crystal sind so besessen reich zu werden, sie werden nichts unversucht lassen."

„Zum Glück bist du eine Kämpferin und von Natur aus selbstsicher." Amanda schwieg einen Moment, bevor sie weiterfuhr. „Du bist auch nicht alleine. Ridge und Diana sehen dich ohnehin als ihre Tochter und Black Hawk steht ebenfalls hinter dir." Sie umarmte ihre Freundin noch einmal. „Ich habe dich schrecklich vermisst."

„Ich dich auch. Wie läuft es mit eurem Laden? Wie geht es deinem Vater?" Kate blickte die andere neugierig an. Amanda seufzte.

„Der Laden geht gut. Mit den Minenarbeitern, die regelmäßig in die Stadt kommen und den Bürgern hier, können wir uns wirklich nicht beklagen, allerdings geht es mit Papas Gesundheit immer mehr bergab. Ich muss den Laden im Prinzip mittlerweile alleine führen."

„Helfen deine Geschwister?"

„Nein. Sie wohnen ja alle in Denver und mein ältester Bruder sogar in Sacramento. Aber meine Brüder fragen immer wieder, ob wir finanziell klarkommen und sind jederzeit bereit, Geld zu schicken, falls wir es brauchen sollten. Meine Schwestern sagen mir nur ständig, dass ich doch endlich heiraten soll." Sie verdrehte die Augen, woraufhin Kate schmunzeln musste.

„Du bist doch auch erst zwanzig."

„Ja, aber sie machen sich halt Sorgen, dass, wenn unser Vater sterben sollte, ich dann ganz alleine dastehe. Ein Ehemann wird an meiner Situation auch nichts ändern, und ich mache ja jetzt auch schon das meiste alleine. Papa macht zwar noch die Buchführung, aber wie lange er das noch kann, weiß ich auch nicht."

Kate grinste Amanda plötzlich an. „Was ist denn mit Michael Johnson? Hattest du nicht mal Interesse an ihm?"

Amanda errötete leicht. „Ja, als ich vierzehn war. Mittlerweile bin ich fürs Schwärmen und Träumen zu alt. Ich weiß auch nicht, wie mein Bruder reagieren würde, wenn sein bester Jugendfreund sich plötzlich für seine kleine Schwester interessieren sollte."

UNVERWÜSTLICHER KAMPFGEIST

„Wir werden sicherlich irgendwann herausfinden, ob Gott einen Mann für uns vorgesehen hat, oder wir als alte Jungfern sterben sollten."

„Ha", entwich es Amanda und sie tat so, als ob sie ihrer Freundin eine Kopfnuss geben wollte. „Bei dir wird es mit Sicherheit nicht lange dauern, bis dir die jungen Herren die Tür einrennen. Du bist und bleibst eine Schönheit mit Temperament."

„Und du etwa nicht, Manda? Ich habe oft genug beobachtet, wie Minenarbeiter dir schmachtende Blicke zugeworfen haben. Es gibt viele Männer, die sich eine hübsche, dunkelhaarige Frau wünschen. Deine Lockenpracht macht dich sogar noch attraktiver, als du ohnehin schon bist."

„Ja, ja", winkte die Ältere sogleich ab. „Wir werden ja sehen, wer zuerst vor den Altar geführt wird. Du blonde Schönheit oder ich." Sie zwinkerte Kate zu und drückte ihre Hand.

„Ich werde mir jetzt erst einmal ein Pferd mieten und nach Hause reiten. Kann ich mein Gepäck bei dir unterstellen, bis ich mit dem Wagen zurückkomme?"

„Natürlich kannst du das."

Kate wurde auf dem Weg zum Mietstall noch von so manchem freudig begrüßt, sah aber auch einige neue Gesichter. Wenig später ritt sie aus der kleinen Stadt heraus. Sie beschloss, den etwas längeren Weg zu nehmen und über den Hügel zu kommen, da sie von dort einen herrlichen Ausblick auf die Ranch hatte.

Kate genoss es durch ihre geliebte heimatliche Natur zu reiten. Sie konnte es kaum noch erwarten, wieder auf der Ranch zu sein. Als sie den Hügel hinaufritt, schien ihr Pferd etwas unruhig zu werden. Es roch auch nach Rauch und Feuer. Gab es irgendwo einen Waldbrand?

Sie blickte sich immer wieder um, konnte aber nichts erkennen. Erst als sie fast die Spitze des Hügels erreicht hatte, sah sie dunkle Rauchschwaden im Himmel. Sie trieb ihr Pferd mehr an und blickte dann entsetzt auf ihr Zuhause.

Alles stand in Flammen. Die große Scheune, die Stallungen und die Cowboyunterkünfte waren schon zusammengefallen. Das Haus stand noch, aber man konnte schon von Entfernung sehen, dass es auch nicht mehr lange stehen würde.

Ihr Herz setzte aus, als sie an Ridge und Diana dachte. Wo waren die ganzen Cowboys? Wo waren die Rinder und Pferde, die sie hier auf dem Gelände hielten? Die meisten ihrer Rinder befanden sich während der Frühlings- und Sommermonate auf Weiden in den Bergen, aber eben nicht alle.

Tränen schossen in ihre Augen, als sie versuchte zu verstehen, wie so ein Feuer ausbrechen konnte. Zuerst wollte sie sofort wieder losreiten und versuchen zu retten, was zu retten war, aber ihr war auch bewusst, dass sie nichts mehr ausrichten konnte. Sie sprang vom Pferd und blickte ins Tal hinab in der Hoffnung irgendwas Verdächtiges entdecken zu können.

Nach einigen Minuten wollte sie sich dann doch aufmachen, als sie bemerkte, wie sich etwas neben dem noch stehenden Haus bewegte. Ihr Herz schlug ihr bis zum Hals, aber als eine Person auf der Bildfläche erschien, war sie nur noch fassungslos.

Sie hatte noch nie viel von ihrem nichtsnutzigen und arroganten Onkel gehalten, aber dass er alles zerstören würde, hatte sie nicht gedacht. Er warf etwas ins Feuer und rannte davon, als im nächsten Moment auch schon eine Explosion die Gegend erschüttern ließ und eine erneute Feuerwand zu sehen war, bis dann alles in sich zusammenbrach. Dynamit.

Nachdem sich das Ganze dann wieder beruhigt hatte, sah sie ihn mit einem Wagen an dem Haufen vorbeifahren, was einst ihr Zuhause gewesen war. Neben ihm saß, wie nicht anders zu erwarten, ihre *Stiefmutter*.

Kate ballte ihre Fäuste. Auch wenn das Ganze keinen Sinn ergab, da sie immer davon ausgegangen war, dass die beiden die Ranch haben wollten, war sie fest entschlossen, sie zur Rechenschaft zu ziehen. Ihr war durchaus bewusst, dass es schwer werden würde zu beweisen, dass die beiden hinter dem Feuer steckten, aber irgendwie würde sie es schaffen.

Sie stieg wieder auf ihr Pferd und ritt so schnell sie konnte den Hügel hinunter. Als sie die ersten ineinander gefallenen Gebäude erreicht hatte, konnte sie nur mit Mühe die Schluchzer unterdrücken.

Alles, was ihr Vater und Ridge aufgebaut hatten, war zerstört. Das Stroh und Heu, das sie in der Scheune aufbewahrt hatten, war verbrannt. All die harte und jahrelange Arbeit war von dem Feuer vernichtet worden.

Wieder dachte sie an Diana und es lief ihr eiskalt den Rücken hinunter. Was, wenn sie noch im Haus gewesen war? Sie sprang sogleich vom Pferd und begann ihre Haushälterin zu rufen und nach ihr zu suchen. Sie wurde immer unruhiger und rief lauter nach der Älteren, aber es blieb still.

In purer Panik schrie sie den Namen ihrer mütterlichen Freundin in die Luft, aber niemand antwortete. Hatten ihr Onkel und Crystal nicht nur die Gebäude auf dem Gewissen, sondern auch den Tod von Diana?

Kate holte noch einmal tief Luft und rief nach der Haushälterin und dieses Mal vernahm sie eine leise Stimme.

Die junge Frau folgte der Stimme und stieß kurz darauf auf die verletzte Frau, die in den Büschen hinter der zerstörten Scheune lag.

„Kate? Was bin ich froh, dich zu sehen und wiederzuhaben." Diana brach in Tränen aus und wollte die junge Frau liebevoll in die Arme nehmen, aber ihre Hände waren mit Brandblasen und Wunden versäht und somit kniete Kate sich neben die ältere und drückte sie an sich.

„Bist du noch mehr verletzt?"

Diana nickte. „Ich glaube, mein Bein ist gebrochen. Ich musste vom Heuboden ins Gebüsch springen, um mich in Sicherheit zu bringen."

Kate wurde ganz bleich im Gesicht. „Gregory und Crystal haben versucht, dich umzubringen?"

Diana schüttelte ihren Kopf. „Nein, nein. Sie wussten nicht einmal, dass ich hier war. Ich hatte vor mir den Einspänner zu nehmen und in die Stadt zu fahren, um ein paar Einkäufe zu erledigen, aber dann fiel mir ein, dass ich Mr. Richardson versprochen hatte, ihm etwas Heu vorbeizubringen, da er im Augenblick gesundheitliche Probleme hat und das Haus nicht verlassen kann."

Sie schloss kurz die Augen. „Ich befand mich auf dem Heuboden, als ich die ersten Explosionen hörte und einen Moment später ging auch die Scheune in Flammen auf. Es blieb mir nichts anderes übrig, als das Fenster weit aufzureißen und herauszuspringen."

„Wo sind Ridge und die Cowboys?"

„Gregory hat sie mit den Pferden und Rindern nach Denver geschickt, um die Tiere zu verkaufen."

„Dazu hatte er kein Recht."

„Nein, hatte er nicht und deswegen haben die Jungs die Tiere auf die Weiden in die Berge getrieben. Ridge sagte, dass Crystal und dein Onkel das Familienkonto mittlerweile völlig leer geräumt haben und jetzt Geld brauchen. Ridge kochte, dachte dann aber, dass es besser wäre so zu tun, als ob er die Rinder und Pferde verkaufen und sie dann aber in Sicherheit bringen würde. Die Männer sollten irgendwann heute wieder zurückkommen."

Diana versuchte sich langsam aufzurichten, brach aber sofort in Schweiß aus und stöhnte vor Schmerzen. Kate redete ihr ruhig zu.

„Meinst du, dass du einige Zeit alleine bleiben kannst? Crystal und Gregory sind mit dem Wagen weggefahren."

Diana nickte. „Du würdest mich alleine ohnehin nicht auf ein Pferd oder Wagen bekommen."

„Ich reite sofort in die Stadt und hole Dr. Nelson und vielleicht Nathan Shumway. Als Hilfssheriff wird er ja wohl hoffentlich mithelfen können."

Diana nickte wieder und versuchte sich etwas bequemer hinzulegen, aber jedes Mal, wenn ihre Hände etwas berührten, verzog sie schmerzvoll das Gesicht.

Kate ergriff Dianas Unterarme und zog sie behutsam an einen Platz, der mit Moos bedeckt war. Dann zog sie sich ihren Mantel aus und legte ihn zusammen, damit Diana eine Art Kissen hatte. Als Letztes riss sie sich große Stücke aus ihrem Unterrock, eilte zum Bach, der nicht weit von Diana entfernt war, tauchte die Stofffetzen in das klare kalte Wasser und war kurze Zeit später wieder neben ihrer mütterlichen Freundin.

Sie umwickelte die verletzten Hände ganz vorsichtig mit den nassen Unterrockstreifen und fragte Diana, ob sie durstig war.

„Oh Kate, du hättest dir meinetwegen nicht deinen Unterrock zerreißen sollen."

„Doch, denn so hast du wenigstens ein bisschen Linderung, bis ich mit Dr. Nelson zurückkomme. Ich lasse dir meine Feldflasche da. Sie ist noch fast voll."

Kate erreichte die Stadt in kürzester Zeit. Sie erfasste mit einem Blick, dass der Sheriff, Arzt und vermutlich Hilfssheriff gerade beim Bürgermeister waren, was unter den Umständen hervorragend passte.

Sie bemerkte, dass der Wagen der Ranch vor dem Laden stand. Zorn machte sich in ihr breit, als sie sah, dass ihr Pferd vor den Wagen gespannt war. Wäre Kate nicht so besorgt um ihre mütterliche Freundin gewesen, hätte sie die beiden Verbrecher gesucht und sofort zur Rede gestellt.

Sie hielt vor dem Gebäude des Bürgermeisters, sprang vom Pferd, band es schnell an einem Zaunpfosten fest und eilte zur Tür. Nachdem sie laut und vernehmlich geklopft hatte, hörte sie im nächsten Moment auch schon, wie der Bürgermeister sie hereinbat.

Sie öffnete die Tür und wie angenommen saßen alle vier Männer zusammen. Sie erhoben sich gleichzeitig und begrüßten sie freudig, als sie eintrat, aber es war Sheriff Robert Daynes dem aufzufallen schien, dass mit Kate etwas nicht stimmte.

„Kate, ist alles in Ordnung? Du siehst ganz bleich aus. Ich kann mir vorstellen, wie schwer es ist, zu deinem Zuhause zurückzukehren und deinen Vater nicht mehr dazuhaben."

Die junge Frau schluckte schwer und versuchte einen Weinkrampf zu verhindern, aber plötzlich brach alles aus ihr heraus.

Die vier Männer blickten sie entsetzt an, aber Robert zog sie fest in seine Arme, damit sie sich wieder beruhigen konnte.

Michael Johnson schüttelte verärgert den Kopf, sagte aber erst etwas, als bei Kate die Tränen versiegten.

„Das ist doch unglaublich. Robert, Nathan, ich möchte, dass ihr die beiden sofort verhaftet."

Robert seufzte.

„So gerne ich das auch machen würde, ich kann dir jetzt schon sagen, dass es nicht genug Beweise und noch weniger Zeugen geben wird. Crystal und Gregory werden sich herausreden, wenn wir ihnen sagen, dass Kate gesehen hat, wie Gregory das Ranch-Haus zerstört hat und vielleicht sogar versuchen, ihr die Schuld zu geben. Diana hat vermutlich gar nicht so viel mitbekommen, höchstens ihre Stimmen gehört."

„Wir sollten auf alle Fälle alle erst einmal auf die Ranch reiten und uns das Ganze mal anschauen", mischte sich nun auch Doc Nelson in das Gespräch. „Diana braucht ohnehin Hilfe und ärztliche Behandlung."

Sie waren kaum aus dem Gebäude getreten, als Gregory aus dem Geschäft kam und Crystal aus dem Telegrafenamt. Die beiden hatten die Arme voll Pakete, bemerkten Kate aber sofort.

Kate versuchte krampfhaft, sich zusammenzureißen, aber die Wut, die sie spürte, gewann Oberhand und sie marschierte sogleich auf die zwei zu.

„Kate, nein." Nathan versuchte sie noch aufzuhalten, aber Robert schüttelte seinen Kopf.

„Lass sie. Sie muss das alles erst einmal loswerden und vielleicht ist die Reaktion, die wir von den beiden bekommen, genau, was wir brauchen, um das Ganze genaustens zu untersuchen."

„Ich reite schon mal auf die Ranch", raunte Doc Nelson dem Sheriff zu und der nickte.

„Kate, was für eine schöne Überraschung. Wir haben noch gar nicht mit dir gerechnet", säuselte Crystal in ihrer unnatürlichen und überheblichen Art. Sie wollte die Jüngere gerade überschwänglich in die Arme nehmen, aber Kate ließ sie nicht an sie heran.

„Fass mich nicht an", fauchte sie laut und Crystal trat verwundert ein paar Schritte zurück.

„Natürlich habt ihr nicht mit mir gerechnet, ich habe ja mit Absicht keinem etwas gesagt", schimpfte sie weiter, ihre Augen funkelten gefährlich.

„Hättet ihr zwei sonst damit gewartet, die Ranch meines Vaters niederzubrennen?"

Ein aufgebrachtes Raunen ging durch die Menge, die sich angefangen hatte, um die Gruppe zu versammeln. Für einen kleinen Augenblick zuckte es auf den Gesichtern von Crystal und Gregory, aber sie fingen sich sofort wieder.

„Was meinst du denn mit Feuer?" Gregory blickte sie erschrocken an.

„Tu bloß nicht so scheinheilig", fuhr Kate ihren Onkel wutentbrannt an und ballte ihre Fäuste. „Ich habe dich vom Hügel aus beobachtet, als du noch einmal Dynamit in das brennende Haus geworfen hast."

Wieder hörte man ein ungehaltenes Murmeln und mehr Schaulustige blieben stehen. Gregory schüttelte verwundert den Kopf.

„Ich glaube, dir ist die lange Fahrt nicht bekommen. Warum sollten wir die Ranch deines Vaters zerstören?"

„Das würde ich gerne von euch erfahren."

Crystal trat näher. „Ich sehe, du hast dich nicht geändert, Kate. Immer Lügen verbreiten und versuchen mich ins schlechte Licht zu stellen."

„Das musst du gerade sagen, Crystal Cooper", rief plötzlich Amanda dazwischen, die von der Ladentür alles verfolgt hatte.

„Seit Kate von hier fortgegangen ist, hast du nichts anderes getan, als über sie die unmöglichsten Dinge zu erzählen."

Crystal warf der anderen Frau einen vernichtenden Blick zu, kletterte dann aber auf den Wagen.

„Ich würde dir raten, dich nicht zu sehr in diese Geschichte zu verrennen, Kate. Du wirst das bitter bereuen."

„Ich werde nichts bereuen. Du konntest vielleicht meinen Vater manipulieren, weil ihm der Frieden zwischen euch wichtiger war, aber den Gefallen werde ich dir nicht tun. Im Übrigen ist der Wagen Eigentum der Ranch und die Stute ist mein Pferd", konterte die junge Frau sogleich und zog Crystal kurzerhand vom Kutschbock.

„Falls du vorhaben solltest, jetzt zu deinem Vater nach Denver zu fliehen, wirst du die Postkutsche nehmen müssen."

„Ich bin die Witwe von Steven und die Dinge, die ihm gehörten, gehören jetzt mir."

„Irrtum deinerseits", fuhr Kate die Ältere an. „Ich bin die Tochter und laut dem Testament soll ich die Ranch übernehmen. Mein Vater hat hart gearbeitet und immer gesagt, dass er möchte, dass es jemand übernimmt, der seine Arbeit genauso liebt wie er."

„Du bist nicht einmal volljährig."

„Und dennoch war es der Wunsch meines Vaters, dass ich alles übernehmen soll. Zum Glück ist Ridge ein Vormund und war außerdem der Geschäftspartner von meinem Vater."

Gregory schnaufte ärgerlich. „Ich bin der Bruder und ein männlicher Verwandter und somit wird mir ohnehin alles übergeben. Das Gesetz ist diesbezüglich klar." Er schüttelte seinen Kopf, bevor er fortfuhr.

„Ist jetzt ohnehin egal. Wenn tatsächlich alles verbrannt und zerstört ist, gibt es nichts für dich zu erben. Mit dem eigentlichen Land kannst du als Frau nicht viel anfangen. Wenn wir uns mit dem Anwalt treffen, werde ich schon dafür sorgen, dass mir alles überschrieben wird."

Kate holte tief Luft. „Das hast du dir ja schön ausgedacht, Gregory, aber leider muss ich dich enttäuschen. Die Gebäude habt ihr zwar erfolgreich vernichtet, aber wir werden alles wieder aufbauen."

Mit einem Blick auf den Wagen zog Kate nur die Augenbraue hoch. „Für jemanden, der angeblich nichts vom Feuer gewusst haben soll, habt ihr ganz schön viel Gepäck dabei. Das sieht doch sehr danach aus, dass ihr schon länger geplant habt wegzuziehen."

„Ich möchte gerne wissen, wie du die Ranch wieder aufbauen willst, Kate?" fauchte Crystal ihr zu. „Das Geld ist nämlich aufgebraucht."

„Ja, das dachte ich mir schon. Mein Vater muss ebenfalls damit gerechnet haben, denn er hat vorgesorgt. Falls ihr dachtet, ihr hättet uns in den Ruin getrieben, liegt ihr gewiss falsch. Wir Coopers lassen uns nicht unterkriegen, auch nicht von der nichtsnutzigen Verwandtschaft."

Crystal funkelte die Jüngere herablassend an, machte dann aber Anstalten, zurück auf den Kutschbock zu klettern. Kate ergriff den Arm der anderen Frau und hielt sie zurück.

Als Gregory sich dann einmischen wollte, wandte sich Robert an die junge Witwe. „Frau Cooper, wenn Sie nicht wegen Diebstahl angezeigt werden möchten, würde ich Ihnen raten, sich den Wagen aus dem Kopf zu schlagen. Sie werden die Stadt nur in der Postkutsche verlassen. Sobald sich das dann mit dem Testament geklärt hat, können wir weitersehen."

„Ich habe das Recht, mir das zu nehmen, was meinem Mann gehörte", zischte sie aufgebracht, aber der Sheriff schüttelte seinen Kopf.

„Das ist gewiss nicht so. Seine Tochter hat mindestens genauso viel Anspruch auf die Ranch und alles, was dazu gehört, wie Sie, ja ich würde sogar argumentieren, sie hat mehr Rechte."

„Seit wann haben Frauen irgendwelche Rechte?", warf Gregory dazwischen und blickte seine Nichte verächtlich an. „Wir haben unseren Teil getan, was letztendlich zum Erfolg der Ranch beigetragen hat und werden nicht mit leeren Händen von hier weggehen."

Kates Augen verdunkelten sich. „Ihr habt nicht einen Finger krumm getan, außer unser Geld auszugeben. Glaubt mal nicht, dass ihr für eure Faulheit und Arroganz auch noch belohnt werdet. Ihr habt euch permanent wie eine Made im Speck benommen und jetzt ist Schluss damit. Künftig werdet ihr keinen Fuß mehr auf die Ranch setzen."

Gregory lachte höhnisch auf. „Ach und du kleine Person willst das verhindern?"

Kate wollte gerade antworten, als sich Michael und Robert vor sie schoben. „Die ganze Stadt wird das verhindern und ich denke, ich kann auch für Ridge und die Cowboys von der Cooper Ranch reden, dass auch sie Unbefugte wie euch nicht weiter dulden werden." Michael Johnson sah entschlossen aus.

Crystal schaute die Männer mit zusammen gekniffenen Augen an und doch konnte man den soeben erhaltenen Schock auf ihrem Gesicht sehen. Ohne Weiteres abzuwarten, kletterte Kate auf den Wagen und begann die teilweise schweren

Gepäckstücke hochzuhieven und neben den Wagen in den Staub fallen zu lassen.

Crystal und Gregory wollten sich gerade wutentbrannt auf sie stürzen, doch wieder stellten sich der Sheriff, Bürgermeister und dieses Mal auch Hilfssheriff den beiden in den Weg.

Kate atmete plötzlich tief ein und es sah so aus, als ob sie sich kaum noch beherrschen konnte, Crystal körperlich anzugreifen.

„Was fällt dir ein, die Truhe meiner Mutter einzupacken?" Sie blickte mit Entsetzen auf die große Kiste auf dem Wagen.

Crystal winkte verächtlich ab. „Stell dich gefälligst nicht so an. Du kanntest deine leibliche Mutter nicht einmal. Die Kleider von ihr sind wunderhübsch und stehen mir ausgezeichnet."

Kate musste schwer schlucken. Sie wusste, dass Crystal keinerlei Respekt für die Dinge hatte, die anderen etwas bedeuteten, aber dies war ein enormer Schlag ins Gesicht. Der Gedanke, dass Crystal die Sachen anprobiert hatte, trieb Kate die Tränen in die Augen.

Als die junge Witwe merkte, wie emotionell Kate geworden war, erschien ein gehässiges Grinsen auf ihrem Gesicht.

„Jetzt fang nicht auch noch an zu heulen, deine Mutter ist schon seit über neunzehn Jahren tot. Ihre Kleider waren am Verrotten und dein Vater hat es geliebt, wann immer ich mir eins von Laurens Kleidern angezogen habe."

Jetzt schnappte nicht nur Kate nach Luft. Diejenigen die Steven Cooper gekannt hatten, wussten, dass er das nie geduldet hätte. Sheriff Daynes und sein Hilfssheriff hoben mit einem Satz die Truhe und restlichen Gepäckstücke vom Wagen.

Kate wandte sich ein letztes Mal an die andere Frau. „Wie mein Vater jemanden wie dich heiraten konnte, werde ich nie verstehen. Du bist kalt und herzlos und auch wenn deine Hülle

vielleicht attraktiv ist, ist dein Inneres verdorben und hässlich."
Sie kletterte vom Wagen und marschierte über die Straße zum
Pferd, das sie sich vom Mietstall geliehen hatte. Amanda lief
hinter ihr her.

Robert Daynes nickte dem Hilfssheriff und Bürgermeister zu,
bevor er sich wieder Crystal und Gregory zuwandte. Nathan
Shumway und Michael Johnson kletterten auf den Kutschbock
und fuhren einen Augenblick später in Richtung Cooper Ranch
davon.

„Nehmt eure Sachen und morgen reist ihr ab. Wir werden
uns in dieser Stadt von euch nicht länger terrorisieren lassen.
Wir haben euch wegen Steven geduldet, aber wie Kate schon
angedeutet hat, das wird jetzt ein Ende nehmen. Und ich
verspreche euch, dass wir beweisen werden, dass ihr hinter dem
Feuer auf der Ranch steckt. Wir wissen alle, dass es niemand
anderen gibt, der so etwas tun würde."

„Kate, ich möchte, dass du weißt, dass du so lange bei uns
wohnen kannst, bis bei euch alles wieder aufgebaut ist und mein
Vater und ich werden euch mit allem unterstützen." Amanda
seufzte.

„Ich habe noch nie jemanden zum Teufel jagen wollen, aber
Crystal und Gregory wünsche ich, dass sie vom Blitz getroffen
werden."

UNVERWÜSTLICHER KAMPFGEIST

„Danke, Manda. Ich hoffe, dass wir sie jetzt wenigstens für einige Zeit erst einmal los sind." Sie zog sich in den Sattel und blickte auf ihre Freundin hinunter.

„Ich werde einen der Männer bitten, deine Koffer und die Truhe deiner Mutter in dein Zimmer zu bringen."

„Kate", Sheriff Daynes rief aus, als er ihr hinterher ritt. Sie blickte sich um und ließ ihr Pferd langsamer werden. Man konnte ihr ansehen, wie sehr sie litt. Ihre Augen hatten ihren Kampfgeist verloren und auch wenn sie ihren Kopf hochhielt, war es kein Geheimnis, dass sie einem Zusammenbruch nahe war.

„Wir werden alles daran setzen, um dich von diesem Albtraum zu befreien. Du stehst nicht alleine da."

Sie nickte, aber dennoch fühlte sie sich so unendlich verlassen. Sie wusste, dass es schwer werden würde, auf ihre geliebte Ranch zurückzukehren. Der Verlust ihres Vaters setzte ihr noch immer schrecklich zu, aber der Gedanke von vorn anfangen zu müssen, machte alles nur noch schlimmer.

4

Der Sohn des Teufels

Obwohl Kate wusste, was für ein Anblick sie erwartete, schossen ihr die Tränen in die Augen, als sie auf den brennenden Haufen zu ritt, der vor wenigen Stunden noch ein Haus gewesen war. Robert Daynes blickte sich erschüttert um, aber seine Fäuste waren geballt.

Kate beobachtete, wie Dr. Nelson dem Hilfssheriff und Bürgermeister Anweisungen gab, wie sie Diana auf den Wagen heben sollten.

Obwohl sie ihrer mütterlichen Freundin zur Seite stehen wollte, fühlte sie sich nicht in der Verfassung, sich ihr zu nähern, ohne weinend zusammenzubrechen. Sie stieg von ihrem Pferd ab und führte es zu einem Baum, wo sie die Stute festband. Robert tat es ihr nach und zog die junge Frau dann fest in seine Arme.

Kate wollte nicht weinen, aber die liebevolle väterliche Umarmung des Sheriffs machte es unmöglich, die Tränen herunterzuschlucken.

„Lass es raus, Kate. Ich denke, es kann sich jeder vorstellen, wie es in dir gerade aussieht."

UNVERWÜSTLICHER KAMPFGEIST

Sie schüttelte ihren Kopf. Sie konnte das Weinen zwar nicht ganz unterdrücken, aber sie verbot sich, in Schluchzen auszubrechen. Der junge Bürgermeister trat an sie heran.

„Wir werden dich mit allem unterstützen, Kate und dir helfen, alles so schnell wie möglich wieder aufzubauen."

„Danke, Michael."

„Wir sollten zurück in die Stadt reiten."

„Ich werde noch hier bleiben und auf Ridge warten. Dies wird auch für ihn ein gewaltiger Schock sein."

„Du solltest jetzt nicht alleine sein." Robert blickte sie besorgt von der Seite an, aber Kate sah ihn nicht einmal an.

„Ich muss jetzt erst einmal für mich sein. Mein Vater hat immer gesagt, Tragödien kann man nur überwinden, in denen man sich ihnen stellt und sie so schnell wie möglich aus dem Weg schafft."

Die beiden Männer schienen davon nicht überzeugt zu sein, respektierten aber ihren Wunsch und folgten dem Arzt und Hilfssheriff einen Moment später.

Kate blickte zu ihrem Baumhaus hinüber und musste mit Entsetzen feststellen, dass es zwar nicht verbrannt war, aber jemand den Baum gefällt hatte und ihr geliebter Zufluchtsort zerstört auf dem Boden lag. Sie hatte sich auch als junge Frau immer dorthin zurückgezogen, wenn sie alleine sein wollte.

Zorn machte sich in ihr breit und sie rannte los und blieb erst stehen, als sie direkt vor dem gefällten Baum stand. Plötzlich brach alles aus ihr heraus und sie ließ sich auf den Boden sinken und schluchzte hemmungslos. Warum waren ihr Onkel und ihre

Stiefmutter so darauf erpicht, sie zu verletzen und ihr das zu nehmen, was ihr etwas bedeutete?

Ihr Herz schmerzte furchtbar, denn jetzt hatte sie nicht einmal einen Ort, an dem sie sich an ihren Vater erinnern konnte, ohne das Gefühl zu haben, innerlich zerbrechen zu müssen. Ihr Vater und Ridge hatten das Baumhaus mit ihr zusammen gebaut, als sie acht Jahre alt war. Sie weinte und weinte und konnte sich nicht wieder beruhigen.

Allerdings blieb ihr fast das Herz stehen, als plötzlich jemand ihre Hand ergriff, sie auf die Beine und fest in seine Arme zog. Als sie aufblickte und erkannte, wer sie hielt, warf sie sogleich ihre Arme um seinen Hals und er drückte sie noch fester an sich.

„Ridge."

Er sagte nichts und hielt sie einfach nur fest und gab ihr das Gefühl von Geborgenheit. Obwohl er selbst genauso erschüttert war, wusste er, dass für Kate mit diesem Feuer eine Welt zusammen gebrochen war.

Es dauerte lange, bis sie sich wieder beruhigt hatte. Als sie letztendlich aufblickte, benutzte Ridge seine Daumen, um die Tränen von ihrem Gesicht zu wischen.

„Es tut mir so unendlich leid, was hier geschehen ist. Hätte ich geahnt, dass ein Feuer ausbrechen würde ..."

„Gregory hat das Feuer gelegt. Ich habe gesehen, wie er noch einmal Dynamit ins brennende Haus geworfen hat und kurz darauf brach alles zusammen."

UNVERWÜSTLICHER KAMPFGEIST

Aufgeregtes Murmeln brach aus und sie konnte auf den Gesichtern der Cowboys sehen, wie aufgebracht sie waren. Ridge schüttelte seinen Kopf und fluchte leise vor sich hin. Einer der Cowboys trat näher und zog Kate gegen seine Brust, bevor er sachte ihr Kinn hob.

„Du hast dabei zusehen müssen, wie dein Onkel alles zerstört hat?"

Sie schüttelte ihren Kopf. „Gregory wusste nicht, dass ich zurück bin. Ich habe ihn von dort oben beobachtet und kurz darauf fuhren er und Crystal mit unserem Wagen in die Stadt."

„Ich werde sie beide persönlich umbringen." Der junge Mann blickte sich so wütend um, dass Kate ihn mehrmals ansprechen musste, bis er sie wieder ansah.

„Du weißt genau, dass wir einen klaren Kopf bewahren müssen, Aaron. Ich habe die beiden in der Stadt bereits zur Rede gestellt und sie haben es sofort bestritten. Crystal wird jetzt erst einmal zu ihrem Vater rennen und ihm irgendwelche Lügen erzählen."

Sie wandte sich daraufhin an Ridge. „Diana wurde verletzt. Sie war gerade auf dem Heuboden, als das Feuer ausbrach und musste aus dem Fenster springen, um sich zu retten. Doc Nelson hat sie bereits behandelt und in die Stadt gebracht."

„Dein Onkel wird dafür bezahlen. Wir werden nicht eher ruhen, bis er für immer hinter Gittern ist oder gehängt wird."

„Reite in die Stadt. Diana braucht dich jetzt." Kate blickte den Vormann fest an und obwohl sie ihm ansehen konnte, dass er sie nicht gerne zurücklassen wollte, wusste er, dass seine Frau ihn jetzt brauchte.

„Vielleicht solltest du mit Ridge nach Black Hawk reiten. Deine Mutter kann etwas Aufmunterung gebrauchen."

Aaron ergriff Kates Hand. „Ich glaube, Mama wird es wollen, dass ich bei dir bleibe."

Sie seufzte und beobachtete Ridge, wie er in Richtung Stadt davon preschte. „Ich möchte kurz zu unserem Familienfriedhof und das Grab meines Vaters besuchen."

Aaron runzelte seine Stirn und die junge Frau blickte ihn verwundert an. „Warum ziehst du so ein Gesicht?"

„Dein Vater ist nicht auf dem Familienfriedhof begraben. Gregory hat es durchgesetzt, dass er auf dem Friedhof in der Stadt beerdigt wurde. Crystal hat sich furchtbar mit ihm angelegt, aber das beeindruckte ihn gar nicht."

Jetzt war auch Kate kurz davor, in die Luft zu gehen. Ihr Onkel hatte dazu kein Recht und sie würde persönlich dafür sorgen, dass ihr Vater noch einmal beerdigt werden würde.

„Kate, was für eine schöne Überraschung." Der junge Pastor kam ihr freudig entgegen, als sie die Kirche betrat.

„Pastor Owen."

Er drückte ihre Hand und zog sie dann aber plötzlich in seine Arme. „Das mit deinem Vater tut mir so unsagbar leid."

Sie nickte und bedankte sich. „Wegen meines Vaters bin ich hier. Ich möchte, dass er auf unserem Familienfriedhof beerdigt wird und nicht hier." Sie hielt kurz inne, fuhr aber weiter, als der junge Mann etwas erwidern wollte.

„Ich weiß, dass es nicht üblich ist, einen Sarg wieder auszugraben, aber mein Onkel hatte nicht das Recht, so eine Entscheidung zu treffen und wenn ich von dem Tod meines Vaters gleich erfahren hätte, hätte ich das auch verhindert."

UNVERWÜSTLICHER KAMPFGEIST

„Das habe ich bereits vermutet. Wir haben alle versucht, Gregory das auszureden, aber er hat darauf bestanden und behauptete steif und fest, dass sein Bruder das so wollte."

„Dann ist es also in Ordnung, wenn wir das machen? Ich hätte auch ganz gerne eine kleine Zeremonie, damit ich selbst noch Abschied nehmen kann."

Pastor Owen nickte. „Wir können das in den nächsten Tagen gerne in Angriff nehmen."

Noch am selben Abend rief Michael Johnson die Bürger von Black Hawk zusammen, um zu besprechen, wie sie Kate Cooper helfen und unterstützen konnten. Gregory versuchte ebenfalls in die Kirche hineinzugehen, wurde aber vom Pastor und mehreren Männern aufgehalten.

Er machte eine Szene und gab erst Ruhe, als ihm Aaron wutentbrannt eins auf die Nase gab. Gregory drohte ihm mit einer Anzeige, zog sich dann aber zurück, als er merkte, dass sich noch mehr Männer auf ihn stürzen wollten.

Pastor Owen und Bürgermeister Johnson leiteten den Abend, aber es gab keinen in der kleinen Stadt, der nicht bereit war, Kate unter die Arme zu greifen. Sie beschlossen die folgenden drei Samstage, die Scheune und Stallungen sowie die Cowboyunterkünfte aufzubauen und sich danach an den Hausbau zu begeben.

Ridge und Kate wollten sich zusammensetzen und gemeinsam entscheiden, wie das neue Haus aussehen sollte. Die junge Frau hatte bereits einige Ideen für ein paar Dinge, die sie modernisieren wollte.

Sie hatte gewissen Luxus und Komfort in San Francisco genossen und wollte die Dinge, die auch auf dem Lande möglich waren, gerne beibehalten.

Amanda nahm Kate liebevoll bei sich auf und die beiden Frauen redeten bis spät in die Nacht hinein, bevor sie sich auf ihre Zimmer zurückzogen.

Ridge und Diana blieben vorerst in der Klinik und die Cowboys fanden Unterkunft in der Pension der Witwe Robinson.

Martha Robinson hatte früh ihren Mann verloren und als die Kinder aus dem Hause waren, ihr großes Haus in eine Pension umgestaltet. Der Speisesaal diente auch als Restaurant für die kleine Stadt und somit kam sie finanziell gut über die Runden.

Martha hatte sich auch sofort bereit erklärt, die Männer, die Stallungen und Cowboyunterkünfte aufbauen wollten, mit Essen zu versorgen. Sie war eine hervorragende Köchin und ihre Gerichte waren überall beliebt.

Kate war dankbar, dass ihr Vater keine Schulden mehr hatte und eine Menge seiner Einkünfte zur Seite gelegt hatte. Da die kleine Stadt jetzt auch ein Sägewerk hatte, würde das einiges an Kosten einsparen und sie ein schönes Ranch-Haus bauen lassen.

Selbstverständlich würden sie sich dann einige Zeit finanziell einschränken müssen, aber sie wusste, dass das Geschäft weiterhin gut gehen würde.

UNVERWÜSTLICHER KAMPFGEIST

Amanda wachte früh auf und ging nach unten in die Küche, um anzufangen, ein Frühstück vorzubereiten. Kate tauchte einen Augenblick später auf und begann schon einmal den Tisch zu decken. Amanda wandte sich ihrer Freundin zu.

„Ich sehe mal nach, ob Papa auch schon wach ist. Dann können wir gleich essen." Die junge Frau verschwand und Kate nahm den Speck aus der Eisbox und fing an, alles in kleinere Scheiben zu schneiden, um es dann vernünftig braten zu können. Sie wollte gerade etwas Butter in die Pfanne tun, als sie Amanda aufschluchzen hörte. Kate stellte alles schnell zur Seite und eilte in das Schlafzimmer von Amandas Vater.

Sie erkannte mit einem Blick, dass Alfred Hanson nicht mehr atmete und zog ihre Freundin fest in ihre Arme.

„Oh, Manda es tut mir so unsagbar leid."

„Ich hatte befürchtet, dass es nicht mehr lange dauern würde, aber so schnell habe ich dann doch nicht damit gerechnet." Sie blickte kurz auf, bevor sie ihren Kopf an Kates Schulter anlehnte und wieder in Tränen ausbrach. Kate führte sie in das große Wohnzimmer hinter dem Laden und zog Amanda neben sich auf das Sofa.

Nach wenigen Minuten erhob sich Amanda plötzlich, wischte sich die Tränen aus dem Gesicht und wollte aus dem Raum eilen, doch Kate ergriff ihre Hand.

„Ich muss meinen Geschwistern sofort schreiben und alles für die Beerdigung planen." Amanda hatte rasch gesprochen, was Kate dazu veranlasste aufzusehen. Ihre Freundin wurde auf einmal ganz bleich und sackte im nächsten Augenblick auch schon in sich zusammen. Kate konnte gerade noch verhindern, dass sie auf dem Boden aufschlug, ergriff sie unter den Armen und zog sie zum Sofa zurück, bettete sie darauf und stürmte kurz darauf aus dem Raum und Haus.

Sie vermutete, dass Doc Nelson bereits an seinem Schreibtisch saß und klopfte laut an die Tür der Klinik.

Der Arzt öffnete ihr einen Moment später und sie schilderte ihm in wenigen Worten, was geschehen war. Doc Nelson ergriff sogleich seine Arzttasche und hastete über die Straße und war kurz darauf auch schon im Laden verschwunden.

Kate gab noch dem Sheriff und Pastor Bescheid, bevor auch sie zu Amanda zurückkehrte. Ihre Freundin war wieder wach und weinte herzzerreißend, aber sie war nicht alleine. Die Frau des Sheriffs hielt sie liebevoll fest und nickte Kate zu.

„Manda", sagte Kate leise und hockte sich vor die andere junge Frau. „Soll ich die Telegramme an deine Geschwister verschicken? Du musst dich darum jetzt nicht auch noch kümmern."

Amanda nickte und Kate drückte ihre Hand. „Ich habe schon alles vorbereitet. Du kannst ein Blatt Papier mit allen Informationen in der rechten Schreibtischschublade im Laden finden."

„Guten Morgen, Kate", hörte sie die tiefe Stimme des jungen Bürgermeisters und sie blickte auf und nickte ihm freundlich zu. Sie hatte gerade das Telegramm fertig geschrieben, das nun an die Geschwister und andere Verwandte von Amanda geschickt werden sollte. Sie reichte dem Postbeamten das Telegramm sowie die Liste mit den Namen und Orten, wo er es alles hinschicken sollte, und wandte sich dann an den jungen Mann neben sich.

„Guten Morgen, Michael."

Der Postbeamte begann hastig Telegramme zu verschicken und Michael zwinkerte Kate schelmisch zu.

„Hast du dich gestern mit jemandem verlobt oder warum musst du so früh am Morgen so viele Telegramme verschicken?"

Kate seufzte. „Ich wünschte, es wäre eine freudige Nachricht. Amandas Vater ist heute Nacht verstorben."

Michaels Lächeln verschwand sofort und es bereitete sich Bestürzung auf seinem Gesicht aus.

„Du liebe Güte, das muss Amanda ganz schön umgehauen haben."

Kate nickte und jetzt stiegen auch ihr die Tränen in die Augen. Der junge Mann drückte kurz ihren Arm und eilte dann zum Hause der Familie Hanson.

Kate holte tief Luft und sah kurz an sich herunter. Sie erschrak gewaltig, als sie bemerkte, dass sie nur ihr Nachthemd und ihren Morgenrock trug. Sie schämte sich schrecklich, hatte aber in der ganzen Aufregung nicht daran gedacht, sich anzuziehen. Die junge Frau wollte sogleich über die Straße laufen, um sich in ihrem Zimmer umzuziehen, als direkt vor der Tür des Telegrafenamtes die Postkutsche hielt.

Sie hielt sofort inne und überlegte, wie sie sich verhalten sollte, zuckte aber erschreckt zusammen, als ihr plötzlich jemand einen Mantel um die Schultern legte. Kate schaute sich um und blickte dem Postbeamten ins Gesicht, der ihr ermunternd zulächelte.

„Sie haben nichts Falsches getan, Fräulein Cooper. Sie haben ihrer Freundin helfen wollen und einfach nicht an ihre Kleidung gedacht."

Seine beruhigenden Worte taten seine Wirkung und Kate lächelte ihm dankbar zu und eilte dann aus dem Telegrafenamt und über die Straße. Sie wollte gerade durch die Ladentür ins Haus verschwinden, als jemand ihren Arm ergriff und sie in eine Gasse zwischen zwei Gebäuden zog.

„Anthony, bitte lass meinen Arm los, ich muss zurück ins Haus und mich umziehen. Ich möchte in dieser Aufmachung nicht noch mehr gesehen werden."

„Ich habe gehört, dass Amandas Vater gestorben ist. Das tut mir sehr leid."

„Ja", nickte sie und blickte ihm gerade in die Augen. „Es ist tragisch."

Er lächelte ihr warm zu. „Es tut mir leid, dass du deinen Vater verloren hast und ein Feuer auf der Ranch alles vernichtet hat. Sicher wirst du jetzt jemanden an deiner Seite brauchen."

„Ich komme schon klar. Ridge und Diana sind für mich da."

„Ich habe eigentlich von einem Mann an deiner Seite geredet."

Kate runzelte die Stirn. „Was redest du da?"

Er nahm ihren Kopf in seine Hände und kam mit seinen Lippen immer näher. „Wir könnten doch heiraten. Ich werde dir alles geben, was du dir wünschst."

Kate wich erschrocken zurück und stieß ihn von sich. „Hast du den Verstand verloren? Du arbeitest für uns und liebst mich nicht."

UNVERWÜSTLICHER KAMPFGEIST

„Woher willst du das wissen? Als ich dich gestern wiedergesehen habe, ist mir bewusst geworden, dass du dich zu einer hübschen jungen Frau entwickelt hast und ich habe mich sofort in dich verliebt."

Kate blickte ihn ganz entgeistert an. Sie hatte Anthony nie als mehr wie ein Cowboy gesehen und das hatte sich nicht geändert. Wollte er sich über sie lustig machen, oder versuchte er an die Ranch heranzukommen?

„Es tut mir leid, Anthony, aber ich empfinde so nicht für dich."

Um seinen Mund zuckte es, aber er ließ sich nicht in die Karten sehen. „Wir haben es ja auch bisher nicht miteinander versucht. Wir können ja erst einmal miteinander ausgehen."

Kate schüttelte ihren Kopf. „Nein, danke. Du bist ein netter junger Mann, aber ich habe nun einmal keine romantischen Gefühle für dich und zurzeit ganz andere Sorgen. Ich muss erst einmal sehen, wie es mit unserer Ranch weitergeht."

Sie drehte sich um und wollte um die Ecke verschwinden, als Anthony sie zurückzog. Sein Gesichtsausdruck hatte sich verändert und er blickte sie zornig und verletzt an.

„Deine Ranch ist dir wichtiger als eine Beziehung mit einem Mann? Ist es dir bereits zu Kopf gestiegen, dass du die Ranch erben wirst? Ohne deinen Vater bist du jetzt ganz alleine und brauchst einen männlichen Beschützer an deiner Seite."

Kate sah zu ihm auf und Unmut bereitete sich auf ihrem Gesicht aus. „Anthony", sagte sie mit Nachdruck und zog ihren Arm zurück. „Ich weiß nicht, was plötzlich in dich gefahren ist, aber ich kann dir versichern, dass Ridge im Augenblick der einzige Mann ist, den ich brauche. Für eine romantische Beziehung habe ich einfach keine Geduld."

Anthony ergriff sie an beiden Armen und zog sie dichter an sich heran.

„Bin ich dir zu einfach, Kate? Du denkst wohl, du bist etwas Besseres und ein Cowboy ist nicht gut genug für dich."

„Ganz gewiss nicht. Mein Desinteresse hat damit überhaupt nichts zu tun. Ich verstehe auch nicht, warum du dich auf einmal so kindisch benimmst. Wir haben nie eine innige Freundschaft gehabt und lediglich miteinander gearbeitet. Ich verstehe also nicht, warum du dich hier so aufführst. Dein plötzliches Interesse macht mich im Augenblick eher misstrauisch, stärkt aber ganz gewiss nicht meine Zuneigung zu dir."

Sie funkelte ihn aufgebracht an. „Lass jetzt bitte meine Arme los."

Zuerst reagierte er gar nicht, dann stieß er sie plötzlich so brutal von sich, dass sie in den Staub fiel.

„Du hast recht, Kate, ich habe offensichtlich den Verstand verloren. Du hast mein Interesse überhaupt nicht verdient." Er sah auf sie hinunter, machte aber keine Anstalten, ihr aufzuhelfen. Sie konnte sehen, dass er zutiefst beleidigt war und schüttelte nur ihren Kopf.

Sie wollte sich gerade erheben, als wieder jemand ihren Arm ergriff und sie mit Schwung auf die Beine zog. Erschrocken sah sie auf.

„Kate Cooper! Sie sollten sich schämen, so aufreizend in der Stadt herumzulaufen. Ist das Ihre Art, die Aufmerksamkeit der Männer auf sich zu ziehen?" Ihr Gegenüber hatte sie laut angefahren und sie sah aus den Augenwinkeln, wie Anthony darüber grinste.

UNVERWÜSTLICHER KAMPFGEIST

Die junge Frau zog den Mantel enger um ihre Schultern und nutzte ihre freie Hand, um sich den Staub aus der Kleidung zu klopfen.

„Pfarrer Miller. Vergebt mir, aber der Vater meiner Freundin ist heute Nacht verstorben und ich habe—"

Der ältere Herr trat sofort näher, ergriff sie bei den Schultern und riss den Mantel von ihrem Körper.

„Das ist deine Ausrede, dich so unsittlich in der Öffentlichkeit zu zeigen? Du wolltest dich gerade mit diesem Mann hier küssen."

„Ich hatte in keiner Weise vor, ihn zu küssen. Er hat sich mir aufgedrängt."

„Ja, so wie du herumläufst, überrascht mich das in keiner Weise. Du bist aufreizend", schnappte er und sah sie streng an. „Ich kenne Frauen, wie dich, zur Genüge. Ihr tut das nur, damit Männer nach euch lüsten und euch begehren."

Kate starrte ihn entsetzt an. Hatten heute alle ihren Verstand verloren? Wieso unterstellte er ihr so etwas? Wo kam er überhaupt plötzlich her? Sie hatte ihn in ihrem ersten Jahr in San Francisco kennengelernt, da er der Kirchenführer der Kirche ihrer Großeltern gewesen war. Ein paar Monate später wurde er versetzt und seitdem hatte sie ihn nicht mehr gesehen. Zorn machte sich in ihr breit.

„Was fällt Ihnen ein, mich derart unverschämt anzugreifen und mir zu unterstellen, im Nachthemd und Morgenrock herumzulaufen, um die Aufmerksamkeit der Männer auf mich zu ziehen? Ich habe bereits versucht zu erklären, warum ich nicht angezogen bin, aber unsittlich kann ich mein Nachthemd und Morgenrock nun nicht gerade finden." Ihre blauen Augen blitzten gefährlich.

„Ich muss mich Ihnen gegenüber auch nicht rechtfertigen." Unbändiger Zorn war auf ihrem Gesicht zu lesen, was es sehr deutlich machte, was sie von seiner anmaßenden Unterstellung hielt.

„Im Übrigen haben Sie kein Recht, mich zu verurteilen. Sie sind nicht mit mir verwandt und auch nicht mein Pastor."

„Du wagst es, mir zu widersprechen? Du wagst es, deine Unanständigkeit zu entschuldigen und mich in so einem Ton anzusprechen?" herrschte er sie lautstark an.

Bevor Kate etwas erwidern konnte, ergriff er sie plötzlich. „Ich werde dich schon lehren, wie du einen Mann anzusprechen hast, besonders einen Mann Gottes, und dein unkeusches Verhalten werde ich dir sofort austreiben."

Er hob seinen Stock in die Höhe und wollte sie sich gerade über sein Knie werfen, um sie brutal zu züchtigen, als plötzlich Sheriff Daynes, Pastor Owen und Doc Nelson aus dem Laden geeilt kamen. Ridge tauchte einen Moment später ebenfalls auf.

Kate, die damit überhaupt nicht gerechnet hatte, hätte gar nicht so schnell reagieren können, aber Robert Daynes riss dem anderen Mann sofort den Stock aus der Hand, während Pastor Owen die junge Frau in seine Arme zog und sich dann schützend vor sie stellte.

„Was glauben Sie, wer Sie sind?" schimpfte Robert los und man sah ihm an, dass er dem Neuankömmling am liebsten den Hals umgedreht hätte.

„Ich dulde es nicht, dass Frauen sich so ungehörig in der Öffentlichkeit zeigen. Das muss man ihnen sofort versagen."

„Kate ist alles andere als unanständig und Sie haben kein Recht, sich einer jungen Frau dermaßen ungehörig zu nähern und sogar damit zu drohen, sie brutal zu bestrafen." Pastor Owen sah den Älteren zornig an.

„Sie ist nicht ungehörig? Was sagen Sie denn zu dieser Aufmachung?" Er wollte ihr mit Gewalt auch noch den Morgenrock vom Körper reißen, doch jetzt trat Ridge dazwischen und stieß Pfarrer Miller zurück. Pastor Owen schob Kate außer Reichweite.

Ridge sah aus, als ob er jeden Moment explodieren würde. „Wagen Sie es niemals wieder, auch nur eine Hand an diese junge Dame zu legen oder ich werde persönlich dafür sorgen, dass Sie im Gefängnis landen."

Der Pastor ging nicht einmal darauf ein und wandte sich wieder Kate zu. „Siehst du, was du mit deinem unkeuschen Benehmen angerichtet hast? Männer, die alt genug sind, um dein Vater zu sein, verteidigen dich, weil sie dich begehren und dich haben wollen. In wie viele Betten hast du dich bereits gelegt?"

Er wollte noch etwas sagen, wurde aber von Ridge zum Schweigen gebracht, der ihm mit voller Wucht die Faust ins Gesicht schlug. Miller taumelte zurück.

Kate war verstört zurückgewichen und verschwand dann im Haus, rannte auf ihr Zimmer und warf sich weinend auf ihr Bett. Sie hatte noch nie zuvor so etwas erlebt. Bisher hatte noch kein Mann sie als unkeusch und unsittlich betitelt und schon gar nicht ein Pastor und als Bestrafung verprügeln wollen. Sie wickelte sich in ihre Decke und versuchte mit aller Kraft, das soeben Erlebte aus ihrem Gedächtnis zu verbannen.

„Sie verlassen auf der Stelle die Stadt", fuhr Robert den anderen aufgebracht an. „Männer wie Sie sind hier nicht willkommen und wir erlauben es niemandem, unsere Frauen so zu behandeln und sogar züchtigen zu wollen. Kate ist eine anständige junge Frau und sie derart unverschämt anzugreifen ist das allerletzte."

Pastor Miller wischte sich das Blut von der Nase, wurde aber sofort von den Männern ergriffen und zurück in die Postkutsche gesetzt, in der nun auch Crystal und Gregory saßen. Sheriff Daynes machte es noch einmal deutlich, dass wenn Miller sein Gesicht noch einmal in Black Hawk zeigen sollte, er sofort verhaftet werden würde.

Während der Sheriff, Ridge und Pastor Owen bei der Postkutsche warteten, um sicherzugehen, dass Pastor Miller nicht wieder ausstieg und auch wirklich abfuhr, ging Doc Nelson bereits in seine Klinik zurück, um alles dafür vorzubereiten, dass Albert Hanson in das Totenzimmer gelegt werden konnte. Er schickte Schwester Mia zum Sägewerk, damit ein Sarg geliefert werden würde. Kurz darauf fuhr die Postkutsche ab und die drei Männer atmeten erleichtert auf.

„Owen? Wusstest du, das dieser Mistkerl heute ankommen sollte?" Robert blickte den Jüngeren ernst an. Der junge Pastor schüttelte seinen Kopf.

„Ich habe noch nie von ihm gehört, aber ich werde sofort ein paar Telegramme verschicken, um mir Auskunft über ihn einzuholen. Ein Mann wie Miller muss einen schlechten Ruf haben. Ich meine, die Dreistigkeit zu besitzen, in einer kleinen Stadt aufzutauchen und dann eine junge Frau derart anzugreifen, ist wirklich unglaublich. Kate kannte ihn offensichtlich, aber ihrer Reaktion nach zu urteilen nur ganz flüchtig."

Ridge kochte noch immer, seine Fäuste waren geballt. „Der Kerl ist auf keinen Fall ein Mann Gottes und ich bringe ihn höchstpersönlich um, sollte er Kate noch einmal so nahetreten. Wer glaubt er denn, wer er ist?"

Pastor Owen atmete tief ein. „Ich habe schon von solchen Pastoren gehört. Männer, die mit dem Teufel arbeiten, aber behaupten, dass sie von Gott berufen worden sind, hübsche Mädchen und junge Frauen zu bestrafen und zu züchtigen, weil sie angeblich mit ihrer Kleidung und ihrem Verhalten aufreizend sind und versuchen die Männer in ihrer Umgebung zu verführen."

Robert schüttelte seinen Kopf. „Und was ist mit den Frauen, die sich wirklich unanständig benehmen und kleiden?"

Owen zuckte mit den Schultern. Ridges Gesichtsausdruck verdunkelte sich daraufhin. „Ich wette, diese *Geistlichen* sind die Einzigen, die unkeusche und sündige Gedanken haben und diese mit Gewalt an der weiblichen Bevölkerung auslassen, obwohl die jungen Mädchen gar nichts getan haben. Sie werden bestraft, weil diese Männer sie begehren und sich nicht unter Kontrolle haben oder unter Kontrolle haben wollen."

Pastor Owen und der Sheriff nickten zustimmend. Das machte auf alle Fälle Sinn. Sie hörten ein Geräusch hinter sich und drehten sich um. Anthony war gerade zwischen den Häusern hervorgetreten.

Ridge warf ihm einen finsteren Blick zu. „Warst du die ganze Zeit hier?"

Anthony nickte widerwillig. Er beobachtete, wie der Postbeamte über die Straße schritt und auf die Gruppe zutrat und wusste, dass lügen nichts bringen würde.

„Und du hast es nicht für nötig gehalten, sofort einzugreifen, als dieser Mistkerl Kate angriff?"

„Ich habe nicht damit gerechnet, dass er so ausrasten würde. Ich wollte gerade dazwischen gehen, als ihr plötzlich alle auftauchtet."

Der Postbeamte hatte die Männer erreicht, beugte sich nach unten, um seinen Mantel aufzuheben und blickte Anthony fest an.

„Ich habe alles von meinem Telegrafenamt beobachtet. Anthony hat Fräulein Cooper zwischen die Häuser gezogen und sich ihr versucht aufzudrängen. Ich konnte zwar nicht hören, was sie sprachen, aber ihre Ablehnung ihm gegenüber war sehr deutlich. Er hat sogar versucht, die junge Dame gegen ihren Willen zu küssen."

Die drei anderen Männer schnappten nach Luft, bevor aber einer von ihnen etwas sagen konnte, fuhr der Postbeamte schon weiter.

„Sie hat sich ihm offenbar weiterhin widersetzt, denn er stieß sie plötzlich von sich und sie landete auf der staubigen Straße. Das war dann auch der Moment, wo der andere Mann auftauchte und sie brutal wieder auf die Beine zog."

Entsetzt und doch ungehalten blickten sie Anthony an. Ridge wollte gerade etwas sagen, als Anthony sich an den Postbeamten wandte.

„Wenn Sie das alles beobachtet haben, warum sind Sie Kate nicht zur Hilfe gekommen?"

„Das wäre ich, aber in dem Augenblick traten mehrere Kunden ins Telegrafenamt und ich musste diese erst vertrösten. Als ich dann über die Straße eilen wollte, waren der Sheriff, Ridge und die anderen beiden bereits zur Stelle und somit widmete ich mich meinen Kunden."

Ridge war außer sich und konnte sich nur mit Mühe zurückhalten. „Du brauchst jetzt gar nicht zu versuchen, anderen die Schuld in die Schuhe zu schieben. Es ist verachtenswert, dass du nicht eingegriffen hast und ich werde mir persönlich auch noch von Kate erzählen lassen, was zwischen ihr und dir vorgefallen ist. Wenn du sie tatsächlich gegen ihren Willen ergriffen hast, wird das ein Nachspiel haben."

Kates Vormann schloss kurz die Augen, um sich wenigstens etwas zu beruhigen. Kurz darauf sah er den Cowboy wieder an.

„Verschwinde jetzt, bevor ich dich auf der Stelle entlasse."

Anthony blickte den Älteren erschrocken, wenn auch vernichtend an, zog sich dann aber erst einmal zurück.

Ridge ergriff wieder das Wort. „Ich denke, wir sollten jetzt mal nach Kate sehen. Das hat sie sicherlich vollkommen aus der Bahn geworfen. Sie ist kein ängstlicher Typ, aber das muss sie ganz schön mitgenommen haben. Ihr Vater hat sie nie geschlagen oder körperlich gezüchtigt und ich habe sie auch noch nie mit unanständiger Kleidung gesehen. Miller ist ein Tyrann."

„Habt ihr Kate in der letzten halben Stunde gesehen?" Robert blickte seine Frau ernst an und Sally war sofort alarmiert, aber auch Amanda sah besorgt aus.

„Nein, wieso?"

Robert und Ridge erklärten schnell, was geschehen war und die beiden Frauen schnappten nach Luft.

„Was für ein furchtbarer Mensch", stieß Sally hervor und ihre Augen blitzten vor Wut. „Ich werde gleich nach oben gehen und sehen, ob Kate in ihrem Zimmer ist. Wir sollten auch herausfinden, wer der Vorgesetzte von diesem schrecklichen Menschen ist und uns gemeinsam bei ihm beschweren. So ein Mann darf unseren Mädchen auf keinen Fall zu nahe kommen."

Sie schüttelte ungläubig den Kopf und rauschte dann aus dem Zimmer und die Treppe hoch. Amanda lud die beiden Männer zum Frühstück ein und die beiden nahmen die Einladung dankend an.

„Kate, bist du da?" Sally hatte laut angeklopft und kurz darauf hörte sie, wie die junge Frau aufsprang und den Kleiderschrank öffnete.

„Einen Moment."

Es dauerte nicht lange und die junge Frau öffnete die Tür. Ohne etwas zu sagen, zog Sally Kate fest in ihre Arme. Kate wusste zuerst nicht, wie ihr geschah, aber dann dämmerte es ihr, dass die ältere Frau von der Situation mit Pastor Miller gehört haben musste. Kate verbot es sich zu weinen, aber diese Umarmung drückte doch ganz schön auf die Tränendrüsen.

UNVERWÜSTLICHER KAMPFGEIST

„Ridge und Robert machen sich riesige Sorgen um dich. Fühlst du dich in der Lage, nach unten zu kommen?"

Kate nickte und folgte der Älteren die Treppe hinunter und ins Esszimmer. Robert und Ridge standen sofort auf und Ridge zog die junge Frau gegen seine muskulöse Brust. Er konnte spüren, wie sie zitterte und hob sachte ihr Kinn.

„Miller ist nicht mehr hier. Wir haben ihn zum Teufel gejagt."

Kate blickte ihn mit großen Augen an. „Glaubst du, dass er recht hatte? Ziehe ich mich unanständig an? Ich habe versucht ihm zu erklären, dass ich wegen der Aufregung des Morgens vergessen hatte mich anzukleiden, aber er ... er hat mir gar nicht wirklich zugehört."

„Nein, Kate, glaube diesem widerlichen Mann kein Wort. Deine Kleidung ist in keiner Weise unanständig. Vermutlich ist er einer der Männer, die sofort sündige Gedanken haben, wenn sie einer hübschen jungen Frau begegnen, sie begehren und dann den Mädchen die Schuld dafür gibt. Wer weiß, vielleicht ergötzen sich solche Männer auch daran, jungen Frauen Schmerzen zuzufügen und sie derart hart zu bestrafen. Wahrscheinlich fühlen sie sich dadurch stark und männlich. Überraschen würde mich das nicht."

Sally sah die junge Frau fest an. Als Kate Anstalten machte zu widersprechen, drehte Ridge ihren Kopf so, dass sie ihn ansehen musste.

„Sally hat ganz recht, Kate. Du hast dich in keiner Weise falsch verhalten und ein Pastor, der sich anmaßt, dich für seine schlechten Gedanken bestrafen zu wollen, ist in meinen Augen kein Mann Gottes, sondern der Sohn des Teufels."

„Aber vielleicht—"

„Es gibt kein *vielleicht*", mischte sich jetzt auch der Sheriff ein. „Wir sind zwar die Generation deines Vaters, ich ein wenig älter, aber wir würden dir sagen, wenn du etwas ändern müsstest. Dein Vater, deine Tante und auch Diana haben dich prächtig erzogen und darauf geachtet, dass aus dir eine anständige junge Frau wird. Du hast dir nichts zuschulden kommen lassen und das darfst du dir von Miller auch nicht einreden lassen."

„Genau. Die Cowboys auf eurer Ranch würden sich dir gegenüber ganz anders verhalten, wenn du dich unsittlich kleiden würdest. Verbanne Miller und seine Attacke dir gegenüber rasch aus dem Kopf." Sally drückte Kate die Hand und lächelte ihr aufmunternd zu. „Und nun lasst uns zusammen frühstücken."

„Kate, kann ich dich kurz sprechen?" Pastor Owen hatte sie gesehen, als sie auf den Friedhof trat und winkte sie zu sich in die Kirche. Sie folgte ihm sogleich und er bat sie, auf einem der Bänke Platz zu nehmen.

„Ich nehme an, dass Ridge und Sheriff Daynes bereits mit dir gesprochen haben, aber ich möchte dir auch noch sagen, dass du an Miller und sein Benehmen nicht einen Gedanken verschwenden solltest. Ich habe mich außerdem mit Pastor Finch in San Francisco in Verbindung gesetzt und schon eine Antwort erhalten."

Kate blickte ihn aufmerksam, wenn auch etwas nervös, an. Er räusperte sich, bevor er weiterfuhr.

„Wie wir bereits vermutet hatten, ist er ein Mann mit einem miserablen Ruf. Allerdings ist er kein Geistlicher, wie er angegeben hat. Er hat sich als einer ausgegeben, als er nach San Francisco kam, und er wurde sofort verbannt, als bekannt wurde, dass er gar kein Pastor ist. Offenbar bildet er sich ein, dass Gott ihm die Mission gegeben hat, Mädchen und junge Frauen zu bestrafen, wenn sie sich seiner Meinung nach falsch verhalten." Er schüttelte seinen Kopf.

„Laut Pastor Finch war Miller ein Lehrer an einer kleinen christlichen Schule außerhalb San Franciscos gewesen. Laut Zeugenaussagen hat er diese mit Gewalt geführt, aber komischerweise immer nur die jungen Mädchen brutal verprügelt."

Kates Augen füllten sich mit Tränen und man konnte ihr ansehen, dass sie vor diesem Mann Angst hatte.

„Zuerst kam er mit diesem Verhalten durch, da er die Mädchen so eingeschüchtert hatte, dass sie es nicht wagten, sich jemandem anzuvertrauen. Allerdings wurden die Eltern aufmerksam, als ihre Töchter plötzlich nicht mehr zur Schule wollten." Pastor Owen nahm ihre Hand und drückte diese kurz.

„Nachdem die Eltern nachgebohrt hatten, brachen die ersten der Mädchen ihr Schweigen, woraufhin die Eltern die Kirche kontaktierten und sich über ihn beschwerten. Dadurch wurde bekannt, dass er gar kein Pastor war, woraufhin die Eltern damit drohten, ihn hinter Gitter zu bringen. Daraufhin verschwand er für einige Zeit bis er dann unter falschem Namen in San Francisco auftauchte."

Der junge Pastor hielt kurz inne, ließ Kate aber nicht aus den Augen. Sie wirkte auf einmal eine Spur blasser.

„Ich habe in keiner Weise vor, dich zu erschrecken oder dir Angst zu machen, aber ich möchte dass du weißt, dass er ein teuflischer Mann ist und dich keinerlei Schuld trifft. Laut Pastor Finch wurde Miller das letzte Mal deinetwegen verbannt."

Kate schnappte nach Luft.

„Offenbar hat er dich in der Kirche deiner Großeltern sehr wohl wahrgenommen und versucht dich immer wieder alleine zu erwischen, aber dein Großvater hat das mitbekommen und ihm den Kontakt verboten. Als er dann auch noch die Dreistigkeit hatte, bei deinem Großvater, um deine Hand anzuhalten, hat dein Großvater Miller mit einer Anzeige gedroht."

Pastor Owen sprach ruhig, aber man konnte ihm seine Entrüstung über die Situation ansehen.

„Dein Großvater hat Miller dann auch sofort bei der Kirchenführung angezeigt, was diese alarmierte, da sie ja zuvor schon Probleme mit einem *angeblichen* Geistlichen hatten. Als dann bekannt wurde, dass es sich tatsächlich um die gleiche Person handelte, die zuvor in der christlichen Schule unterrichtet hatte, sollte er sogleich verhaftet werden, schaffte es aber wieder zu entkommen."

Kate wich die Farbe aus dem Gesicht und sie schnappte nach Luft. Isaac Miller hatte ein persönliches Interesse an ihr? War er ihretwegen nach Black Hawk gekommen?

Sie sprang auf und versuchte ihr Atmen unter Kontrolle zu bekommen, hyperventilierte aber plötzlich und sackte dann in sich zusammen. Pastor Owen fing sie auf, zog sie gegen seine Brust und trug sie aus der Kirche und direkt in die Klinik.

UNVERWÜSTLICHER KAMPFGEIST

Doc Nelson war sofort neben dem jungen Geistlichen, als dieser in die Klinik stürmte und bat Pastor Owen, die junge Frau auf den Untersuchungstisch zu legen.

Der Arzt hörte geduldig zu, als ihm Pastor Owen erklärte, was geschehen war und wandte sich dann an Kate und hielt ihr ein Fläschchen Riechsalz unter die Nase. Die junge Frau öffnete die Augen und brach dann gleich in Tränen aus, als sie Owen sah und sie sich an die Unterhaltung erinnerte.

Doc Nelson bat den jungen Mann Ridge zu holen, da er sich vorstellen konnte, dass sie jetzt eine väterliche Umarmung brauchte.

Es dauerte auch nur ein paar Minuten, bevor Ridge in die Klinik geeilt kam, direkt auf Kate zuging und sie fest in seine starken Arme zog. Sie schluchzte gleich auf und hielt sich an ihrem väterlichen Freund fest, der ihr beruhigend über den Kopf strich. Pastor Owen war ebenfalls zurückgekehrt und sah die junge Frau mitfühlend an. Nachdem sie endlich ruhiger geworden war, wandte er sich an sie.

„Es tut mir so leid, Kate. Ich hätte das Ganze für mich behalten sollen."

Kate schüttelte energisch ihren Kopf, sah aber niemanden an. „Nein, es war gut, dass Sie mir davon erzählt haben. Somit weiß ich, dass er es auf mich abgesehen hat."

Ridge hob sanft ihr Kinn in die Höhe, um in ihre Augen schauen zu können. „Wir werden es nicht zulassen, dass Miller dir noch einmal zu nahe tritt. Ich werde mich auch mit Stanley in Verbindung setzen und ihn darauf ansetzen, Pastor Miller eine gesetzliche Verwarnung zu schicken. Ein Mann wie Miller gehört hinter Gitter."

Kate seufzte leise. Sie wusste, dass Ridge sie genauso beschützen würde, wie ihr Vater es getan hätte, aber die Angst war trotzdem noch da.

Sie hatte noch nie in ihrem Leben einen Mann getroffen, der so bedrohlich und dämonisch wirkte wie Isaac Miller. Kate hatte aufdringliche Männer erlebt, besonders während ihrer Zeit in San Francisco, aber die hatten sich trotz allem in ihre Schranken weisen lassen oder es waren ihr andere Männer zu Hilfe gekommen.

Kate spürte, dass Isaac Miller ihr Feind war und für immer sein würde. Sie konnte fühlen, dass er sie nicht eher in Ruhe lassen würde, bis er entweder im Gefängnis saß oder das erreicht hatte, was er wollte. Sie schloss für einen Moment die Augen. Ihr war bewusst, dass sie die Angst nicht einfach beiseiteschieben konnte, aber sie war trotzdem fest entschlossen, sich nicht von ihm einschüchtern zu lassen.

5
Abschied und
Neuanfang

In den folgenden Tagen tat Kate alles, was sie tun konnte, um ihre Freundin zu unterstützen. Nach und nach trafen auch die Geschwister und ihre Familien von Amanda ein. Kate zog so lange in die Klinik, da bei den Hansons nun alle Räume belegt waren.

Kate hatte auch die Gelegenheit, eine kleine private Beerdigung für ihren Vater abzuhalten und darüber war sie sehr dankbar. Das ausgehobene Grab auf dem Friedhof wurde dann für Albert Hanson benutzt.

Die Geschwister von Amanda kannten Kate selbstverständlich und freuten sich, die junge Frau wiederzusehen, auch wenn der Anlass ein trauriger war.

Mit dem Tod des Vaters machten sich Amandas Schwestern Sorgen, dass die jüngste von ihnen jetzt alleine wohnen würde. Daraufhin beschlossen die zwei ältesten Nichten von Amanda bei ihr einzuziehen und mit dem Laden auszuhelfen, aber erst als Sheriff Daynes und seine Frau sagten, dass sie dort ebenfalls wohnen könnten, waren alle beruhigt.

Robert und Sally Daynes hatten bei einem Brand ihr Haus verloren, wollten es aber eigentlich wieder aufbauen. Da ihre Kinder und Enkelkinder nur sporadisch zu Besuch kamen, freuten sie sich jetzt so eine Lösung gefunden zu haben. Sie hatten Amanda schon immer gerne und schlossen auch ihre Nichten schnell ins Herz.

Das ältere Ehepaar wollte sich das Schlafzimmer von Albert renovieren und schön machen und darüber freute sich Amanda sehr, denn zurzeit trieb es ihr jedes Mal die Tränen in die Augen, wenn sie an dem leeren Raum vorbeiging.

Kaum waren alle wieder fort, bezog Kate das Zimmer, das sie vorher bewohnt hatte. Sie ritt regelmäßig auf die Ranch hinaus, um nach dem Rechten zu sehen und die Vorarbeiten für das Bauen der Cowboyunterkünfte zu beobachten.

Die neue Scheune stand bereits und Ridge und die Cowboys sorgten dafür, dass Stroh und Heu sowie anderes Futter für die Tiere hergestellt und gelagert wurden. Am folgenden Samstag sollten dann die Hütten für die Cowboys gebaut werden und als Letztes waren die Ställe dran, bevor es dann mit dem Hausbau losgehen konnte.

Kate hielt sich von Anthony fern, aber auch Anthony ging ihr am Anfang aus dem Weg. Ridge hatte sich von Kate die Situation erzählen lassen und dem Cowboy daraufhin eine ordentliche Verwarnung erteilt. Er hätte Anthony sofort entlassen, aber da der junge Mann auf der Ranch immer gute Arbeit geleistet hatte, bat Kate ihren Vormann, dem Cowboy noch eine zweite Chance zu geben.

UNVERWÜSTLICHER KAMPFGEIST

Seit dem Brand, hatte sich Kate ihrem zerstörten Baumhaus nicht wieder genähert und doch zog es sie plötzlich magisch an. Zuerst konnte sie sich einfach nicht überwinden, zwang sich dann aber doch alles einmal genaustens zu untersuchen.

Sie schob die ganzen Bretter zur Seite und fand darunter eine Kiste aus Metall. Sie öffnete diese sofort und musste erstaunt feststellen, dass die Kiste mit verschiedenen Unterlagen ihres Vaters gefüllt war. Hatten sie doch nicht alles verloren?

Unter den Papieren war ein Schlüssel verborgen und sie wusste sofort, dass das ein Schlüssel war, der zur Bank gehörte. Hatte ihr Vater vor seinem Tode noch Dokumente und wichtige Schriftstücke der Ranch in die Bank gebracht, um sie vor seinem Bruder und seiner Frau zu verstecken? Das wollte sie sofort überprüfen. Sie stand auf und ließ dabei die Metallbox auf den Boden fallen.

Kate kniete sich ins Gras und sammelte erst einmal alles wieder ein, dabei stieß sie auf eine Nachricht, die ihr Vater geschrieben hatte.

Kate,

Falls du diese Nachricht finden solltest, bedeutet es, dass ich nicht länger am Leben bin. Wie du weißt, hat mein Bruder Ambrose die Bank meines Vaters übernommen. Ich habe dort noch ein Konto und $3000 von der Erbschaft meiner Eltern. Ich habe Ambrose kontaktiert, um das Geld auf unser Konto in Black Hawk zu überweisen, aber er hat sich geweigert, dies zu tun.

Da ich gerade beruflich sehr ausgelastet bin, habe ich keine Zeit, ihn unter Druck zu setzen, aber Stanley hat mich informiert, dass man das zur Not auch gerichtlich regeln kann.

Papa

Kate wischte sich schnell die Tränen aus dem Gesicht, ballte dann aber ihre Fäuste. Warum hatte ihr Onkel das Geld zurückbehalten? Was für ein Recht hatte er, einem Kunden das Geld nicht auszuzahlen? Obwohl sie Ambrose kaum kannte, vermutete sie, dass er seinen jüngsten Bruder unterstützte. Wollte auch er ihr alles wegnehmen? Arbeitete er vielleicht mit Gregory und Crystal zusammen?

Sie würde ihm das nicht durchgehen lassen. Es war nicht nur, weil sie das Geld jetzt wirklich gebrauchen konnten, sondern weil sie die Arroganz ihrer Onkel satt hatte. Ambrose und Gregory waren von Anfang an eifersüchtig auf ihren Vater gewesen. Sie waren die beiden jüngsten Brüder und von ihren Eltern etwas zu sehr verwöhnt worden. Ambrose hatte für die Bank nichts tun müssen und war stolz wie ein König, als ihm sein Vater diese übergab.

Laut Gesprächen, die sie im Laufe der Jahre aufgeschnappt hatte, hatten ihre Onkel zuerst nur die Nase gerümpft als ihr Vater mit der Ranch anfing und dann auch eine Pferde- und Rinderzucht aufbaute, aber als sie merkten, wie erfolgreich er wurde und wie stolz ihre Eltern auf Steven waren, konnten sie den Neid nicht mehr unterdrücken. Beide versuchten sich bei Kates Vater einzuschmeicheln und wollten sich als Geschäftspartner bei ihm einkaufen, aber da Steven seine Brüder kannte und wusste, dass sie alles an sich reißen würden, wenn er nachgab, ließ er sich nicht darauf ein.

UNVERWÜSTLICHER KAMPFGEIST

Sie hatten nie einen engen Kontakt zueinander, aber als Steven dann seinen Vormann und besten Freund zum Geschäftspartner machte, setzten ihn Ambrose und Gregory derart unter Druck, dass er letztendlich den Kontakt zu ihnen komplett abbrach.

Viele Jahre war Ruhe zwischen ihnen, bis Gregory sich dann auf einmal bei ihm einnistete und versuchte auf diese Weise an alles heranzukommen. Vermutlich dachten ihre Onkel, mit dem Tod des Bruders würden sie alles einfach übernehmen können, aber Kate war fest entschlossen, dagegen anzugehen. Sie liebte die Ranch und wusste, wie viel harte Arbeit dahintersteckte, so erfolgreich zu sein und Ambrose und Gregory würden in kürzester Zeit alles ruinieren. Sie wollten nur Geld, aber nichts dafür machen müssen.

Kate hatte Ambrose schon viele Jahre nicht mehr gesehen, aber falls er dachte, es war nun ein leichtes Spiel, sollte er sich wundern. Sie war von Natur aus eine Kämpferin und auch wenn sie bisher nicht volljährig und eine Frau war, würde sie einem Mann nicht einfach klein beigeben und sich unterordnen. Nein. Es war an der Zeit, dass Frauen mehr respektiert und besser behandelt wurden. Es gab noch zu viele Männer, die glaubten, das alleinige Sagen zu haben und Frauen wie Sklaven behandeln zu können.

Sie hoffte, dass irgendwann Frauen die gleichen Rechte wie Männer haben würden und bis dahin mussten sie als weibliche Bürger eben für alles kämpfen.

Es war ein sehr warmer Tag. Kate steckte sich ihre blonden Haare hoch und versteckte diese unter ihrem Cowboyhut. Sie nahm einen Schluck aus ihrer Feldflasche und hängte diese daraufhin wieder über den Knauf ihres Sattels. Sie verstaute die Metallbox in ihrer Satteltasche und wollte gerade aufsitzen, als jemand ihren Arm ergriff.

Kate schnellte erschrocken herum und fand sich Anthony gegenüber. Ein ungutes Gefühl überfiel sie sogleich und sie zog ihren Arm zurück.

„Anthony, was tust du hier? Hatte Ridge euch nicht beauftragt, Bäume fürs Sägewerk zu fällen?"

„Wir sind für heute fertig und als ich vorbeiritt, habe ich dich gesehen. Wollen wir gemeinsam in die Stadt zurückreiten?"

Das ungute Gefühl verstärkte sich. Sie wollte nicht mit ihm alleine sein. Wie sollte sie sich nun verhalten?

„Du kannst ruhig schon mal in die Stadt reiten. Ich möchte noch kurz zu unserem Familienfriedhof und eine Weile am Grab meines Vaters sitzen."

„Ich kann dich begleiten", schlug er daraufhin vor, aber Kate schüttelte ihren Kopf.

„Nein, danke. Ich möchte gerne alleine sein." Sie nickte ihm zu, zog sich in den Sattel und ritt in Richtung Friedhof davon. Sie sah sich immer wieder um, aber er schien ihr nicht zu folgen. Erleichtert atmete sie auf.

Ridge blickte sich suchend um. Die Cowboys waren dabei, zusammenzupacken, aber er konnte Anthony nirgends entdecken und ein warnendes Gefühl lag in der Luft. Sein Sohn

UNVERWÜSTLICHER KAMPFGEIST

Aaron trat näher, der Gesichtsausdruck des jungen Mannes war ernst.

„Stimmt etwas nicht, Pa?"

„Ich bin mir nicht ganz sicher, aber irgendwas macht mich unruhig. Hast du Anthony gesehen?"

Aaron schüttelte den Kopf, sah sich aber sofort suchend um. Einer der Cowboys hob den Kopf.

„Anthony wollte schon in die Stadt reiten und Rick Bescheid geben, dass wieder einige Bäume abgeholt werden können."

Vater und Sohn schauten einander an. Sie wussten beide, dass Kate jeden Nachmittag zur Ranch hinausritt, um nach dem Rechten zu sehen und meistens auch noch beim Familienfriedhof vorbeischaute, um die Gräber ihrer Eltern zu besuchen. Ohne weiter zu zögern, stiegen die beiden Männer auf ihre Pferde auf und preschten kurz darauf in Richtung Ranch davon. Die Cowboys sahen ihnen verwundert hinterher.

Kate hatte ihr Pferd am Zaun festgebunden und ging auf das Grab ihres Vaters zu. Wieder sah sie sich um, um sicherzugehen, dass Anthony nicht doch in der Nähe war, aber es war niemand zu sehen. Es war still, zu still.

Sie beschloss nur kurz beim Grab zu bleiben und wollte dann so schnell wie möglich in die Stadt zurückreiten. Sie hörte ein paar Krähen in ihrer Nähe und wurde immer unruhiger. Kate legte Blumen auf das Grab ihres Vaters, drehte sich um und sah Anthony, der zwischen ihr und dem Tor des Zaunes stand. Ihr stockte vor Schreck der Atem.

Sie beobachtete den jungen Mann, wie er auf sie zukam und spürte sofort, dass sie ihm nicht trauen konnte. Innerlich verfluchte sie ihn, denn auch wenn sie mit ihm zurück in die Stadt geritten wäre, wäre sie nicht sicher gewesen.

Die Stille um sie herum versetzte sie in Angst, aber sie zwang sich zur Ruhe, da sie wusste, dass sie ihm nur entkommen konnte, wenn sie einen klaren Kopf behielt.

Als er wieder bedrohlich näher kam, sprintete sie plötzlich los und wollte an ihm vorbei, doch er hielt seinen Arm aus, um sie abzufangen.

Kate, die damit gerechnet hatte, schlug einen Haken und rannte auf den Zaun hinter sich zu, um darüber zu klettern. Sie schwang ihr Bein über den Zaun und wollte gerade mit dem Rest ihres Körpers folgen, als Anthony sie erreichte und gewaltsam zurückzog.

Kate schlug sofort um sich, doch er zerrte sie mit sich, bis er die beiden großen Bäume erreicht hatte, die mit ihren Blätterdächern den Familienfriedhof beschatteten. Anthony presste sie gegen den Baumstamm.

„Lass mich sofort gehen", herrschte sie ihn aufgebracht an, obwohl sie große Angst vor ihm hatte.

„Auf keinen Fall. Ich habe mich lange genug geduldet und zurückgehalten und wenn du mich nicht zurückgewiesen hättest, würde ich dich jetzt auch besser behandeln. Du hast selbst Schuld, aber ich lasse mich von einer Frau nicht zurückweisen."

„Was ist in dich gefahren? Du warst doch früher nicht so ein Mistkerl."

Er grinste sie verächtlich an. „Als du nach San Francisco gegangen bist, warst du im Prinzip ja noch ein Kind, aber mittlerweile bist du eine junge und wunderhübsche Frau geworden. Wer weiß, wie lange sich die anderen Cowboys noch zurückhalten können."

„Du hättest es nie gewagt, mich so zu behandeln, wenn mein Vater noch am Leben wäre."

„Das stimmt. Dein Vater hätte sich niemals auf eine zweite Chance eingelassen, aber er ist ja nicht mehr hier und Ridge weiß auch nicht, dass ich hier bin." Er presste sich gegen die junge Frau und begann ihr Gesicht zu streicheln.

Kate versuchte, ihn von sich zu stoßen, aber er war zu stark für sie. Als er dann aber versuchte, sie zu küssen, biss sie ihm fest in die Wange und Lippe. Er fluchte auf und zog seinen Kopf zurück, warf sie dann aber auf den Boden.

Sie fing an, nach Anthony zu treten, als er im nächsten Moment auch schon von jemandem zurückgerissen wurde.

Kates Augen waren weit aufgerissen, als Ridge sie auf die Beine zog und sofort in seine muskulösen Arme schloss. Sie zitterte am ganzen Körper, schluckte aber tapfer die Tränen hinunter. Ihr väterlicher Freund hielt sie ganz fest, sie machte sich aber von ihm frei, als ihr bewusst wurde, dass Aaron auf ihren Angreifer einprügelte.

Sie eilte auf ihren Kindheitsfreund zu und versuchte ihn von Anthony fortzuziehen, doch der junge Mann war so außer sich, dass er Kate gar nicht richtig wahrnahm. Sie hatte ihn noch nie so zornig gesehen.

Erst die strenge Stimme seines Vaters holte ihn in die Wirklichkeit zurück. Der Ältere zog ihn im nächsten Moment auch schon von dem anderen fort. Anthony war mittlerweile bewusstlos, sein Gesicht blutverschmiert.

„Du kannst dich nicht so vergessen, Aaron. Ich würde ihn am liebsten auch umbringen, aber ihn so blutig zu schlagen bringt auch nichts."

Der junge Mann holte tief Luft, bevor er Kate in seine Arme zog und fest an sich drückte. Die junge Frau konnte spüren, dass er sich nun bemühte, seine Gefühle wieder unter Kontrolle zu bekommen und schlang ihre Arme um ihren Freund.

„Verzeih mir, falls ich dich erschreckt haben sollte, Kate", murmelte er plötzlich und drückte einen Kuss auf ihren Kopf. „Ich weiß nicht, was in mich gefahren ist, aber als ich sah, was dieser Mistkerl dir antun wollte, habe ich nur noch rot gesehen."

Kate versuchte krampfhaft ihre Tränen zu unterdrücken, doch als Aaron vorsichtig ihr Kinn hob und in ihre Augen sah, brachen die Schluchzer aus ihr heraus. Der junge Mann zog sie wieder ganz fest in seine Arme und hielt sie, bis Ridge ihre Hand nahm und sie in eine väterliche Umarmung zog.

Dankbarkeit füllte ihr Herz. Obwohl ihre Eltern beide nicht mehr lebten, fühlte sie sich weiterhin geliebt und beschützt.

Anthony wurde vom Sheriff sofort ins Gefängnis gesteckt. Ein Richter wurde benachrichtigt, aber da Anthony einen einflussreichen Onkel als Anwalt hatte, setzte dieser durch, dass sein Neffe nur ein paar Wochen im Gefängnis sitzen musste, da ja dank Ridge und Aaron nichts weiter geschehen war.

UNVERWÜSTLICHER KAMPFGEIST

Anthony erhielt allerdings eine ordentliche Verwarnung vom Richter und ein absolutes Verbot, sich Kate jemals wieder zu nähern.

Stanley Wilkinson, der Anwalt ihres Vaters und Patenonkel von Kate, war außer sich, dass Anthony mit so einer lächerlichen Bestrafung davon kam, musste es aber hinnehmen. Auch Ridge und die Bürger von Black Hawk waren aufgebracht, als sie hörten, dass Anthony im Prinzip nur einen Schlag auf die Finger bekam.

Kate schien darüber allerdings nicht sehr überrascht zu sein. Gewalt gegen Frauen wurde leider nach wie vor nicht sehr hart bestraft.

„Ridge, ich habe gerade ein Telegramm von Stanley erhalten. Er möchte, dass wir zu ihm nach Denver kommen. Ich nehme an, dass Crystal und Gregory ihn jetzt lange genug unter Druck gesetzt haben, um das endlich mit dem Testament zu regeln."

„Dann werden wir das doch so schnell wie möglich in Angriff nehmen." Ihr väterlicher Freund nickte ihr zu.

„Ich möchte dann auch zu der Bank von Onkel Ambrose gehen und veranlassen, dass er das Geld von meinem Vater nach Black Hawk transportieren lässt."

„Ich dachte, dein Vater hat das längst in die Wege geleitet." Ridge blickte sie verwundert an.

„Das wollte er, aber Ambrose hat sich geweigert, dies zu tun. Ich habe diese Nachricht gefunden." Sie zog einen Zettel aus der Tasche ihres Kleides und übergab es dem Älteren, der es sogleich aufmerksam durchlas. „Es sieht so aus, als ob wir

Stanley mitnehmen müssen, um meinem lieben Verwandten auf die Finger zu hauen."

„Kate, lass dich mal ansehen." Stanley Wilkinson blickte sie entzückt an. Er hatte seine Patentochter schon einige Jahre nicht mehr gesehen.

„Meine Güte, du wirst immer schöner. Hat Ridge die jungen Herren von Black Hawk seit deiner Rückkehr schon mit der Schrotflinte von der Ranch jagen müssen?" Er zwinkerte ihr zu und Kate, die sich das Ganze sofort bildlich vorstellte, lachte einmal laut auf, wurde dann aber ernst, als sie an Anthony dachte.

Ridge zog sie in seine Arme. „Denk nicht mehr an diesen Verbrecher, Kate. Er gilt in keiner Weise als Verehrer, da er dich besitzen und nicht lieben wollte."

Die junge Frau schloss kurz die Augen. Wie konnte sie fortan sicher sein, dass ein Mann sie liebte und nicht beherrschen wollte? Sie spürte die Blicke der beiden Männer auf sich und öffnete die Augen.

„Es wird sicher noch einige Zeit dauern, bis sich wirklich jemand für mich interessieren wird, falls das überhaupt passieren sollte." Kate wirkte beinahe hoffnungslos. Ridge und Stanley sahen einander an.

„Das glaube ich nicht."

„Ich auch nicht", mischte sich nun auch Ridge ein und zog die junge Frau wieder fest in seine muskulösen Arme. „Ich habe dir bereits gesagt, dass es nicht mehr lange dauern wird und so bald unser Haus wieder aufgebaut ist, werde ich auch die geladene Flinte herausholen. Denk bitte nicht, dass die meisten Männer nur darauf aus sind, eine hübsche Frau zu besitzen. Es werden viele kommen, die dich lieben und beschützen wollen."

Kate sah ihren väterlichen Freund an. Es erstaunte sie jedes Mal von Neuem, wie gut er sie kannte und auch ihre Gedanken erraten konnte.

Stanley erkundigte sich sogleich über das Haus und wie es voranging. Er ließ sich auch von Kate genau erklären, was sie bei ihrer Rückkehr beobachtet hatte, warnte sie aber, sich keine Hoffnungen zu machen, da sie ohne Zeugen ihrem Onkel nichts nachsagen konnten.

Sie wollte gerade etwas erwidern, als es klopfte und im nächsten Moment auch schon Gregory und Crystal mit einem Mann den Raum betraten. Er war vermutlich der Anwalt von den beiden.

Kate musste sich sehr zusammenreißen, um nicht die Augen zu verdrehen. Stanley bat alle Platz zu nehmen, als es wieder klopfte und ein gut aussehender junger Mann ins Zimmer kam. Kate blickte ihn neugierig an, aber Stanley stellte ihn sofort als seinen Sohn vor, der der Unterhaltung als ein weiterer Zeuge beiwohnen sollte.

„Kommen wir auch gleich zur Sache." Stanley blickte sich um und seine Augen blieben dann an Gregory hängen. „Ich habe Ihre ganzen Schriftstücke erhalten, die Sie mir ständig zugeschickt haben, aber egal, wie sehr Sie auch versuchen mich unter Druck zu setzen, es ändert am Testament nichts. Kate erbt die Ranch und alles, was dazu gehört. Crystal Cooper hat keinerlei Anspruch, da sie zu Anfang der Ehe ein Dokument unterschrieben hat, dass sie mit der Ranch nichts zu tun haben und diese auch nicht erben wollte. Sie hatte nur an Geld Interesse und da sie sich während ihrer Ehe davon immer reichlich genommen hat, wird sie jetzt gar nichts mehr erhalten."

Gregory und sein Anwalt schnappten nach Luft. Crystal schien es eher gelassen hinzunehmen, was Kate sehr verdächtig vorkam.

„Das ist doch wohl nicht Ihr Ernst, Wilkinson", erboste sich Gregory sofort und schlug mit der Faust auf den Tisch. „Ich bin der leibliche Bruder von Steven und somit sollte rechtlich alles mir gehören. Kate ist nicht einmal volljährig."

„Nein, ist sie nicht, aber in diesem Falle kommen dann Mr. Emerson und meine Wenigkeit ins Spiel, da wir als Vormund für sie verantwortlich sind."

„Das nehme ich so nicht hin. Kate ist nur eine Frau und als männlicher Verwandter werde ich auf mein Recht pochen, auch wenn ich es vors Gericht bringen muss. Sobald sie heiratet, gehört ohnehin alles ihrem Ehemann. Frauen können nichts erben."

„Ach wirklich?", warf Kate dazwischen und sah ihren Onkel mit zusammengekniffenen Augen an. „Gerade hast du noch herum getönt, dass Crystal alles erben soll. Ist sie nicht ebenfalls eine Frau?" Sie zog eine Augenbraue hoch und Gregory schnaubte verächtlich.

„Das ist etwas anderes. Wir haben vor, zu heiraten."

Crystal, die bis zu dem Zeitpunkt alles stillschweigend beobachtet hatte, räusperte sich. „Du glaubst doch nicht allen Ernstes, dass ich dich heiraten werde, Gregory? Du hast gerade sehr deutlich gemacht, was du über Frauen denkst und im

Prinzip zugegeben, dass du mich nur heiraten möchtest, damit du als Ehemann an alles herankommst."

Sie blickte ihn missbilligend an, verzog aber sonst keine Miene. Kate wusste nicht, was sie davon halten sollte, aber Gregory war jetzt tatsächlich erst einmal sprachlos.

„Sie können sich ein Erbe aus dem Kopf schlagen, Mr. Cooper. Ihr Bruder hat all diese Dinge genaustens in seinem Testament festgelegt und ein Richter hat das Ganze unterschrieben und besiegelt."

„Wilkinson", mischte sich nun der andere Anwalt mit ein. „Was Mr. Cooper gesagt hat, stimmt. Sobald die junge Dame heiratet, wird alles ihrem Ehemann übergeben. Und selbst, wenn sie nicht heiraten möchte, wäre es für einen Mann sehr einfach, sie in eine Ehe zu zwingen, um an alles heranzukommen."

Kate blickte erschrocken zu Ridge hinüber, doch der schüttelte unmerklich seinen Kopf. Stanley lächelte überheblich.

„Auch das hat Steven genaustens in seinem Testament erörtert. Bis zu ihrer Volljährigkeit müssen Mr. Emerson und ich einer Ehe unsere Zustimmung erteilen. Falls es jemand wagen sollte, die junge Frau in eine Ehe zu zwingen, ohne unsere Erlaubnis bekommen zu haben, wird die Ehe auf der Stelle annulliert und als Ehebetrug behandelt, was bedeutet, dass der Mann ins Gefängnis kommt."

Gregory sprang auf. „Das ist alles andere als legal. Frauen haben kein Anrecht auf solch gesetzlichen Schutz."

„Doch das haben sie, Mr. Cooper. Männer wie Sie glauben zwar immer im Recht zu sein, aber ich kann Ihnen versichern, dass das nicht mehr der Fall ist. Gesetze ändern sich und die Frauen erhalten auch immer mehr Rechte oder werden gesetzlich beschützt." Ethan Wilkinson hatte sich ebenfalls erhoben und blickte den anderen Mann fest an. Gregory war im ersten Augenblick direkt sprachlos. Crystal ergriff seinen Arm.

„Warum lassen wir Kate nicht einfach beweisen, dass sie die Ranch übernehmen kann?" Sie hielt einen Moment inne, bevor sie mit einem spöttischen Lächeln weiterfuhr.

„Oder besser gesagt, dass sie es nicht schaffen wird, die Ranch zu führen. Laut ihrer Aussage sind die Gebäude doch alle zerstört worden."

Kate musste tief Luft holen. Sie kochte innerlich. „Mach dir darüber mal keine Sorgen, Crystal. Wir sind schon dabei, alles wieder aufzubauen."

Gregory schnaufte verächtlich. „Und woher habt Ihr das Geld genommen? Hast du als Frau tatsächlich einen Kredit von der Bank bekommen?"

Kate blickte ihn eiskalt an. Sie versuchte sich zu beherrschen, aber seine Respektlosigkeit und Verachtung Frauen gegenüber konnte sie nicht einfach so im Raum stehen lassen. Sie war allerdings auch ein wenig geschockt, denn diese Seite hatte sie an ihm zuvor noch nie gesehen. Kate nahm allerdings wahr, dass sogar Crystal Gregory einen vernichteten Blick zuwarf.

„Ich habe mich schon immer gewundert, warum du nie geheiratet hast, aber deine Einstellung Frauen gegenüber beantwortet das. Eine Frau wäre dumm, eine Beziehung mit dir einzugehen. Es ist also kein Wunder, dass sogar Crystal sich weigert, dich zu heiraten. Der Unterschied zwischen meinem Vater und dir ist ja wie Tag und Nacht."

Sie schüttelte ihren Kopf, bemerkte aber, wie es um Crystals Mundwinkel verräterisch zuckte.

Konnte es tatsächlich sein, dass Crystal mit ihr übereinstimmte, auch wenn es nur eine klitzekleine Sache war? Sie räusperte sich, bevor sie fortfuhr.

„Ein Kredit war übrigens nicht nötig. Mein Vater hatte genügend gespart und zur Seite gelegt und dafür gesorgt, dass weder du noch Crystal etwas darüber wussten."

„Dein Vater hat seiner eigenen Frau Geld unterschlagen?", herrschte er Kate an, aber sie blieb erstaunlicherweise ruhig.

„Es war sein Geld, Gregory. Geld, das er für meine Zukunft und mich gespart hat und wir jetzt dafür nutzen können."

„Das ist eine Unverschämtheit. Wir werden damit vor Gericht gehen", schimpfte Gregory gleich los, aber Stanley schüttelte seinen Kopf.

„Und weswegen? Crystal hat gut gelebt und sehr viel Geld ausgegeben. Kein Richter wird Ihnen zustimmen, dass es eine Unverschämtheit war, für seine Tochter und Zukunft der Ranch Geld zu sparen. Wir haben auch alles dokumentiert. Steven hat die Rechnungen und Schriftstücke von Crystals Einkäufen gesammelt und als Beweis an mich geschickt. Sie haben vielleicht gedacht, dass Sie Ihren Bruder in der Hand haben, aber das war gewiss nicht der Fall. Er wusste genau, was er tat und warum er es duldete, Sie dort so lange wohnen zu lassen."

Gregory blickte fassungslos zu seinem Anwalt und dann Crystal. „Und du sagst nichts?"

„Was soll ich denn dagegen sagen? Ich habe gedacht, ich habe alles immer gut versteckt, aber offenbar hat Steven es doch gefunden", fauchte Crystal den anderen böse an.

„Kate muss trotzdem beweisen, dass sie die Ranch übernehmen kann und wenn nicht—"

„ ... dann übernimmt Mr. Emerson die Ranchführung. Geben Sie es auf, Mr. Cooper, denn Sie bekommen nichts."

„Kate muss zeigen, dass sie das alleine kann ohne die Hilfe von Emerson und den Cowboys."

Gregory war unbeirrt fortgefahren, als ob Stanley nie etwas dazwischengeworfen hatte. Sämtliche Anwesende schüttelten nur ungläubig mit dem Kopf. Sogar Gregorys Anwalt fasste sich genervt an die Stirn.

Die junge Frau hatte so etwas wie Mitleid in den Augen. Sie biss sich auf die Zunge, um bloß nichts Falsches zu sagen, aber ein Spruch entwich ihr trotz aller Vorsicht.

„Sag mal, bist du als Kind auf den Kopf gefallen, oder wieso redest du so einen Schwachsinn?" Ihr Blick sagte alles und die Männer, um sie herum, mussten sich zur Seite drehen, um nicht loszulachen.

„Auch ein Mann könnte das nicht alleine schaffen. Mein Vater und Ridge haben hart gearbeitet, um die Ranch zu dem zu machen, was es nun ist. Glaubst du allen Ernstes, dass das eine einzelne Person schafft? Du hast tatsächlich nicht die geringste Ahnung von Rancharbeit, oder?" Sie funkelte ihn zornig an.

„Ich dachte, dass vielleicht etwas in deinem Hirn hängengeblieben ist, auch wenn du den Cowboys nur zugesehen hast, aber so einen Blödsinn von dir zu geben, zeigt, dass du keinen blassen Schimmer hast. Crystal und du habt es euch ja nur wohlergehen lassen, aber alle anderen, die auf der Ranch waren, haben zusammengearbeitet, um das zu erreichen, was letztendlich zum Erfolg führte."

Gregory verzog sein Gesicht und wollte gerade wieder loswettern, als Stanley sich erhob.

UNVERWÜSTLICHER KAMPFGEIST

„Diese Besprechung ist beendet. Sie können es gerne versuchen, etwas gerichtlich zu erreichen, aber Steven hat dieses ganze Theater vorausgesehen und dementsprechend gehandelt und geplant." Stanley nickte Crystal, Gregory und dessen Anwalt freundlich zu und verwies sie aus seinem Büro.

Man konnte sehen, dass Kates Onkel kochte, dann aber aus dem Zimmer stürmte. Stanley wandte sich wieder an die junge Frau.

„Das haben wir erst einmal erledigt, aber ich denke nicht, dass das Thema für deinen Onkel und Crystal abgeschlossen ist."

„Nein, sie werden noch lange nicht aufgeben. Offenbar sind sie auch nur an dem Land interessiert, denn sonst hätten sie nicht die ganzen Gebäude verbrannt."

Stanley blickte sie erstaunt an, aber bevor er etwas sagen konnte, mischte sich Ridge in das Gespräch mit ein.

„Kate hat eine Nachricht von ihrem Vater gefunden. Offenbar hat sich sein Bruder Ambrose geweigert, ihm das Geld auszuzahlen, das noch auf seinem Konto hier in Denver ist."

„Unglaublich. Seine jüngsten Brüder sind wirklich mit allen Wassern gewaschen, oder? Zeig mir mal die Nachricht, Kate."

Die junge Frau überreichte ihm den Zettel und er las es schnell durch. Kate beobachtete ihn nervös.

„Weißt du, ob mein Vater irgendein Dokument vorbereitet hat, damit ich an das Geld herankommen kann? Ridge und ich haben Zugriff auf sein Konto in Black Hawk, aber bis ich auf diese Nachricht gestoßen bin, wusste ich nicht einmal, dass er noch ein Konto auf der Bank seines Bruders hat."

Stanley nickte und drückte ihre Hand. „Wir haben dieses Dokument schon vor Jahren vorbereitet, aber Steven wollte es nur im Notfall einsetzen. Offenbar ist mit dieser Sache ein

Notfall eingetreten." Er stand auf und ging auf einen Schrank zu, holte eine Akte heraus und setzte sich zurück an seinen Schreibtisch.

„Du musst hier unterschreiben und Ridge an dieser Stelle." Stanley beobachtete, wie die beiden ihre Unterschrift gaben und lehnte sich dann in seinem Stuhl zurück.

„Wie ihr sehen könnt, haben Steven und ich es bereits unterschrieben und mit diesem Siegel", sagte er und drückte den Stempel auf das Dokument, „ist nun alles gültig."

Ridge nickte zufrieden. „Damit wir so schnell nicht noch einmal nach Denver kommen müssen, wollen wir jetzt sofort zur Bank gehen und Ambrose konfrontieren. Hast du gerade Zeit, dich uns anzuschließen?"

Stanley nickte. „Das habe ich. Ich schlage vor, Kate geht zuerst alleine rein und wir kommen dann dazu."

„Mr. Cooper, eine junge Dame möchte Sie gerne sprechen." Die Angestellte des Bankdirektors nickte Kate kurz darauf freundlich zu und ließ sie eintreten.

Ambrose lächelte, als die junge Frau ins Zimmer kam und bot ihr sogleich einen Stuhl an.

„Was kann ich für Sie tun, Fräulein?"

Kate blickte ihm gerade in die Augen. „Du erkennst mich tatsächlich nicht?"

Ihr Onkel musterte sie argwöhnisch, schüttelte aber seinen Kopf. Kate straffte ihre Schultern.

„Ich bin Kate, Onkel. Die Tochter von Lauren und Steven."

UNVERWÜSTLICHER KAMPFGEIST

Es war kein Geheimnis, das er überrascht war. Offenbar hatte er mit ihr überhaupt nicht gerechnet.

„Meine Güte, die kleine Kate? Du hast dich aber herausgemacht. Hübsch bist du, das kann ich nicht verleugnen." Er zwinkerte ihr spitzbübisch zu, und Kate lächelte höflich zurück, auch wenn es ihr nicht einfach fiel. Sie hatte zu viel Negatives über ihn gehört und wollte sich von ihm nichts vorspielen lassen.

„Dann erzähl mal, was dich nach Denver gebracht hat. Das mit deinem Vater tut mir übrigens sehr leid."

Kate informierte ihn ohne Umschweife über die Geschehnisse der letzten Wochen und auch über die Nachricht von ihrem Vater. Ambrose hörte ihr geduldig zu und schien in keiner Weise aufgebracht zu sein. Das machte sie selbstverständlich misstrauisch.

„Und du bist sicher, dass es mein Bruder war, den du das Feuer legen gesehen hast? Ich nehme mal an, dass du nicht direkt in der Nähe warst."

„Ich bin mir sicher. Als er wegfuhr, saß auch meine *Stiefmutter* neben ihm auf dem Wagen unserer Ranch und ich habe beide wenig später in der Stadt getroffen." Sie hielt kurz inne, fuhr dann aber gleich fort.

„Ich wüsste auch keinen anderen, der so etwas machen würde. Gregory hat sich uneingeladen, bei uns eingenistet und sich geweigert, wieder zu gehen. Er hatte von Anfang an nur Geld und Erfolg im Kopf und wollte sich an der harten Arbeit von Ridge und meinem Vater bereichern und mit Ruhm bekleckern." Ihre Augen funkelten ärgerlich, aber ihr Onkel schien über ihren Frust amüsiert zu sein. Er grinste.

„Ich weiß gar nicht, was es da zu grinsen gibt", fuhr sie ihn ärgerlich an und blickte ihm missbilligend in die Augen. „Deine Reaktion ist nur eine Bestätigung, das alles stimmt, was ich über dich gehört habe."

„Was hast du denn über mich gehört, junge Dame?"

„Dass du Gregory finanziell unterstützt und sogar ermunterst, alles zu tun, was möglich ist, um das Land unserer Ranch an sich zu reißen. Auch wenn mein Vater nicht mehr da ist, werde ich alles, wofür er schwer gearbeitet hat, nicht einfach und ohne Kampf abgeben. Schon gar nicht an einen nichtsnutzigen Mann wie Gregory", schimpfte sie.

Als es um seine Mundwinkel wieder verdächtig zuckte, wäre sie ihm am liebsten an die Gurgel gesprungen. Bevor sie aber ihren Unmut weiterhin zum Ausdruck bringen konnte, machte er eine Bemerkung, die sie sprachlos werden ließ.

„Ich glaube, es ist an der Zeit, dass ich mich dir vorstelle. Da ich annehme, dass du mich für Ambrose hältst, sollte ich dich darüber informieren, dass ich nicht der bin, den du sehen wolltest."

Kate hielt sogleich inne, ihre Augen weiteten sich und sie blickte ihn irritiert an. Wollte er ihr einen Bären aufbinden? Sie hatte ihn zwar schon lange nicht mehr gesehen, aber ihr Gegenüber war ganz klar ihr Onkel Ambrose.

Ihr Onkel schmunzelte, während er sie beobachtete, sagte aber erst wieder etwas, als sie Anstalten machte, auf seine schockierende Erklärung Stellung zu nehmen.

„Ich kann sehen, dass dies ein Schock für dich ist, Kate."

„Ein Schock? Ich habe das Gefühl, dass du mich versuchst zu beschwindeln. Ich habe deiner Sekretärin ausdrücklich gesagt, dass ich mit dem Bankdirektor sprechen möchte."

„Der bin ich."

Kate holte tief Luft, aber es begann in ihr zu brodeln. „Willst du mich zum Narren halten?"

Er grinste wieder, schüttelte aber seinen Kopf. „Das würde ich nie wagen."

Die junge Frau stand auf und blickte ihn wütend an. „Offenbar glaubst du, dass dies nur ein dummer Spaß ist. Vielleicht musst du die Sache nicht ernst nehmen, aber für mich waren die letzten Wochen alles andere als schön und mir ist auch nicht zum Lachen zumute. Vielleicht können wir ein Gespräch zu einem späteren Zeitpunkt noch einmal versuchen."

Kate drehte sich auf dem Absatz um und wollte gerade aus dem Raum stürmen, als ihr Onkel auch schon neben ihr stand und sie tatkräftig daran hinderte. Er nahm ihren Arm und führte sie in eine Sofaecke auf der anderen Seite seines Büros und räusperte sich.

„Vergib mir, ich wollte dich auf keinen Fall so verärgern. Was ich dir gleich hätte sagen sollen, ist, das ich der Zwillingsbruder von Ambrose bin. Mein Name ist Rowan und ich bin erst vor einer Woche aus England zurückgekehrt. Ich habe in Oxford studiert und dann viele Jahre in London als Anwalt gearbeitet."

Kate verschlug es dieses Mal richtig die Sprache und es frustrierte sie, als sie merkte, dass ihre Wangen ganz warm wurden. Es dauerte einige Minuten, bis die junge Frau über den Schock hinweg war.

„Ich habe gar nicht gewusst, dass Ambrose einen Zwillingsbruder hat. Warum hat mir nie jemand von dir erzählt?"

Ihr Onkel seufzte. „Ambrose hat genau wie Gregory eine Menge auf dem Kerbholz. Da ich nach England gegangen bin, als du noch ganz klein warst, hast du mich nie persönlich kennengelernt. Leider hat mein Bruder auch viele Dinge in meinem Namen gemacht und meine Abwesenheit genutzt, sich mal als Ambrose und andere Male als mich auszugeben."

„Bist du wegen deiner Brüder wieder zurückgekommen?"

Rowan nickte.

„Ich wollte schon lange wiederkommen, aber als mir dein Vater immer öfter von seinen Problemen mit Ambrose und Gregory schrieb und ich dann auch noch vom Bankdirektor mehrmals Post bekam, in dem er zum Ausdruck brachte, das mein Bruder sich immer seltener in der Bank sehen und alles seine Angestellten machen ließ, wusste ich, dass ich den Umzug nicht mehr lange aufschieben konnte." Er verzog das Gesicht, bevor er weiterredete.

„Leider hat der Hausverkauf und die anderen Dinge, die ich abwickeln musste, länger als geplant gedauert und somit konnte ich deinen Vater vor seinem Tode nicht mehr sehen."

Kate überlegte kurz. „Hast du dich mit meinem Vater verstanden?"

Rowan nickte und sah zum ersten Mal ein wenig traurig aus. „Steven und ich hatten eine ausgezeichnete Verbindung zueinander. Obwohl Ambrose mein Zwillingsbruder ist, sind wir uns nicht sehr nahe gewesen. Wir sehen äußerlich zwar gleich aus, aber unsere Charaktere könnten nicht verschiedener sein."

„Ist das der Grund, warum Papa dich weder in seinem Testament erwähnt noch als Vormund für mich vorgesehen hat?"

Ihr Onkel nickte. „Ambrose hätte das schamlos für sich ausgenutzt, um an alles heranzukommen, woran er und Gregory ran wollten. Von England aus hätte ich nicht viel ausrichten können und das wollte dein Vater nicht riskieren. Seine Entscheidung, Ridge und Stanley dafür einzusetzen war genau richtig."

„Du kennst die beiden?"

„Sogar sehr gut. Die beiden sind genau wie Steven ein paar Jahre älter als ich, aber bevor ich nach England gegangen bin, habe ich oft auf der Ranch ausgeholfen und da Stanley auch hier in Denver war, habe ich mich oft privat mit ihm getroffen."

Zum ersten Mal, seit Kate das Büro ihres Onkels betreten hatte, bezauberte ein aufrichtiges Lächeln ihr Gesicht. Rowan erhob sich und zog sie ebenfalls auf die Beine, um sie kurz darauf fest in die Arme schließen zu können. Sie wusste gar nicht, wie ihr geschah.

Als Rowan sie wieder losließ, hob er sachte ihr Kinn, um in ihre Augen schauen zu können.

„Du siehst Lauren so unglaublich ähnlich. Ich weiß, dass Steven darüber immer sehr dankbar war."

„Wie kommt es, dass du im Büro deines Bruders bist? Hat er nicht die Bank von Großvater bekommen?"

„Dad hat sie uns beide überschrieben, aber da ich ja in England war, hat Ambrose das Geschäft all die Jahre alleine geführt und wie ich durch seine Angestellten erfahren habe, sich nicht gerade mit Ruhm bekleckert."

Kate nickte. „Deswegen bin ich hier. Ich habe diese Nachricht von meinem Vater gefunden."

Sie reichte ihm den Zettel und er las es kurz durch. „Hast du eine Ahnung, warum er das Geld nicht auszahlen wollte?"

Rowan schüttelte den Kopf, aber bevor er dazu etwas sagen konnte, hörten sie laute Stimmen näher kommen und kurz darauf wurde die Tür aufgestoßen und Ambrose taumelte ins Zimmer. Hinter ihm befand sich Gregory.

Kate verdrehte die Augen, war aber dennoch ein wenig geschockt, als sie sah, wie ähnlich sich die Zwillingsbrüder sahen. Rowan war etwas größer und hatte seine Haare anders, aber man konnte in seinen Augen sehen, dass er ein guter und herzlicher Mann war, mit genau der richtigen Portion Humor.

Ambrose konnte sich kaum auf den Beinen halten und schwankte auf Kate zu, doch Rowan zog seine Nichte aus dem Weg.

„Was machste in meinem Büro, Rowan", lallte Ambrose und sein Bruder schüttelte nur seinen Kopf.

„Es ist *unser* Büro, Bruder und du solltest dich schämen, hier betrunken aufzutauchen. Warum trinkst du überhaupt am helllichten Tag?"

„Das soll dir doch gleich sein. Du wirst mir meine Bank nicht wegnehmen", knurrte der andere und hielt Rowan seine Faust unter die Nase.

„Das habe ich auch nicht vor, aber ich werde dafür sorgen, dass du Vaters Geschäft nicht völlig ruinierst. Seit ich wieder hier bin, habe ich nur Beschwerden über dich gehört."

Ambrose zuckte nur mit den Schultern, ließ sich dann aber ächzend in einen Sessel fallen.

„Und wer ist diese junge Dame?"

Bevor Gregory die Chance hatte, einen dummen Kommentar abzugeben und Rowan sie vorstellen konnte, blickte sie ihrem Onkel gerade in die Augen.

„Ich bin Kate Cooper. Die Tochter deines Bruders Steven."

6

Hasserfüllte
Zerwürfnisse

„Ach, natürlich. Ich nehme an, das du hier bist, um mich um Geld zu bitten. Steven ist kaum tot, da kommst du schon angekrochen."

Kate blitzte den Älteren vernichtend an, konnte aber spüren, wie Rowan neben ihr ebenfalls kurz davor war, in die Luft zu gehen.

„Um Geld bitten? Ganz gewiss nicht, Onkel. Ich möchte das Konto meines Vaters schließen und das restliche Geld auf unser Konto in Black Hawk überweisen."

Ambrose grinste spöttisch. „Du hast keinen Zugang zu dem Konto."

„Doch das habe ich. Da du dich ja geweigert hast, die Überweisung zu tun, als mein Vater noch lebte, hat er dafür gesorgt, dass eine Vollmacht von unserem Anwalt angefertigt wurde und diese haben alle unterschrieben." Sie blickte ihn fest an und es schien ihm für einen Moment die Sprache zu verschlagen.

Kate öffnete ihre Tasche und holte das Dokument heraus und übergab es Rowan, der es begutachtete und dann auch seinem Bruder zeigte, ohne es aber aus der Hand zu geben.

„Und du glaubst, das beeindruckt mich?", wetterte Ambrose kurz darauf los und sie hörten, wie die Tür zum Zimmer geschlossen wurde. Vermutlich wollte die Sekretärin verhindern, dass Kunden der Bank von Ambroses Temperamentsausbruch etwas mitbekamen.

Kates Gesichtsausdruck verfinsterte sich, während sie ihn eiskalt anblickte. „Ob dich das beeindruckt, interessiert mich nicht im Geringsten. Du hast kein Recht, das Geld meines Vaters zurückzubehalten."

Ambrose starrte sie erschrocken an. Seine Reaktion machte es deutlich, dass er nicht damit gerechnet hatte, dass sie sich nicht so einfach einschüchtern ließ.

„Dein Vater hatte eine Menge Schulden bei mir", fing ihr Onkel wieder an, doch Kate schüttelte sofort energisch den Kopf.

„Das hatte er nicht. Er hat niemals Geschäfte mit dir und deiner Bank gemacht und mit unserem Bankangestellten in Black Hawk gab es nie Probleme."

„Woher willst du wissen, ob dein Vater Geschäfte mit mir gemacht hat?", fauchte er sie ärgerlich an und trat bedrohend näher, konnte das Schwanken aber nicht ganz verhindern.

„Mein Vater hat mich, als ich älter wurde, über alles informiert und mich gelehrt, wie ich bestimmte Dinge zu regeln habe. Einen Rat, den er mir vor ein paar Jahren gegeben hat, war, dass ich niemals Geschäfte mit Halunken machen sollte. Ich gehe davon aus, dass er damit auch dich gemeint hat."

UNVERWÜSTLICHER KAMPFGEIST

Rowan drehte sich hustend zur Seite und Kate konnte sehen, dass es für einen kurzen Moment sogar um Gregorys Lippen zuckte.

Ambrose begann zu fluchen und wollte sie ergreifen, doch Kate hatte keine Mühe, aus seiner Reichweite zu gelangen. Er war zu betrunken, um ihr wirklich folgen zu können. Sie blitzte ihn kampfesmutig an und wollte gerade noch einen draufsetzen, als es laut klopfte und einen Moment später Ridge und Stanley in den Raum traten. Sie nickten Kate zu.

„Damit wir uns klar verstehen, Onkel Ambrose, solltest du dich weiterhin weigern, das Erbe meines Vaters auszuzahlen, werde ich die Situation gerichtlich regeln."

„Was fällt dir ein, dich hier so aufzuführen? Du bist nichts weiter als eine kleine Göre, der es offenbar in den Kopf gestiegen ist, etwas von ihrem Vater geerbt zu haben. Wir hätten dir die Ranch sofort wegnehmen sollen."

„Mr. Cooper, ich würde mit derartigen Äußerungen vorsichtig sein", fuhr Stanley ihn gleich scharf an. „Sie hatten noch nie irgendwelche Ansprüche auf die Ranch und zu sagen, Sie hätten Kate die Ranch gleich wegnehmen sollen, kann man auch so verstehen, dass Sie hinter dem Brand auf der Ranch stecken bzw. ihr illegal alles wegnehmen wollen."

„Es ist eine Unverschämtheit, mir so etwas zu unterstellen. Ich habe nie etwas Unrechtes getan und mich auch in keiner Weise Steven und seiner Ranch genähert."

Kate verdrehte die Augen, aber Stanley war nicht beeindruckt.

„Da hat mir Steven aber etwas ganz anderes erzählt. Jahrelang haben Sie und Gregory ihn unter Druck gesetzt, dass er Geschäftspartner aus Ihnen macht. Sie haben versucht, ihn mit Geld zu bestechen, ihm Drohungen geschickt und ihm sogar mit dem Gericht gedroht."

Kate blickte den Anwalt erschrocken an. „Wenn du das alles als Beweis hast, warum laufen die beiden dann noch frei herum?" Sie hatte es Stanley leise zugeraunt und er blickte sie kurz an, bevor er ihr zuflüsterte, er würde das später mit ihr besprechen.

Bevor Ambrose wieder los wettern wollte, mischte sich Rowan in das Gespräch mit ein.

„Selbstverständlich werde ich alles in die Wege leiten, damit das Geld überwiesen wird und das Konto von Steven aufgelöst." Er nickte seiner Nichte freundlich zu.

Ambrose und Gregory blickten sich zornig um, bevor sie wutentbrannt aus dem Zimmer stürmten und die Tür hinter sich zuknallten. Rowan schüttelte nur seinen Kopf.

Stanley und Ridge begrüßten den anderen jetzt erst einmal freudig und dann setzten sich alle in die Sofaecke.

„War Ambrose schon immer so furchtbar?" Kate war noch immer fassungslos über das Benehmen ihres Onkels. Sie wusste, wie Gregory war und hatte vermutet, dass Ambrose seinen jüngeren Bruder unterstützte, aber so ein Theater hatte sie von dem 35-Jährigen nicht erwartet.

Kates Eltern hatten früh geheiratet. Steven war gerade mal 21 Jahre alt gewesen, als er Lauren zur Frau nahm und sie stand kurz vor ihrem 19. Geburtstag. Steven kam aus einer großen Familie.

UNVERWÜSTLICHER KAMPFGEIST

Er hatte vier ältere Brüder, zwei Schwestern und dann die drei jüngeren Brüder. Obwohl sein Vater mit der Bank gut verdiente, war das Geld mit zehn Kindern dennoch oft knapp.

Kates Großeltern waren streng, aber gerecht. Sie lehrten ihren Söhnen, dass Geld nicht auf Bäumen wächst und man im Leben hart anpacken und arbeiten musste. Die ältesten vier zogen früh aus und arbeiteten hart, um zur Universität gehen zu können. Einer wurde Arzt, zwei Anwälte und einer ein Geschäftsmann, der sich innerhalb weniger Jahre eine Hotelkette aufbaute.

Steven machte es, mit seiner Ranch, seinen großen Brüdern nach und erfüllte gleichzeitig seinen Traum. Auch Rowan eiferte den Älteren nach. Obwohl er fünf Jahre jünger als Kates Vater war, hatte er zu ihm immer schon einen besseren Draht als zu seinem Zwillingsbruder.

Die alten Coopers waren bei den letzten Kindern schon lange nicht mehr so streng wie vorher und somit wurden Gregory und Ambrose faul, aber gierig. Sie hatten nicht den Ehrgeiz ihrer Geschwister und erwarteten, dass man alles für sie tat. Sie brachten sehr viel Unfrieden in die Familie und deswegen gaben ihre Eltern viel öfter nach, als sie hätten sollen und somit entwickelten sich die beiden zu unangenehmen und selbstsüchtigen Männern.

Da Rowan genauso hart arbeitete wie seine älteren Geschwister und sich seine Eltern erhofften, dass sich sein Zwillingsbruder irgendwann doch bei ihm anstecken ließ, überschrieben sie ihm und Ambrose die Bank. Sie wollten auch Gregory in das Familienunternehmen mit hereinnehmen, aber der wollte davon nichts wissen. Er bestand darauf, dass ihm sein

Vater sein Erbe auszahlte, aber das hatte er in wenigen Monaten schon ausgegeben.

Mit der Übergabe der Bank wurde Ambrose dann doch ein wenig ehrgeizig und die ersten Jahre arbeitete er ziemlich fleißig, selbstverständlich unter dem wachen Auge seines Vaters. Nachdem sein Vater dann gestorben war und Ambrose bemerkt hatte, wie viel erfolgreicher seine älteren Brüder waren, verwandelte sich sein Ehrgeiz in Unzufriedenheit und Bitterkeit. Er wollte reich werden, aber so wenig wie möglich dafür machen müssen.

Er überließ es hauptsächlich seinen Angestellten, die Bank zu leiten, kürzte ihnen aber nach und nach immer mehr das Gehalt, um mehr für sich zu haben. Wäre es nicht für Rowan gewesen, hätten alle mittlerweile gekündigt, aber Rowan hielt ein wachsames Auge auf das Unternehmen seines Vaters, auch wenn er von England aus nicht so viel ausrichten konnte. Er verdiente als Anwalt gut und füllte die Gehaltslücken der Bankangestellten mit seinem eigenen Geld.

Dadurch vertrauten sie ihm selbstverständlich und hielten ihn auf dem Laufenden, was seinen Bruder anging. Ambrose wurde reicher, aber woher das Geld genau kam, wusste außer Gregory keiner. Dennoch war Ambrose nie zufrieden und wollte immer noch mehr.

Als Rowan hörte, dass es mit der Bank immer weiter den Bach herunterging und er sich auch Sorgen machte, dass sein Zwillingsbruder mehr und mehr ins kriminelle Leben abdriftete, fasste er letztendlich den Entschluss, seine Anwaltskanzlei in London aufzugeben und nach Amerika zurückzukehren.

UNVERWÜSTLICHER KAMPFGEIST

„Ambrose war schon immer schwierig und erwartete genau wie Gregory, dass ihm alles so leicht wie möglich gemacht wurde. Sein Verlangen, reich zu werden, scheint ihn immer schlimmer werden zu lassen." Rowan seufzte. „Offenbar versucht er seine Unzufriedenheit nun im Alkohol zu ertrinken."

Kate nickte, gab ihrem Onkel dann aber ein strahlendes Lächeln. „Du musst uns unbedingt in Black Hawk besuchen kommen, wann immer es dir möglich ist. Seit Großmutter und Großvater verstorben sind, kenne ich aus der Familie meines Vaters ja nur Tante Sherry und Ambrose und Gregory und jetzt dich."

Rowan drückte ihre Hand und nickte. „Das werde ich ganz gewiss und schon in Kürze. Bevor wir uns jetzt aber verabschieden, möchte ich wissen, ob du das Geld geschickt oder lieber jetzt gleich mitnehmen möchtest?"

Kate blickte Ridge an und der nickte ihr zu. „Wenn du es da hast, dann würden wir es gerne mitnehmen. Dann kann uns Ambrose wenigstens nicht noch einmal in die Quere kommen."

Ambrose stürmte in den Saloon, dicht gefolgt von seinem Bruder. Er taumelte gegen mehrere Tische und zog den Ärger von anderen Betrunkenen auf sich, aber das schien ihn gar nicht zu stören. Sobald er die Theke erreicht hatte, knallte er ein paar Geldstücke auf den Tresen und fuhr den Wirt an, ihm sofort eine Flasche Whiskey zu bringen.

Gregory setzte sich auf den Stuhl neben seinem Bruder und blickte den Älteren fragend an. Der kletterte umständlich auf einen weiteren Barstuhl, bevor er sich an seinen Bruder wandte.

„Ich möchte, dass du dich mit Miller in Verbindung setzt. Mir scheint es, dass er Kate noch nicht genug Angst gemacht hat. Falls er es schaffen sollte, das Biest zu heiraten, umso besser."

Kate blickte auf, als Rowan in sein Büro zurückkam. Er schien frustriert zu sein. Sie erhob sich und trat auf seinen Schreibtisch zu, Ridge und Stanley folgten ihrem Beispiel.

„Was ist geschehen?"

„Ich wurde gerade von einem unserer Angestellten informiert, das Ambrose das Geld deines Vaters für sich selbst benutzt hat. Offenbar hat er mehrere Konten mit der Versprechung leer gemacht, es zurückzuzahlen." Rowan ballte seine Fäuste.

„Ist das nicht illegal?" Kate sah ihren Onkel an, bevor sie sich an den Anwalt ihres Vaters wandte.

„Es ist nicht ungewöhnlich, dass Banken das bei ihnen verwahrte Geld für Transaktionen und wichtige Auszahlungen benutzen, aber selbstverständlich muss das so schnell wie möglich zurückgezahlt werden. Kunden verlieren schnell ihr Vertrauen und wenn sie Geld abheben wollen, es aber fehlt, kann das sehr ungemütlich werden." Stanley sah sie ernst an.

„Ich werde dir trotzdem das Geld auszahlen, Kate."

„Das kannst du nicht machen, wir kommen schon irgendwie zurecht."

UNVERWÜSTLICHER KAMPFGEIST

„Mach dir meinetwegen keine Sorgen. Ich habe in England gut verdient und werde der Bank die Verluste jetzt erst einmal vorstrecken, aber Ambrose kommt auch dran, glaube mir. Ich werde ihn noch heute zur Rede stellen und dann ein Schreiben aufsetzen, damit unsere Kunden davon erfahren."

„Aber was, wenn sie sich gegen dich auflehnen und der Bank ihr Geld entziehen?" Kate schaute ihren Onkel mit großen Augen an und er seufzte.

„Ich hoffe, die Bankangestellten werden ein gutes Wort für mich einlegen. Leider ist dies die einzige Möglichkeit, meinen Bruder zur Rechenschaft zu ziehen und ihn hoffentlich erst einmal zu suspendieren. Ohne den Druck von unseren Kunden wird er sich herausreden und so weitermachen wie bisher."

Wie Rowan erwartet hatte, bestritt sein Bruder alle Beschuldigungen und behauptete sogar, dass die Bankangestellten das Geld genommen hatten. Daraufhin hielt Rowan Ambrose das Verwaltungsbuch unter die Nase, in dem er mit seiner eigenen Unterschrift bestätigt hatte, das Geld abgehoben zu haben. Ambrose sah aus, als ob er jeden Moment in die Luft gehen würde.

„Ich wusste, dass du nur zurückgekommen bist, um dir die Bank und meine harte Arbeit unter den Nagel zu reißen."

„Hast du deinen Verstand weggesoffen, Ambrose? Du hast nur die ersten Jahre gearbeitet und etwas geleistet, danach hast du dich gehen lassen und in den letzten paar Monaten sogar von der Bank gestohlen. Wir haben dieses Jahr Geld verloren und sehr viel sogar. Du hast unseren Angestellten das Gehalt gekürzt und hätte ich nicht eingegriffen und ihnen von meinem eigenen Geld den Rest dazugegeben, hätten sie alle gekündigt."

„Woher willst du wissen, dass ich den Angestellten nicht genug bezahlt habe?"

„Ich habe alles sehr genau verfolgt und mich von Mr. Jenkins über alles informieren lassen. Du bist so sehr mit deiner eigenen Welt beschäftigt, dass du es überhaupt nicht gemerkt hast, das ich ihn als Buchhalter eingestellt habe. Er hält alles schriftlich fest."

„Du hattest dazu kein Recht", machte sich Ambrose plötzlich lauthals Luft, aber Rowan hatte jetzt auch genug und knallte ein weiteres Dokument auf den Tisch.

„Unser Vater hat *uns* seine Bank gemeinsam übergeben. Hier. Erkennst du deine Unterschrift? Und die von Vater? Sogar unsere großen Brüder haben als Zeugen unterschrieben. Kannst du lesen, was hier steht? Dad wollte dir eine Chance geben, dich zu beweisen und was machst du? Du treibst das Geschäft fast in den Ruin. Ich weiß nicht einmal, ob ich es noch retten kann, aber ich verspreche dir, dass dies Nachfolgen für dich haben wird. Unsere Brüder werden informiert und auch unsere Kunden, denn sie müssen wissen, dass du mit ihrem Geld unehrlich umgegangen bist. Rechne mit deiner Suspendierung und wenn du das Geld in den nächsten drei Monaten nicht zurückgezahlt hast, werde ich gerichtlich gegen dich vorgehen."

Ambrose wollte etwas erwidern, aber Rowan brachte ihn mit einer energischen Handbewegung zum Schweigen. Ambrose drehte sich wutentbrannt um und verließ wortlos das Haus.

UNVERWÜSTLICHER KAMPFGEIST

Zwei Tage, nachdem Ridge und Kate in Denver waren und während Kate dabei war, ihr Pferd zu satteln, um mit ihrem Vormann auf die Ranch zu reiten, wurde sie plötzlich von einer angenehmen tiefen Stimme aus den Gedanken gerissen. Da sie damit nicht gerechnet hatte, zuckte sie erschrocken zusammen, blickte aber auf und spürte, wie ihre Wangen wärmer wurden.

„Ethan, was machen Sie denn hier?"

„*Du* bitte", erwiderte er mit einem Augenzwinkern und lächelte ihr fröhlich zu. „Du bist meinem Vater auch nicht so förmlich gegenüber. Dad, ist überzeugt, dass ich einige Zeit in Black Hawk gebraucht werde und ich wollte fragen, ob du mich als Cowboy einstellen würdest."

Kate blickte erschrocken zu ihrem Vormann hinüber, doch der grinste nur. „Hast du Erfahrung mit Rancharbeit?"

Ethan schüttelte seinen Kopf. „Leider nein, aber ihr wollt doch jetzt mit dem Hausbau anfangen, oder? Bevor ich sicher war, dass ich Anwalt werden wollte, habe ich auch einige Zeit Architektur studiert und einige praktische Erfahrungen gemacht."

„Das hört sich gut an", sagte nun Ridge und klopfte dem jungen Mann kameradschaftlich auf die Schulter. „Jemand, der etwas vom Hausbau versteht, kommt uns wie gerufen."

„Aber du kennst dich doch auch damit aus." Kate blickte ihren väterlichen Freund fragend an.

„Stimmt, aber ich habe es nie studiert und alleine ist so etwas immer schwierig. Ein Haus zu bauen ist doch etwas anders als eine einfache Hütte."

„Fräulein Cooper, haben Sie einen Moment Zeit?" Kate drehte sich um und beobachtete, wie Rick Baxter, der soeben aus dem Laden gekommen war, ihr entgegenkam. „Könnten Sie mir vielleicht zum Sägewerk folgen?"

Die junge Frau suchte Augenkontakt mit ihrem Vormann und Ridge nickte ihr wieder zu. Rick warf sich in den Sattel seines eigenen Pferdes und gemeinsam ritten sie in Richtung Sägewerk. Ethan folgte ebenfalls.

Rick bat seine drei Gäste, ihm in sein Büro zu folgen. Nachdem er die Tür geschlossen und alle Platz genommen hatten, lehnte er sich in seinem Stuhl zurück und sah der jungen Frau gerade in die Augen.

„Ich habe heute einen Brief von einem potenziellen Kunden erhalten, der mich verwundert, aber auch misstrauisch gemacht hat. Laut diesem Brief hat dieser Kunde bei Ihnen eine große Menge an Holz bestellt, bereits dafür bezahlt und ich sollte jetzt dafür sorgen, dass es verarbeitet und dann nach San Francisco geschickt wird."

Kate war zuerst sprachlos, aber auch Ridge schien keine Worte zu finden. Rick wartete geduldig, da er sich vorher schon gedacht hatte, dass hier etwas nicht stimmte.

Als Kate das Gefühl hatte, wieder etwas gefasster zu sein, straffte sie ihre Schultern. Ihre Augen funkelten gefährlich, ein deutliches Zeichen, dass Ihr Kampfgeist geweckt worden war.

„Ich kann Ihnen versichern, Mr. Baxter, dass wir von niemandem eine Bestellung erhalten haben und bezahlt worden sind wir auch nicht."

UNVERWÜSTLICHER KAMPFGEIST

Der Ältere nickte nachdenklich. „Das habe ich mir schon gedacht. Offenbar will uns da jemand beschummeln."

„Ich wette, da steckt Crystals Vater hinter. Er arbeitet ja für die Eisenbahn und ursprünglich hatte mein Vater ja auch gehofft, mit Herman Clarkson durch die Holzherstellung und Verarbeitung ins Geschäft zu kommen." Kate ballte die Fäuste.

Ridge fuhr sich mit einer Hand durch sein Haar und schüttelte nur mit dem Kopf. Rick räusperte sich.

„Das ist noch nicht alles. Der Schreiber des Briefes macht es auch sehr deutlich, dass er der Cooper Ranch ausreichend Geld bezahlt hat, dass ich davon auch bezahlt werden soll."

„Mit anderen Worten, du bekommst kein Geld", konterte Ridge sogleich und schnaufte ärgerlich.

„Das ist doch wohl unglaublich. Was bilden sich diese Leute ein? Erwarten sie, dass wir auf so einen Betrug einfach hereinfallen?" Kates Gesichtsausdruck sprach Bände.

„Also, wenn ich mich hier mal einmischen darf", sagte Ethan nun und legte das Schriftstück, das er sich gerade angesehen hatte, wieder zurück auf den Schreibtisch.

„Für mich als Anwalt hört es sich so an, als ob die Person oder Personen, die den Brief geschrieben haben, versuchen Streit und Unruhe zu stiften. Wahrscheinlich erhofften sie sich, dass Mr. Baxter das einfach so hinnehmen würde und anstatt es zu überprüfen, sofort Druck zu machen und sich auf die Seite dieser Halunken zu stellen."

„Und wenn sie uns dann mit einer Anklage vors Gericht bringen würden, wäre es sein Wort und das Wort dieser Betrüger gegen uns", folgerte Kate und verdrehte die Augen.

„Wie kommt es, dass Sie sich entschieden haben, mit uns darüber zu sprechen und nicht einfach diese Situation für sich ausgenutzt haben?" Kate blickte Rick aufmerksam an und er grinste.

„Das war nicht sonderlich schwer. Ich habe für Betrüger nichts übrig und Ridge hat mich bereits kurz nach meiner Ankunft über gewisse Personen, die zu der Zeit noch auf der Ranch lebten, informiert." Er nickte ihr zu.

„Vielleicht haben sie nicht damit gerechnet, dass wir Ihr Sägewerk für den Hausbau und alle anderen Gebäude bereits in Anspruch nehmen. Vielen Dank, Mr. Baxter, dass Sie mich als Frau ernst nehmen."

„Einfach nur Rick. Ich bin noch nicht so alt, dass wir so förmlich miteinander reden müssen. Ich darf doch sicher auch Kate sagen?" Er grinste wieder und sie nickte. „Es scheint dich hier ja jeder so zu nennen."

„Ich bin hier groß geworden und somit haben mich die Bürger von Black Hawk aufwachsen sehen."

Ridge drängte jetzt zum Aufbruch. Rick reichte Kate seine Hand. „Ich werde dich und Ridge auf dem Laufenden halten, was diese Sache angeht. Ich bin schon gespannt, wie sie reagieren werden, wenn ich auf diesen Brief antworte."

Kaum hatten Ridge, Ethan und Kate die Ranch erreicht, wurden sie sofort von ein paar Cowboys umrundet und Aaron zog die junge Frau vom Pferd und in seine Arme.

„Wir haben eine Überraschung für dich, aber du musst die Augen schließen."

Kate rümpfte die Nase. „Muss das sein?"

UNVERWÜSTLICHER KAMPFGEIST

Der junge Mann nickte und zwinkerte ihr schelmisch zu. Kate schloss mit einem Seufzer die Augen und ließ sich von ihrem Jugendfreund führen. Es dauerte auch gar nicht lange, bis er ihr zuraunte, die Augen zu öffnen.

Zu ihrem großen Erstaunen standen sie vor der großen Eiche, die nicht weit von der Stelle war, wo vorher das Haus gestanden hatte. Aaron und die Cowboys hatten ihr ein Baumhaus gebaut, dieses Mal etwas größer, da sie ja kein kleines Mädchen mehr war.

Tränen der Rührung traten in ihre Augen und Aaron zog sie fest in seine Arme. „Keine Tränen, Kate. Du weißt, dass wir das gerne gemacht haben", flüsterte er in ihr Ohr. Die junge Frau nickte und schlang ihre Arme um seinen Hals.

„Danke, Aaron."

7

Angriffe im Sommer

Rick lieferte das Holz für das neue Haus schneller als erwartet und somit fing die harte Arbeit des Hausbaus an. Diana war mittlerweile auch wieder auf den Beinen. Sie hatte sich mit Martha Robinson zusammen getan und gemeinsam versorgten die beiden Frauen die Männer mit leckerem Essen.

Kate war davon ausgegangen, dass auch die Männer der Stadt beim Hausbau helfen würden, aber zu ihrem Erstaunen lehnte Ridge jegliche Hilfe ab. Sie wollte ihn zuerst darauf ansprechen, besann sich dann aber. Ridge arbeitete hart und hatte einen gewissen Rhythmus und vielleicht war es einfacher für ihn, mit Ethan zu planen und zusammenzuarbeiten und dann den Cowboys Anweisungen zu geben.

An einem Morgen, als Kate gerade wieder auf die Ranch reiten wollte, trat Michael Johnson auf sie zu. Sie grüßte ihn freundlich, doch er schien keine gute Laune zu haben und grummelte nur etwas in seinen Bart. Als sie dann aber auf ihr Pferd aufsteigen wollte, hielt er sie zurück.

„Ich hätte nicht gedacht, dass du so unehrlich bist, Kate. Ein Kunde bestellt und zahlt und du weigerst dich, Rick die Bäume zur Verfügung zu stellen." Man konnte sehen, dass er versuchte, sich zu beherrschen, aber seine Stimme hatte einen ärgerlichen Unterton.

Kate runzelte die Stirn, aber sie wusste genau, wovon er sprach. „Vielleicht solltest du dir beide Seiten anhören, bevor du so ein ungerechtes Urteil fällst, Michael. Wir haben weder eine Bestellung bekommen noch wurden wir dafür bezahlt und wenn du mir nicht glaubst, kannst du gerne Ridge und unseren Bänker Mr. McClain fragen."

Michaels Gesichtsausdruck verhärtete sich. „Die werden dich nur in Schutz nehmen und für dich lügen. Du hast hier ja doch alle um den Finger gewickelt."

Kate spürte, wie sie innerlich anfing, zu kochen. Was war in ihn gefahren? Warum unterstellte er ihr so etwas?

„Was sollen diese Unterstellungen, Michael? Du kennst mich und weißt, dass ich so etwas nie tun würde."

„Du warst drei Jahre in San Francisco und allem Anschein nach hast du dich sehr zu deinem Nachteil verändert."

Kate schaute ihn entsetzt an. Was hatte sie getan, dass er sich so benahm und sie derart unverschämt angriff? Als er dann auch noch missbilligend den Kopf schüttelte, war es mit ihrer Beherrschung vorbei.

„Steckst du etwa hinter der mysteriösen Holzbestellung und versuchst nun ums Bezahlen herumzukommen? Oder versuchst du, dich bei einem potenziellen Kunden einzuschmeicheln? Ist er vielleicht reich und hat Beziehungen, die du nutzen möchtest?"

Mit so einer Reaktion hatte der junge Mann offenbar nicht gerechnet und blickte sie verdutzt an. Bevor er in irgendeiner Weise dazu Stellung nehmen konnte, fuhr sie aber schon fort.

„Ist Bürgermeister nicht mehr gut genug für dich? Bist du jetzt darauf aus, Gouverneur zu werden?" Sie funkelte ihn wutentbrannt an und wollte sich gerade in den Sattel ziehen, als ein ihr unbekannter junger Mann die Straße überquerte. Die beiden hatten durch ihre Unterhaltung gar nicht gemerkt, dass die Postkutsche angekommen war.

„Verzeihung, aber wie komme ich zur Cooper Ranch? Ich bin von einem Mr. Emerson als Cowboy eingestellt worden."

Kate beobachtete ihn neugierig. Er war ein gut aussehender junger Mann. Er war fast einen Kopf größer als Kate, hatte muskulöse Arme und Schultern und schwarze Haare sowie grüne Augen und ein attraktives Lächeln. Aber er erinnerte sie an jemanden. Leider wusste sie in dem Augenblick nicht, an wen.

„Willkommen in Black Hawk. Sie dürfen mir gerne folgen, denn auf die Cooper Ranch will ich jetzt gerade." Sie lächelte ihm zu und er verneigte sich leicht.

„Und mit wem habe ich die Ehre, Fräulein?"

„Kate. Kate Cooper."

„Es freut mich, Ihre Bekanntschaft zu machen, Kate. Ich habe schon eine Menge über Sie gehört, nur Gutes selbstverständlich. Mein Name ist Caleb Clarkson. Ich bin der Bruder von Crystal."

Kates Lächeln verflog sofort, aber sie nahm sich vor, freundlich zu bleiben und ihn nicht gleich mit Crystal unter einen Kamm zu scheren.

„Wo kann ich mir ein Pferd leihen?"

„Der Mietstall ist dort hinten", erwiderte sie und deutete in die Richtung des Gebäudes. Bevor Caleb sich auf den Weg machen konnte, trat Michael mit einem schelmischen Grinsen näher.

„Warum reiten Sie nicht mit Kate, Mr. Clarkson? Die Cooper Ranch hat für alle, die dort arbeiten, genug Pferde und ich denke, es wäre rausgeschmissenes Geld für einen Ritt ein Pferd zu mieten."

Kate warf dem Bürgermeister einen vernichtenden Blick zu, aber bevor sie etwas erwidern konnte, ergriff Caleb die junge Frau und setzte sie mit einem Ruck auf ihr Pferd. Kate schnappte erschrocken nach Luft. Als er dann tatsächlich auch aufsitzen wollte, schüttelte sie energisch ihren Kopf.

„Nein, das möchte ich nicht. Wir kennen uns überhaupt nicht und ich reite nicht gerne mit einer anderen Person auf dem gleichen Pferd. Das muss man den Tieren wirklich nur im Notfall antun."

Caleb grinste verschmitzt, drehte sich aber um und ging in Richtung Mietstall davon. Kate wandte sich Michael zu.

„Was fällt dir ein, so einen Vorschlag zu machen? Wir kennen ihn überhaupt nicht." Ihre Augen funkelten ärgerlich, aber der junge Mann grinste weiterhin.

„Ach Kate, ich wollte dir lediglich helfen, ihm etwas näherzukommen, bevor dir andere Frauen zuvor kommen. Du musst dir Männer sogleich sichern, die als mögliche Umwerber infrage kommen könnten."

„Ich muss überhaupt nichts und bin auch nicht daran interessiert, mir irgendeinen Mann zu sichern. Ich habe im Moment genug andere Sorgen und kann eine romantische Beziehung gewiss nicht brauchen. Im Übrigen bitte ich dich, dich aus meinem Liebesleben herauszuhalten. Ich glaube kaum, dass dich das etwas angeht, noch weniger, da du mich ja jetzt sogar als Lügnerin und Betrügerin hinstellst."

Er seufzte leise. „Verzeih mir, Kate. Ich hätte die Sache anders ansprechen sollen. Ich bin in der Tat von jemandem kontaktiert worden und das Telegramm war so unverschämt und aggressiv formuliert, dass ich es an dir ausgelassen habe, obwohl ich dich lediglich testen wollte."

Sie blickte ihn misstrauisch an, aber er schien es ehrlich zu meinen. „Weißt du, wer dir geschrieben hat?"

Michael schüttelte seinen Kopf. „Das Telegramm hatte keine Unterschrift. Ich weiß nur, dass es aus Denver geschickt worden war."

Meine Onkel, dachte Kate sofort, behielt diese Gedanken aber für sich. Kurz darauf hielt Caleb neben ihr und gemeinsam ritten sie zur Ranch.

Ridge, Aaron und Ethan saßen im Schatten der Eiche, als Kate mit dem jungen Mann ankam. Alle drei blickten ihnen neugierig entgegen. Als Kate angehalten hatte, stand Aaron auf und hob sie aus dem Sattel.

„Ridge, dies hier ist Caleb Clarkson, der Bruder von Crystal. Er ist von dir als Cowboy eingestellt worden?" Sie sah dem Vormann in die Augen, in der Hoffnung, dass er dies verneinen würde, aber zu ihrem Erstaunen lächelte er und begrüßte den Neuankömmling herzlich.

„Ich dachte, sie wollten erst am Ende des Monats ankommen?"

„Das stimmt, aber die Sachen, die ich vorher abwickeln wollte, haben sich dann doch schneller als gedacht erledigt."

Kate beobachtete ihn misstrauisch. „Haben Sie überhaupt Erfahrung mit Rancharbeit?"

Caleb schüttelte seinen Kopf. „Nein, aber ich habe einige Jahre in einer Firma gearbeitet, die Häuser baut und Ridge hat mir erzählt, dass er Hilfe beim Hausbau gebrauchen könnte."

Ridge nickte, aber Kate runzelte die Stirn. Sie war überhaupt nicht darüber begeistert, dass ihr Vormann den jungen Mann eingestellt hatte. Sie blickte ihren väterlichen Freund direkt an.

„Kann ich dich einen Moment sprechen?"

Der Ältere nickte und folgte ihr zur Scheune. Sie wollte offensichtlich weit genug von den anderen weg sein, damit niemand das Gespräch belauschen konnte.

„Warum hast du ihn angeheuert, ohne vorher mit mir zu sprechen?", stellte sie ihn sogleich zur Rede und es war kein Geheimnis, dass sie darüber sehr ärgerlich war.

Der Ältere blickte sie verwundert an. „Ich habe darüber doch noch nie mit dir gesprochen. Dein Vater hat das immer komplett mir überlassen. Außerdem können wir zurzeit jede Hilfe gebrauchen."

„Findest du es nicht verdächtig, dass er plötzlich hier bei uns Cowboy sein möchte? Crystal hat ihm sicher erzählt, dass Gregory unser Haus zerstört hat. Vermutlich ist Caleb auch nicht aus Zufall hier. Wahrscheinlich versucht sie durch ihren Bruder hier herumzuschnüffeln." Ihre Lippen zogen sich schmollend zusammen.

„Du traust ihm nicht, weil er der Bruder von Crystal ist?"

„Ganz genau. Ich verstehe offen gesagt nicht, wieso du ihm traust. Hat Crystal hier nicht genug Schaden angerichtet? Jetzt, wo wir sie endlich los sind, will ich nicht den nächsten Clarkson hier haben, um etwas zu zerstören."

Ridge zog eine Augenbraue hoch. „Meinst du nicht, dass das ungerecht ist? Du kannst nicht die ganze Familie für etwas verurteilen, was eine Person gemacht hat."

Kate konnte fühlen, wie sich ihre Wangen erwärmten und sie senkte verlegen den Blick.

„Vielleicht ist es ungerecht, aber ich bin lieber vorsichtiger, als dass ich mich noch einmal von jemandem täuschen lasse."

Ridge hob sachte ihr Kinn und blickte tief in ihre Augen. „Du vertraust mir, oder?"

Sie nickte. „Natürlich vertraue ich dir, aber—"

„Dein Vater hat immer gesagt, dass ich ausgezeichnete Menschenkenntnisse besitze und ich würde dich auch niemals jemandem aussetzen, der gefährlich ist. Ich bin überzeugt, dass Gregory und offensichtlich auch Ambrose wesentlich mehr auf dem Kerbholz haben als das, was wir bereits herausgefunden haben. Wir können nicht vorsichtig genug sein und müssen ihnen fortan sehr gewaltig auf die Finger hauen."

Kate nickte. „Das sehe ich auch so. Ich bin ziemlich sicher, dass sie hinter der mysteriösen Holzbestellung stecken. Sie versuchen offenbar alles, um uns gegeneinander auszuspielen. Vielleicht sind sie auch schon erfolgreich."

Sie wiederholte in wenigen Worten, was Michael Johnson zu ihr gesagt und wie er sie angegriffen hatte.

Ridge seufzte. „Michael ist auf unserer Seite, aber er weiß auch, dass, wenn er es so aussehen lässt, dass wir anfangen, uns gegeneinander aufzuhetzen, sich diejenigen, die hinter dieser Bedrohung stecken, sich sicherer fühlen werden."

„Du meinst, er hat das absichtlich gemacht? Denkst du, dass wir beobachtet werden?"

„Ich bin mir nicht sicher, aber möglich ist es. Ambrose benutzt Geld von seiner Bank. Wofür benutzt er es? Mit Geld kann man eine Menge machen, unter anderem sich auch Unterstützung in jeglicher Form zu erkaufen."

Kate nickte nachdenklich. Das machte Sinn. Ihr väterlicher Freund drückte sie fest an sich, bevor er weiterredete.

„Ich kenne Caleb Clarkson bislang nicht, aber ich habe ein gutes Gefühl über ihn. Ich meine außerdem, dass jeder eine Chance verdient und falls er tatsächlich gegen uns arbeiten sollte, möchte ich, dass er es unter unserer Nase tut, damit wir ihn sogleich zur Rede stellen können."

Der Sommer brach in voller Stärke aus, während die Männer sich darauf vorbereiteten, das Haus zu bauen. Es wurde sehr warm, dennoch ließen sich Ridge und die anderen nicht davon abhalten, das zu tun, was getan werden musste. Sie hatten mittlerweile das ganze Material, das sie brauchten.

Während einige der Cowboys am Haus mithalfen, kümmerten sich die anderen um die Rancharbeit. Sie hatten mittlerweile die Rinder zurückgeholt, die sich normalerweise auf den Weiden in der Nähe befanden, und auch die Pferde waren wieder da.

Kate unterstützte die Cowboys, hatte sich aber auch die ganzen Unterlagen über die Ranch von der Bank geholt. Laut des Bänkers war es nicht ihr Vater gewesen, der alles in der Bank abgegeben hatte, sondern Crystal. Nun wusste sie gar nicht mehr, was sie noch denken sollte.

Der Hausbau ging gut voran. Der Kamin stand und war gemauert und auch die Vorarbeiten für den Waschraum waren erledigt. Kate wollte ein Wasserklosett haben und eine Badewanne, wo das Wasser abfließen konnte. Dazu wurden ein paar Wasserrohre aus Holz hergestellt und Löcher gegraben, was dafür sorgen sollte, dass alles auch vernünftig abfließen konnte.

Kate wollte sich nicht mehr mit Toilettenhäuschen herumärgern und hatte sich so an die Wasserklosetts in San Francisco gewöhnt, dass sie es jetzt auch in ihrem eigenen Zuhause wollte.

Selbstverständlich hatten sie nach wie vor auch Außentoiletten auf der Ranch, aber somit wurde es für sie und diejenigen, die im Ranch-Haus wohnten, doch angenehmer und während des Winters auch sicherer.

Die Männer hatten auch einen neuen Brunnen ausgehoben und eine Pumpe errichtet, wo die Küche gebaut werden sollte. Nun begannen die wirklichen Arbeiten des Hausbaus, aber jeden Tag konnte Kate die Fortschritte sehen und sie freute sich schon riesig darauf, wieder in ihrem eigenen Haus zu wohnen. Möbel und alles, was sie brauchen würde, war ebenfalls bestellt und somit gab es einiges, auf das sie sich freuen konnte.

An einem besonders heißen Tag beobachtete Kate, wie sich die meisten der Cowboys, die am Hausbau halfen, sowie Ethan und Caleb unter der Eiche und ihrem Baumhaus im Schatten ausruhten.

Sie griff sich einen Eimer und füllte diesen mit dem kühlen Wasser des Baches. Vorsichtig schlich sie zu ihrem Baumhaus, kletterte langsam hinauf, um kein Wasser zu verschütten und zog die Strickleiter hinauf.

Sie lehnte sich weit aus dem Fenster und schüttete das Wasser über die Männer unter ihr, worauf Ethan und Caleb erschrocken aufsprangen, die Cowboys aber nur lachten. Was sie nicht erwartet hatte, waren Ridge und Aaron, die sich zu den Männern gesellt hatten, als sie gerade Wasser holte.

Aaron war sofort auf seinen Beinen. Als er sah, dass die Strickleiter nicht mehr da war, griff er nach oben und zog sich am Holzboden des Baumhauses hoch. Kate wich zurück, als er so plötzlich vor ihr stand.

„Aaron, ich wusste nicht, dass du dazu gekommen bist. Es sollte auch lediglich eine kleine Erfrischung für euch alle sein", versuchte sie sich herauszureden, doch der junge Mann ergriff sie grinsend.

„Das hättest du dir vorher überlegen sollen. Dad?"

Ridge trat unter das Fenster und Aaron ließ die junge Frau hinunter und langsam in die Arme des Vormanns gleiten. Sie zappelte sofort, doch sie hatte keine Chance gegen die Muskeln der beiden Männer.

„Bitte, Ridge. Lass Aaron mir nichts antun. Ich habe nicht gewusst, dass ihr auch dabei seid", stammelte sie, aber ihr väterlicher Freund grinste sie ebenfalls frech an.

„Was auch immer Aaron nun vorhat, ist ganz gewiss verdient, junge Dame", konterte er sogleich und sein Sohn sprang mit einem Satz vom Baumhaus, schnappte sich Kate und warf sie sich über die Schulter.

„Dies ist nicht fair", beschwerte sie sich und funkelte Ridge missbilligend an. „Ich habe doch gar nichts Schlimmes getan und gegen euch Muskelprotze komme ich überhaupt nicht an."

„Wie schon gesagt, das hättest du dir vorher überlegen sollen, bevor du uns so einen Streich spielst", erwiderte Aaron unbeeindruckt und setzte sich mit ihr über seiner Schulter in Bewegung.

Sie zappelte noch mehr, aber bevor sie irgendwas erreichen konnte, ließ der junge Mann sie in eine der großen Wassertonnen gleiten, die im Schatten hinter der Scheune standen. Empört spritzte sie ihn nass, bis er sie wieder herausholte.

„Das war gemein."

„Meinst du? Vielleicht sollte ich das jeden Tag machen und dir damit die Streiche austreiben."

Er zwinkerte ihr verschmitzt zu und jetzt konnte auch sie nicht länger ernst bleiben. Er zog Kate brüderlich in seine Arme und sie gab ihm einen Kuss auf die Wange.

Ein paar Tage später ritt sie wieder einmal die Zäune ab, um sicherzugehen, dass alles in Ordnung war und kam an eine Stelle, wo der Zaun zerstört worden war. Sie blickte sich sofort alarmiert um und griff nach dem Revolver ihres Vaters. Sie wollte gerade weiterreiten, als sie ganz deutlich Holzhacken in der Ferne hörte.

Kate folgte dem Geräusch und erreichte wenige Minuten später den Familienfriedhof. Vier Männer, die sie nie zuvor gesehen hatte, waren im Begriff, den zweiten Baum zu fällen, der kurz darauf zu Boden krachte. Nun lagen die majestätischen Buchen, die viele Jahre die Gräber überragt und auch beschützt hatten, auf der Erde. Der Zaun um den Friedhof war zerstört und sogar auf den Gräbern war herumgetrampelt worden, die Holzkreuze waren herausgerissen und zur Seite geschmissen worden.

Kate war den Tränen nahe, aber der Zorn übermannte sie. Sie griff nach dem Gewehr, das im Sattelhalter steckte und schoss ein paar mal in die Luft. Die Männer sahen erschrocken auf, doch dann grinsten sie und traten näher.

„Was können wir für dich tun, kleine Dame?"

„Was sucht ihr auf unserer Ranch und zerstört sogar unseren Friedhof?"

„Ach meine Süße, hat dein Vater dir nicht erzählt, dass er andere Pläne für diesen Platz hat? Ambrose Cooper hat uns ausdrücklich gesagt, wir sollen uns um den Friedhof zuerst kümmern."

„Mein Vater ist tot und *Onkel* Ambrose hat keinerlei Rechte auf dieser Ranch." Ihre Augen schienen Feuer zu speien.

Einer der Männer trat plötzlich direkt neben ihr Pferd und riss sie hinunter und in seine Arme.

„Dein Onkel hat auch gesagt, dass du nett zu uns sein würdest und wir mit dir unseren Spaß haben dürfen."

„Lass mich sofort los", fauchte sie, aber ein anderer riss ihr das Gewehr aus der Hand, während der Dritte nach ihrem Revolver griff, doch sie zog diesen aus dem Halter, bevor er sie erreicht hatte und gab einen weiteren Schuss ab, der sich in das Bein des Mannes bohrte.

„Habt Ihr das gehört?" Aaron spitzte seine Ohren. Schüsse waren auf einer Ranch nicht unbedingt etwas Ungewöhnliches, aber Gewehrschüsse und einen Moment später ein Schuss aus einem Revolver ließen ihn und Ridge doch nervös aufhorchen. Etwas stimmte hier nicht.

Sie nickten ein paar der Cowboys zu und gemeinsam schwangen sie sich auf ihre Pferde und preschten kurz darauf in Richtung Familienfriedhof davon, da von dort der Schuss gekommen zu sein schien.

Kate wehrte sich, aber die drei Männer wurden immer aggressiver. Der Vierte hielt sich sein Bein und fluchte vor Schmerzen vor sich hin.

„Wildkatzen sind uns am liebsten", rief der eine mit einem schmierigen Grinsen und ergriff ihr Gesicht, um es in seine Richtung zu drehen. Als er versuchte, sie zu küssen, biss sie ihm kurzerhand in die Lippe und warf dann ihren Kopf zurück, der einen der Männer voll auf die Nase traf, die daraufhin zu bluten begann.

Laute Schüsse waren zu hören und Kate beobachtete, wie die Cowboys sowie Aaron und Ridge auf sie zugeritten kamen.

Die vier Männer wollten schnell verschwinden, waren aber innerhalb weniger Minuten außer Gefecht gesetzt und gefesselt. Kurz darauf setzten sich die Cowboys mit den Männern in

Richtung Black Hawk in Bewegung, um sie zum Sheriff zu bringen.

Kate brach weinend zusammen, als Ridge sie liebevoll in seine muskulösen Arme zog. Aaron und er hörten ihr geduldig zu, als sie stockend erzählte, warum die Männer da waren und warum sie alles zerstört und sie dann angegriffen hatten. Aaron kochte vor Wut und auch Ridge ballte die Fäuste.

„Warum liegt meinen Onkeln so viel daran, mir weh zu tun? Warum können sie mich nicht endlich in Ruhe lassen?"

Aaron zog sie aus den Armen seines Vaters und kurz darauf gegen seine Brust. Ridge seufzte.

„Ambrose und Gregory versuchen, deinen Kampfgeist zu brechen. Sie wollen, dass du angekrochen kommst und aufgibst."

„Das werde ich niemals", rief sie aus und ihre Augen drückten, trotz der Tränen, Entschlossenheit aus. „Schon gar nicht, wenn sie mit solchen Mitteln arbeiten."

„Ich denke, hinter diesem ganzen Theater stecken noch mehr. Deine Onkel haben weder genügend Geld noch den Verstand, diese Attacken fortzusetzen. Irgendwer hilft ihnen und wir werden herausfinden, wer es ist." Ridge kniff gefährlich die Augen zusammen.

Ridge sorgte dafür, dass Stanley Wilkinson über den Vorfall informiert wurde. Die Männer, die Kate angegriffen und den

Familienfriedhof zerstört hatten, wurden nach Denver geschickt und dort ins Gefängnis gesteckt.

Sie wurden verhört, weigerten sich zuerst aber zuzugeben, dass Ambrose Cooper sie angeheuert und bezahlt hatte. Als die Sache dann aber vor Gericht ging und sie verurteilt wurden und für mehrere Jahre ins Gefängnis sollten, waren sie bereit, gegen Ambrose auszusagen. Sie gaben alle Schriftstücke, die sie von Ambrose erhalten hatten, an den Richter und wenig später wurde auch Kates Onkel verhaftet.

Er machte deswegen ein riesiges Theater und behauptete steif und fest, dass die Schriftstücke gefälscht worden waren, aber Stanley konnte beweisen, dass auf jedem Dokument seine Unterschrift war. Kate atmete erleichtert auf, als sie davon hörte.

Trotz der Sommerhitze arbeiteten die Männer hart. Ridge sorgte dafür, dass mehrere Cowboys jeden Tag die Grenzen der Ranch ab ritten, damit so etwas wie die Zerstörung des Friedhofs nicht noch einmal passieren konnte.

Kate musste fortan immer jemanden mitnehmen, wenn sie auf der Ranch unterwegs war. Sie bestand darauf, dass neue Bäume auf dem Friedhof gepflanzt wurden, die Zäune wurden ersetzt und sie richtete die Gräber wieder her.

An einem besonders heißen Tag nahm die junge Frau einen Eimer mit, als sie zum Friedhof ritt. Einer der Cowboys begleitete sie. Er sollte in der Nähe des Friedhofs einen kaputten Zaun reparieren, aber auch gleichzeitig ein Auge auf Kate haben.

Die Sonne war am Untergehen und Kate ritt zuerst zum Bach, um den Eimer mit Wasser zu füllen. Am Friedhof angekommen, goss sie die Bäume und Blumen, bemerkte aber, dass die Erde so trocken war, dass sie mehr Wasser brauchte. Sie beschloss, dieses Mal nicht zu reiten, sondern das kurze Stück zu gehen. Ihrem Pferd war auch warm und somit führte sie es am Zügel und ließ es aus dem Bach trinken.

Ethan gönnte sich eine Pause vom Hausbau und sattelte sein Pferd, um ebenfalls zum Friedhof zu reiten. Als er sein Pferd neben dem Zaun anhielt, blickte er sich um und beobachtete, wie Kate zwischen den Bäumen und Büschen verschwand. Er nickte dem Cowboy zu, der zu ihm hinübersah und deutete ihm an, dass er nun auf Kate achtgeben würde. Der Cowboy nickte und widmete sich wieder seiner Arbeit zu.

Kate hatte sich auf einen Baumstamm gesetzt und genoss es, im Kühlen zu sitzen. Ihr Pferd trank gierig und sie füllte den Eimer, entspannte sich dann aber und schloss für einen Augenblick die Augen. Sie war so in ihren Gedanken versunken, dass sie es nicht hörte, wie Ethan näher kam und erschrak dadurch fast zu Tode, als jemand ihre Hand ergriff und sie in seine Arme zog. Ihr Herz setzte aus, als sie erschrocken aufblickte. Ethan grinste ihr zu.

„Ethan", sagte sie, während sie immer noch nach Luft schnappte. „Warum schleichst du dich so an?"

„Ich habe mich in keiner Weise angeschlichen, aber du hast offensichtlich fest geträumt und mich einfach nicht gehört."

In dem Augenblick wurde ihr bewusst, dass er sie in seinen Armen hielt und sie spürte, wie ihr die Hitze in die Wangen stieg.

„Was machst du?" Sie versuchte sich zu befreien, aber er zog sie noch dichter an sich.

„Kate", erwiderte er mit seiner angenehmen tiefen Stimme und blickte ihr tief in die Augen. „Du musst mittlerweile doch bemerkt haben, wie gerne ich dich habe. Ich meine auch erkannt zu haben, dass auch du mich magst. Stimmt das?"

Sie nickte langsam und lächelte ihm schüchtern zu. Warum fühlte sie sich so befangen?

„Würdest du mit mir ausgehen? Ich würde dich gerne näher kennenlernen."

Kate blickte ihn an, merkte aber, wie die Röte auf ihrem Gesicht sich zu vertiefen schien. „Das würde ich sehr gerne."

Ein herzliches Lächeln breitete sich auf seinem Gesicht aus und er lehnte sich automatisch zu ihr runter. Als Kate jedoch merkte, dass er sie küssen wollte, wich sie zurück.

„Nein", sagte sie entschieden und schüttelte ihren Kopf. „Küssen lasse ich mich gewiss nicht so schnell. Ein Kuss ist etwas Intimes und etwas, was ich nur mit jemandem teilen möchte, den ich vorhabe zu heiraten."

Ethan blickte sie erstaunt an, nickte dann aber. Kate war dankbar, dass er ihren Wunsch akzeptierte und auch zu respektieren schien.

8

Ein bisschen
Romantik

Sie genoss die Zeit, die sie mit Ethan verbrachte, und die beiden kamen sich auch immer näher. Sie liebte die Gespräche, die sie miteinander hatten und schon bald lud er sie zu Spaziergängen ein, wo er dann ihre Hand hielt oder seinen Arm um sie legte.

Caleb signalisierte ebenfalls Interesse an ihr und fing an, sie zu umwerben. Sie mochte ihn, aber die Angst, dass er irgendwann sein wahres Gesicht zeigen würde, war auch da. Er schien ein wundervoller junger Mann zu sein, aber sie war von Crystal so geprägt, dass sie es nicht schaffte, ihm wirklich zu vertrauen.

Trotzdem bemühte sie sich, ihm eine faire Chance zu geben. Ridge hatte recht, sie konnte ihn nicht einfach mit seiner Schwester gleichstellen.

Die Zeit mit Ethan genoss sie und mit der Zeit begann sie sich wirklich in ihn zu verlieben, aber merkwürdigerweise wurden auch ihre Gefühle für Caleb stärker.

Ethan und sie verstanden sich mittlerweile auch ohne Worte und er ließ ihr Herz höher schlagen, wann immer er sie in seine

Arme zog oder sie mit seinen muskulösen Armen umschlang. Trotzdem hatte auch Caleb seine Vorzüge und somit fühlte sie sich immer mehr hin- und hergerissen.

Manchmal fragte sich Kate, wie es sich wohl anfühlen würde, wenn sie von den beiden geküsst werden würde, aber gleichzeitig erschreckten sie diese Gedanken. Sie war nach wie vor unsicher, ob überhaupt einer der beiden als möglicher Ehemann infrage kommen würde und somit stieß sie die Gedanken des Küssens schnell beiseite.

„Kate", rief Aaron, als er nach einem weiteren langen Tag des Hausbauens zu ihr trat. „Hast du Lust, zusammen auszureiten?"

Sie nickte lächelnd und gemeinsam holten sie sich ihre Pferde aus dem Stall und waren kurz darauf auch schon unterwegs. Sie ritten eine ganze Weile schweigend nebeneinander her, als Aaron das Wort ergriff.

„Es ist schön, endlich einmal wieder Zeit mit dir alleine zu verbringen. Deine beiden Verehrer ermöglichen einem ja kaum, ebenfalls etwas mit dir zu unternehmen."

Kate sah ihn schelmisch von der Seite an. „Ach wirklich? Ich denke schon, dass du es geschafft hättest, wenn du wirklich gewollt hättest." Sie zwinkerte ihm zu. „Ich habe sehr wohl gemerkt, dass du Interesse an Schwester Mia hast und viel Zeit mit ihr verbracht hast."

Er grinste verlegen. „Das hast du gemerkt?"

„Selbstverständlich. Wir kennen uns von klein auf und sind schon viele Jahre befreundet und somit nehme ich so etwas durchaus wahr."

UNVERWÜSTLICHER KAMPFGEIST

Aaron räusperte sich, aber bevor er etwas sagen konnte, redete Kate schon weiter. „Ich freue mich für euch. Mia ist herzlich und hübsch noch dazu. Lass sie dir bloß nicht von irgendjemandem wegschnappen."

Anfang September war das Haus endlich fertig und Kate sowie Ridge und Diana zogen ein. Aaron, Ethan und Caleb wohnten wie die restlichen Cowboys in den Cowboyunterkünften. Eine Wohnung war als Anbau mit dem Haus durch die Waschküche verbunden, aber Ridge und Diana wollten dort erst einziehen, wenn Kate verheiratet war.

Kate bewohnte ein großes Zimmer im Erdgeschoss und richtete sich schnell ein. Zum ersten Mal, seit sie aus San Francisco zurückgekehrt war, öffnete sie die Truhe ihrer Mutter und musste feststellen, dass sich dort nicht nur die alten Kleider ihrer Mutter befanden, sondern auch die Tagebücher ihrer Eltern, Bilder und einige andere Dinge, die Kate als verloren geglaubt hatte.

Sie fragte Diana, ob sie diese in die Truhe getan hatte, aber diese verneinte das. Kate fragte sich, ob Crystal dahintersteckte.

Hatte ihre *Stiefmutter* das gemacht, um die Sachen zu stehlen oder um sie in Sicherheit zu bringen?

Mit dem Einzug beschlossen Kate und die Emersons eine Einweihungsparty mit Tanz zu veranstalten und luden selbstverständlich ihre Freunde aus der Stadt dazu ein. Kate schickte auch ihrem Onkel Rowan eine Einladung und er versprach zu kommen.

Es war ein wunderschöner Abend. Kate wurde von fast allen anwesenden Herren zum Tanzen aufgefordert, aber selbstverständlich bemühten sich Ethan und Caleb besonders um sie. Allerdings bemerkte sie schnell, dass Caleb auch ihrer Freundin Amanda den Hof zu machen schien. Kate nahm das gelassen hin, da sie ihm gegenüber nach wie vor etwas misstrauisch war und dies als eine Bestätigung aufnahm, dass sie und der junge Mann einfach nicht zusammengehörten.

Als er sie wieder einmal zum Tanzen aufforderte, zog sie ihn beiseite. „Caleb, wir müssen reden. Ich mag dich wirklich, aber wir passen einfach nicht zusammen." Sie bemerkte, wie er die Stirn runzelte, aber Kate war jemand, der nicht um den heißen Brei herumredete und wichtige Gespräche direkt in Angriff nahm.

„Mir ist auch aufgefallen, dass dir Amanda sehr gut zu gefallen scheint. Wenn sie dich ebenfalls mögen sollte, wärt ihr zwei sicher besser füreinander geeignet."

Calebs Augen verdunkelten sich. „Was soll das, Kate? Seit wann hast du das Recht zu entscheiden, wer für mich die Richtige ist?"

Die junge Frau sah ihn erstaunt an. „Ich habe in keiner Weise etwas für dich entschieden. Ich habe lediglich meine Beobachtungen mit dir geteilt und dir gesagt, was für mich das Richtige ist. Es gibt keinen Grund, so böse zu werden."

„Ach wirklich?", fuhr er sie noch aufgebrachter an. „Du hast uns gar keine richtige Chance gegeben. Wir sind während des Sommers viele Male ausgegangen, aber richtig näher gekommen sind wir uns nicht. Ging es dir nur um die freien Abendessen, die du durch mich bekommen hast, oder misstraust du mir immer noch wegen meiner Schwester?"

Kates Augen funkelten zornig, als sie ihn anblickte. „Du bist ungerecht, Caleb. Mir zu unterstellen, dass ich nur mit dir ausgegangen bin, um Abendessen daraus zu bekommen, ist ganz schön verletzend. Glaubst du wirklich, dass ich so eine Person bin? Ich habe dich näher kennenlernen wollen und finde dich auch sehr attraktiv, aber ich spüre ganz einfach, dass wir nicht zusammengehören. Möchtest du, dass ich dir etwas vormache?"

Er schüttelte seinen Kopf, doch bevor er etwas erwidern konnte, sprach sie auch schon weiter.

„Und ja, es fällt mir schwer, dir zu vertrauen. Deine Schwester hat mein Vertrauen in deine Familie zerstört und obwohl ich mir vorgenommen habe, dir eine faire Chance zu geben, schaffe ich es einfach nicht, dieses Misstrauen von mir zu stoßen. Es tut mir aufrichtig leid, aber du verdienst ein Mädchen, das dich anhimmelt und dich mit ganzem Herzen liebt."

Caleb schnaubte verächtlich. „Du hast mir nie eine wirkliche Chance gegeben, Kate. Du warst von Anfang an gegen mich eingenommen."

Kate zuckte mit den Achseln. „Ich habe dir bereits erklärt, warum und um ehrlich zu sein, sehe ich gerade etwas in dir, wovor ich Angst hatte. Es tut mir leid, dass du es nicht verstehen kannst, aber eins sage ich dir: wenn du dich tatsächlich um Amanda bemühen solltest und sie genauso behandelst, wie du das gerade mit mir machst, werde ich dich höchstpersönlich dafür zur Rechenschaft ziehen. Niemand tut meiner Freundin weh, ohne dafür zu bezahlen." Ihr Ausdruck war so ernst, dass Caleb sie nur ganz verdattert ansah.

Sie drehte sich um und eilte ins Haus. Nach einigen Minuten lachte er aber laut los. Er konnte sich das sehr gut vorstellen und zweifelte nicht im Geringsten daran, dass Kate das machen würde.

Kate ging zuerst in die Küche, wo Diana und Martha Robinson Teller und Platten mit frischem Essen füllten. Sie wechselte ein paar Worte mit den beiden Frauen, war aber noch zu empört und ging ins Wohnzimmer und öffnete das Fenster weit, damit frische Luft in den Raum kam. Sie atmete tief ein und drehte sich dann herum, um zurück zum Tanz zu gehen, als sie plötzlich von jemandem ergriffen wurde, ihr die Person den Mund zu hielt und sie durch das offene Fenster nach draußen zog.

Nur wenige Minuten später kam Diana aus der Küche, um ein paar Teller nach draußen zu bringen. Sie bemerkte, dass das Fenster offen war und schloss es, bevor sie hinauseilte.

Kate schlug wie wild um sich und versuchte sich zu befreien, aber der Mann hielt sie eisern fest und zog sie mit sich, bis er ein Pferd erreichte, das im Schatten eines Baumes neben einer Tränke friedlich graste.

Erst dann drehte er sie zu sich um und die junge Frau schnappte nach Luft. „Nur weil mich deine Verehrer aus der Stadt gejagt haben, bedeutete das nie, dass du vor mir sicher sein würdest, Kate. Ich habe lange auf diesen Moment gewartet. Du gehörst jetzt mir und ich werde dir deine Unkeuschheit und Respektlosigkeit schon austreiben."

Als er merkte, dass sie um Hilfe schreien wollte, löste er sein Halstuch und knebelte sie. Daraufhin wollte er sie auf sein Pferd heben, doch Kate trat ihm gegen sein Bein und begann wieder, um sich zu schlagen. Sie konnte den Zorn auf seinem Gesicht sehen, aber ihr war das egal. Sie würde nicht mit ihm gehen und wenn er sie umbringen würde.

Er wurde immer brutaler und griff ihre Arme so fest, dass sie vor Schmerzen aufstöhnte, hörte aber nicht auf, sich zu wehren.

Außer sich vor Wut drehte er sie herum und fesselte ihre Hände. Kate ließ sich trotz allem nicht bändigen und somit ergriff er sie, zerrte sie zur Tränke und lehnte sie darüber, bis sie mit dem Kopf direkt über dem Wasser war.

„Ich schwöre dir, Kate, wenn du dich mir nicht sofort unterordnest, werde ich deinen Kopf so lange unters Wasser halten, bis du ohnmächtig wirst."

Miller versuchte sie wieder auf sein Pferd zu zwingen, doch sie zappelte hysterisch und trat ihn, wann immer es ihr möglich war.

Er sah Rot, und dieses Mal tauchte er ihren Kopf unter und hielt sie für mehrere Sekunden, bis er sie wieder hochriss. Er wiederholte das Ganze mehrere Male und stoppte erst, als sie anfing, blau anzulaufen und wie wild nach Luft zu schnappen schien.

Kate hatte das Gefühl, bereits mit dem Tode zu ringen. Sie kämpfte mit aller Kraft dagegen an, ohnmächtig zu werden, aber das Gefühl zu ersticken wurde immer heftiger.

Als die junge Frau gerade aufgeben wollte, wurde Isaac Miller plötzlich nach hinten und von Kate gerissen. Im nächsten Moment schlug er dann auch schon neben ihr auf dem Boden auf, da ihn eine Faust mitten ins Gesicht getroffen hatte, was ihn besinnungslos machte.

Kate schossen die Tränen in die Augen, was das Atmen nur verschlimmerte. Jemand zerschnitt die Fesseln und sie riss sich den Knebel vom Gesicht und versuchte mit aller Kraft Luft zu holen. Alles drehte sich um sie und es war, als ob ihr jemand aus der Ferne gut zuredete, langsamer zu atmen. Es dauerte eine ganze Weile, bis sie das Gefühl hatte, wieder vernünftig atmen zu können.

Als sie den Kopf hob, um ihrem Retter zu danken, blieb ihr beinahe das Herz stehen. „Todd?"

Er zog sie nun fest in seine muskulösen Arme und Kate fing hemmungslos an zu weinen. Er hielt sie einfach nur fest und sie schluchzte leise in sein Hemd und gegen seine Brust.

Kate hörte andere näher kommen, musste sich aber erst einmal beruhigen, bevor sie nachsehen konnte, wer dazu gekommen war.

Todd hatte ebenfalls ein rasendes Herz. Er hatte gerade die Ranch erreicht, als er von Weitem beobachtete, wie Kate aus dem Fenster gezogen wurde. Er sprang sofort von seinem Pferd und eilte so schnell es ging näher, ohne dass der Mann, der die junge Frau offenbar entführen wollte, etwas bemerkte.

Er hielt sie ganz fest, aber als er spürte, dass die Tränen nachließen, hob er sanft ihr Kinn höher und blickte ihr tief in die Augen. Er konnte sehen, wie verstört sie war und bemerkte auch, dass sie am ganzen Körper zitterte, aber das Lächeln, das sie ihm gab, schmolz ihm das Herz.

Sie wollte etwas sagen, konnte zuerst aber nur flüstern. Er wartete geduldig, bis sie ihre Stimme unter Kontrolle hatte und wieder zu ihm aufblickte.

„Todd, wo kommst du auf einmal her?"

Er wischte ihr mit seinen Daumen die Tränen ab, bevor er ihr einen Kuss auf die Stirn drückte.

„Verzeih, dass es so lange gedauert hat, bis ich dir nachkommen konnte. Es gab doch noch einiges zu tun und zu regeln, aber jetzt bin ich frei und du kannst mich als Cowboy einstellen." Er grinste verschmitzt, um die angespannte Situation etwas aufzulockern, und die junge Frau spürte, wie ihre Wangen erröteten.

„Danke, dass du sofort eingegriffen hast." Ihr schauderte, als ihr bewusst wurde, was passiert wäre, wenn Todd in dem Augenblick nicht dazu gekommen wäre. Sie wollte sich gerade umdrehen, um zu sehen, wer hinter ihnen war, als der junge Mann, der sie hielt, aufgebracht über ihren Kopf blickte.

„Wieso war keiner in Kates Nähe? Warum hat sich keiner von euch um sie gekümmert und für ihre Sicherheit gesorgt?" Man konnte ihm von Ferne ansehen, wie wütend er war.

Kate drehte sich den anderen zu und wollte Stellung dazu nehmen, doch Todd sprach bereits weiter.

„Wer auch immer dieser Mann ist", fuhr er die anderen an, „hatte es ganz klar auf Kate abgesehen und hätte sie beinahe entführt. Ich kam gerade dazu, als er versuchte, sie zu ertränken." Er kochte.

Kate bemühte sich, seine Aufmerksamkeit auf sich zu ziehen, doch er war zu ärgerlich. Als er wieder los wettern wollte, hielt ihm Kate den Mund zu und er blickte zu ihr hinunter.

„Todd. Ich verstehe, dass du zornig bist, aber es trifft niemanden hier die Schuld. Ich hatte mich ins Haus zurückgezogen und das Fenster geöffnet. Miller muss mich beobachtet haben, denn als ich mich umdrehte, um wieder zum Tanz zurückzukehren, packte er mich von hinten."

Sie hielt kurz inne, fuhr aber gleich weiter. „Bitte denke auch nicht, dass dies etwas damit zu tun hat, dass ich die Ranch von meinem Vater bekommen habe. Dieser furchtbare Mann ist hinter mir her, weil er von meinen Onkeln auf mich angesetzt wurde, nicht weil ich als Rancherin nicht geeignet bin."

„Oh, Kate." Er zog sie wieder fest in seine Arme und hielt sie für einen Moment. Sie spürte die Blicke der anderen auf sich und machte sich frei.

Ridge trat näher, Ethan, Aaron und ein paar der Cowboys fesselten Isaac Miller und übergaben ihn dann dem Sheriff, der ihn sofort in die Stadt und zum Gefängnis brachte.

UNVERWÜSTLICHER KAMPFGEIST

Nachdem Kates Entführer aus ihrer Gegenwart entfernt worden war, schien die junge Frau wesentlich entspannter. Ridge zog sie nun in seine Arme und drückte sie väterlich an sich.

„Verzeih, dass wir nicht eher bei dir waren. Diana sagte mir, dass du im Haus warst, aber als wir durchs Wohnzimmer gingen und einen Blick aus dem Fenster warfen, dachte ich, mir würde das Herz stehen bleiben. Aaron war mir gefolgt und gemeinsam eilten wir ums Haus, um dir zu Hilfe zu kommen, dann kamen auch Ethan und ein Paar der Cowboys dazu."

„Es ist ja zum Glück gut ausgegangen."

Ridge wandte sich jetzt an Todd und begrüßte ihn herzlich. Kate blickte die beiden Männer verwundert an.

„Ihr kennt euch?"

Der Vormann nickte. „Er hat uns ein paar mal besucht, aber da du noch ein Kind warst, hast du davon wahrscheinlich nicht sehr viel mitbekommen, da er sich ja doch meistens bei uns Männern aufhielt."

Ridge und Todd unterhielten sich, während sie zurück zum Tanzboden gingen. Ethan folgte Kate und hielt sie zurück.

„Gibt es da etwas, das du mir sagen solltest? Wer ist dieser Todd? Hast du mir verschwiegen, dass du bereits einen Verehrer hast?"

Kate verschluckte sich fast an ihrer Spucke und blickte ihn erschrocken an. Wie konnte er nur auf so einen Gedanken kommen?

„Wie kommst du bloß auf so einen absurden Gedanken? Todd ist mein Onkel." Sie erwartete, dass er sich nun für seine Gedanken bei ihr entschuldigen, ihr zulächeln oder wenigstens verstehend nicken würde, aber sein Gesichtsausdruck war nach wie vor misstrauisch.

„Du glaubst mir nicht?"

„Er wirkt etwas jung, um dein Onkel zu sein", knurrte er und man konnte in seinen Augen sehen, dass er eifersüchtig war.

„Todd ist der jüngste Bruder meiner Mutter. Er kam oft nach San Francisco, während ich bei meinen Großeltern lebte und somit haben wir eine enge Freundschaft aufgebaut. Ich verstehe wirklich nicht, wie du denken kannst, dass wir ein Paar sein könnten." Sie blickte ihn missbilligend an und er zuckte die Schultern.

„Ich habe lediglich nicht damit gerechnet. Verärgern wollte ich dich nicht."

„Warum urteilen die Menschen immer so schnell? Nur weil wir beide jung sind, bedeutet das nicht, dass wir zusammengehören", murmelte sie mehr zu sich selbst als zu dem jungen Mann neben sich.

Bevor Ethan noch etwas sagen konnte, sah Kate auf und strahlte plötzlich übers ganze Gesicht.

„Onkel Rowan", rief sie aus und lief auf ihn zu und direkt in seine Arme. Er drückte sie an sich und lächelte ihr ebenfalls zu. „Schön, dass du kommen konntest."

„Das wollte ich mir gewiss nicht nehmen lassen", konterte er und zwinkerte ihr zu. Rowan drückte ihre Hand und begrüßte dann erst einmal Ridge.

Da Kates Haare durch den Zwischenfall mit Miller ganz nass waren, eilte sie ins Haus, um sich diese etwas zu trocknen und sich dann eine neue Frisur zu machen. Auch ihr Kleid war nass geworden und somit zog sie sich um, bevor sie zum Tanz zurückkehrte.

UNVERWÜSTLICHER KAMPFGEIST

Kate hatte den Tanzboden erreicht, aber Amanda stand auf einmal neben ihr und zog die Freundin ein wenig zur Seite.

„Meine Güte, Kate, bist du okay? Diana hat mir gerade erzählt, was geschehen ist."

Kate nickte. „Ja, zum Glück ist Todd gerade angekommen, hat es gesehen und ist mir zur Hilfe gekommen."

Amanda warf einen Seitenblick auf den stattlichen und sehr attraktiven Mann, bevor sie sich wieder ihrer Freundin zuwandte.

„Und wer ist dieser Todd?"

„Mein Onkel."

„Dein Onkel?", erwiderte Amanda sofort und man konnte an ihrer Stimme hören, dass sie Kate nicht glaubte.

„Ja sicher, glaubst du, ich lüge?" Sie warf der anderen einen irritierten Blick zu.

„Nein, lügen nicht direkt, aber vielleicht die Wahrheit nicht so genau nehmen", erwiderte sie und wurde etwas verlegen, als sie bemerkte, wie Kate die Augenbraue hochzog.

„Glaubst du etwa auch, dass wir ein Paar sind? Ich kann es einfach nicht fassen", machte sich Kate sogleich Luft und verdrehte die Augen. „Todd ist der jüngste Bruder meiner Mutter und so langsam habe ich die Nase voll, mich ständig verteidigen zu müssen."

„Na ja, aber ich glaube kaum, dass Leute, die ihn nicht kennen, darauf tippen würden, dass du so einen verdammt gut aussehenden Onkel hast."

„Du findest ihn verdammt gut aussehend?"

„Aber sicher. Ist dir das bisher nicht aufgefallen?" Amanda schüttelte ihren Kopf.

„Wie denn? Er ist mein Onkel, mit anderen Augen sehe ich ihn nicht."

„Oh Kate", Amanda drückte ihrer Freundin die Hand, konnte es aber nicht fassen, dass die Jüngere ihren Onkel wirklich nur als Onkel betrachtete.

Kate wollte gerade wieder eine Bemerkung machen, als der junge Mann plötzlich neben ihr auftauchte.

„Würdest du mir die Ehre erweisen und mit mir tanzen?" Er schenkte ihr ein Lächeln, das sämtliche Frauenherzen, die in der Nähe standen, höher schlagen ließ. Kate fühlte, wie sich ihre Wangen plötzlich erhitzten. Sie nickte, warf ihrer Freundin aber noch einen vernichtenden Blick zu, jetzt nur nichts Falsches zu sagen.

Amanda grinste amüsiert und beobachtete die beiden auf der Tanzfläche. Todd war ein ausgesprochen guter Tänzer und der lebhafte Walzer lud ihn dazu ein, Kate begeistert herumzuwirbeln.

Nach einiger Zeit stellte sich Diana neben Amanda. „Kannst du glauben, dass dies ihr Onkel ist?", fragte Amanda sogleich und Diana schmunzelte. „Wie kann jemand so einen attraktiven Onkel haben, der äußerlich auch noch hervorragend zu Kate passen würde?"

„Ich wusste gar nicht, dass du so gut tanzen kannst, Todd", sagte Kate und schenkte ihm ein warmes Lächeln. Er grinste.

UNVERWÜSTLICHER KAMPFGEIST

„Wir hatten ja auch noch nie die Möglichkeit, miteinander zu tanzen." Todd zwinkerte ihr zu und sie senkte verlegen ihren Blick, doch er hob ihr Kinn höher, damit er weiterhin in ihre Augen sehen konnte.

„Ich würde behaupten, dass wir beide noch einiges über uns entdecken werden. Darf ich dich auch um den nächsten Tanz bitten?"

Kate schüttelte mit dem Kopf. „Sieh dich um. Die anderen Frauen warten schon darauf, dass du sie aufforderst. Sie himmeln dich direkt an."

Todd rollte die Augen. „Ich bin kein Mann, der sich gerne anhimmeln lässt. Ich möchte auch keiner der Ladys Hoffnungen machen."

„Dann tanz wenigstens mit meiner Freundin Amanda. Sie hat mir schon vorgeschwärmt, wie gut aussehend sie dich findet." Ein verschmitztes Lächeln bereitete sich auf ihrem hübschen Gesicht aus und Todd nickte.

„Aber nur, wenn du mir versprichst, danach wieder mit mir zu tanzen."

Das versprach sie und kurz darauf war der Walzer zu Ende und Todd ging auf Amanda zu, während Rowan seine Nichte zum Tanzen aufforderte.

Es war spät, als sich Ridge, Diana, Rowan, Todd und Kate im Wohnzimmer zusammensetzten. Sämtliche Gäste waren entweder in die Stadt zurückgekehrt oder hatten sich in die Cowboyunterkünfte zurückgezogen.

Rowan ergriff das Wort. „Ich wollte vorhin nichts sagen, aber vor ein paar Tagen hat jemand versucht, Ambrose aus dem Gefängnis zu holen. Dem Hilfssheriff war anonym eine Menge Geld angeboten worden, aber zum Glück hat der Sheriff das unterbunden und der Hilfssheriff wurde entlassen und wegen seiner Bereitschaft sich bestechen zu lassen ebenfalls ins Gefängnis gesteckt."

„Wie kann so etwas möglich sein? Gregory hat doch niemals genug Geld, umso etwas zu tun." Kate blickte von einem zum anderen.

„Sie müssen mit jemandem in Verbindung stehen, der Geld hat. Du hast recht, Gregory hat kein Geld und soviel ich weiß, haben sich auch die Wege von Crystal und meinem Bruder getrennt, seit sie wieder bei ihrem Vater lebt." Rowan drückte ihre Hand.

Die nächsten Wochen waren mit viel Arbeit gefüllt. Die verschiedenen Rinderherden wurden aus den Bergen geholt und dann nach Denver getrieben, um verkauft zu werden. Es wurde auch eine große Menge an Wildpferden eingefangen und verkauft.

Kate war mit der Buchführung beschäftigt und machte eine Menge Geschäfte fürs folgende Jahr. Ridge hatte nach dem letzten Vorfall mit Pastor Miller dafür gesorgt, dass die Ranch vier große Hunde hatte, die trainiert wurden, sodass sie nicht nur Ridge, sondern auch einigen anderen, besonders aber Kate, gehorchten.

UNVERWÜSTLICHER KAMPFGEIST

Einer der Hunde schlief nachts im Haus, die anderen im Stall, um jederzeit reagieren zu können, falls ein Unbefugter die Ranch betrat oder wilde Tiere verjagt werden mussten.

Todd hatte sich schnell an die Arbeit auf der Ranch gewöhnt und war eine Bereicherung. Er schien es zu genießen, sie zu necken oder ihr einen Streich zu spielen, aber da gab die junge Frau natürlich sofort Kontra.

Obwohl sie sich nach wie vor von Ethan angezogen fühlte, hatte sich die Beziehung zwischen den beiden abgekühlt, seit Todd nach Black Hawk gekommen war. Kate verstand es nicht, da Todd doch nur ihr Onkel war, aber Ethan schien den älteren als einen Rivalen zu betrachten, dem er nicht das Wasser reichen konnte.

„Möchte jemand etwas kalte Limonade?" Kate blickte die vier Männer an, die im Schatten saßen, um sich etwas auszuruhen und abzukühlen. Obwohl sie mittlerweile Herbst hatten, war es noch einmal richtig warm geworden. Das Zureiten der Pferde in so einer Hitze war anstrengend.

Natürlich nickten sie. Kate übergab ihnen das Tablett mit vier Gläsern und marschierte sofort in Richtung Haus davon, drehte sich dann aber noch einmal um. Sie wollte beobachten, was passieren würde.

Todd, Aaron, Ethan und Ridge nahmen fast gleichzeitig einen großen Schluck, prusteten aber im nächsten Moment alles wieder raus. Kate grinste.

„Stimmt damit etwas nicht?", fragte sie scheinheilig und lachte hell auf, suchte dann aber schnellstens das Weite, da Todd und Aaron beide bereits aufgesprungen waren und hinter ihr her jagten.

Diana kam nun ebenfalls aus dem Haus und übergab den beiden zurückgebliebenen Männern zwei weitere Gläser Limonade.

„Und darin ist jetzt auch Zucker?" Ridge blickte seine Frau streng an und zog eine Augenbraue in die Höhe. Sie schmunzelte amüsiert.

„Selbstverständlich. Du glaubst doch nicht, dass ich euch so einen Streich spielen würde? Das überlasse ich lieber der jüngeren Generation."

Sie zwinkerte Ethan zu und die beiden Männer tranken vorsichtig und etwas widerwillig, konnten dann aber ruhigen Gewissens ihren Durst löschen.

„Du hättest uns wirklich warnen können", knurrte Ridge und drückte seiner Frau einen Kuss auf die Stirn.

„Und Kate den ganzen Spaß verderben? Nein, das konnte ich nicht. Sie hat sich doch so auf eure sauren Gesichter gefreut."

Ethan seufzte. „Saure Gesichter ist gut", bemerkte er trocken und schüttelte sich auch schon im nächsten Moment. „Limonade ohne Zucker und Vorwarnung ist alles andere als lecker."

Kate rannte so schnell sie konnte, wusste aber, dass die beiden jungen Männer sie in Kürze schnappen würden, wenn ihr nicht rasch etwas einfiel. Todd griff nach ihr, doch sie schlug einen Haken und rannte zurück und direkt in die Scheune.

UNVERWÜSTLICHER KAMPFGEIST

Der Heuboden würde ihr nicht helfen, da die beiden sie von dort herunterholen konnten, auch wenn sie die Leiter nach oben zog, aber vielleicht schaffte sie es ihnen zu entkommen, wenn sie die Strohballen hochkletterte. Dort hinauf konnten sie ihr nur langsam folgen, da sie größer und schwerer als Kate waren. Wenn sie schnell genug war, konnte sie vielleicht auf einer anderen Stelle wieder hinunterklettern.

Gesagt, getan, sie begann sofort die Wand aus Strohballen hochzuklettern, erschrak aber fast zu Tode, als plötzlich ein muskulöser Arm ihre Taille umfasste und sie zurück auf den Boden zog. Todd zögerte auch keinen Moment und warf sie sich sofort über die Schulter.

Er war außer Puste, denn offensichtlich hatte er, nachdem sie entkommen war, seine Beine in die Hand genommen, um sie doch noch zu schnappen.

Kate war ebenfalls schwer am Atmen und ihr Herz schlug immer noch rasant, denn so schnell hatte sie mit ihm einfach nicht gerechnet.

Als sie merkte, dass er direkt auf eine der großen Wassertonnen zuging, die mit eiskaltem Quellenwasser gefüllt waren und zudem noch im Schatten standen, begann sie sofort zu zappeln.

„Nein, bitte nicht, Todd. Du kannst nicht so gemein sein. Ich habe euch doch gar nichts Schlimmes getan", jammerte sie, aber es ließ ihn ganz kalt.

„Ach wirklich? Jemandem ungesüßte Limonade zum Trinken anzubieten und nicht mal eine Warnung auszusprechen, findest du nicht schlimm? Sei froh, dass wir dich nicht gemeinschaftlich übers Knie legen."

„Das würdet ihr nicht wagen", empörte sie sich entrüstet.

„Stelle mich nicht auf die Probe, Kate", konterte er sogleich und sie konnte an seiner Stimme hören, dass er nun frech grinste.

„Im Übrigen wäre eine Warnung völlig fehl am Platz gewesen. Wenn ich euch gesagt hätte, dass die Limonade sauer ist, hättet ihr sie doch gar nicht getrunken." Obwohl sie sich bemühte, konnte sie den spöttischen Unterton doch nicht ganz unterdrücken.

Todd hatte die Wassertonne erreicht und ließ sie vorsichtig hineingleiten. Sie wehrte sich natürlich und zappelte wie eine Verrückte, aber es brachte ihr nichts.

Aaron erreichte die beiden jetzt auch und sie sorgte dafür, dass den beiden das Lachen wieder etwas verging, indem sie die jungen Männer ebenfalls nass spritzte. Sie bemerkte auch, dass an der Seite der Tonne ein Eimer baumelte, der zum Wasserschöpfen gedacht war.

Todd hatte es offenbar bislang nicht gesehen und somit griff sie blitzschnell zu, füllte diesen und schwappte das Wasser in einer schwungvollen Bewegung über die Männer.

Ridge und Diana erschienen und kamen kopfschüttelnd näher. „Wie könnt ihr das arme Mädchen in dieses kalte Wasser tauchen? Die Sonne geht jetzt unter und somit fällt die Temperatur. Soll sie sich den Tod holen?", schimpfte Diana und blickte die beiden jungen Männer missbilligend an.

Als Todd und Aaron ihre Köpfe in ihre Richtung drehten, begann Kate sofort an zu zittern und tat so, als ob sie erbärmlich fror. In Wirklichkeit genoss sie es, nach der Hitze des Tages abgekühlt zu werden.

UNVERWÜSTLICHER KAMPFGEIST

Ridge beobachtete Kate sehr genau und bemerkte das schelmische Funkeln in ihren Augen. Er wandte sich ab, um sein Grinsen zu verbergen, denn er wusste, dass die beiden jungen Männer ihr noch mehr zusetzen würden, sollten sie erkennen, dass sie gar nicht so kalt war, wie sie gerade vorgab.

Kate spürte, dass Ridge sowie Todd und Aaron sie mit intensiven Blicken beobachteten. Trotz des kalten Wassers bemerkte sie, wie ihre Wangen sich erhitzten, wusste aber auch, dass Diana den beiden Männern gehörig den Kopf waschen würde, falls sie es schaffen sollte, alle davon zu überzeugen, dass man ihr unrecht getan hatte und sie doch Mitleid mit ihr haben sollten.

„Essss … isst … sooo schrecklich kalt", stammelte sie mit klappernden Zähnen und einem wehleidigen Ton in ihrer Stimme. Sie konnte sehen, dass Ridge nur noch mit Mühe einen Lachanfall unterdrücken konnte und grinste sich eins, selbstverständlich so, dass weder Todd noch Aaron das sahen.

Diana blickte die beiden jungen Männer entrüstet an. „Wartet ihr vielleicht auf eine Einladung? Holt das arme Ding aus der Tonne. Im Übrigen solltet ihr dafür sorgen, dass sie so schnell wie möglich ins Haus kommt."

„Keine Angst, Diana", konterte Kate gleich, weiterhin mit klappernden Zähnen, „ich werde so schnell ich kann zum Haus hinüberlaufen und mich gleich umziehen."

Todd und Aaron tauschten allessagende Blicke aus, was Kate misstrauisch beobachtete. Sie wollte eben aus der Wassertonne klettern, als Todd herantrat und sie mit einem Schwung aus dem

Wasser zog. Kate, die damit nicht gerechnet hatte, schnappte erschrocken nach Luft.

Bevor sie sich aber aus seinen Armen befreien konnte, warf er sie sich einfach wieder über die Schulter.

„Ich werde persönlich dafür sorgen, dass sie ins Warme kommt. Wir wollen auf keinen Fall, dass sich Kate erkältet."

„Todd, was soll das, lass mich sofort wieder runter", schimpfte Kate jetzt, doch der junge Mann setzte sich bereits in Bewegung und ging mit schnellen Schritten auf das Haus zu. Vor der Haustür setzte er sie ab, zog sie aber plötzlich so fest in seine Arme, dass ihr Herz für einen Schlag aussetzte.

Er beugte sich zu ihrem Ohr hinunter. „Keine Angst, Kate. Ich werde niemals zulassen, dass du durch einen Streich krank wirst", raunte er ihr mit seiner tiefen Stimme zu und blickte ihr dann tief in die Augen. Ihr Herz schlug schneller, was sie in dem Moment völlig aus der Bahn warf.

9

Verwirrende Gefühle

„Hat Kate vor irgendwas Angst? Sie scheint für ein Mädchen ziemlich furchtlos zu sein." Todd blickte Aaron an, mit dem er zusammen Strohballen stapelte. Er hatte Kate beim Viehtrieb beobachtet und ihr beim Brandzeichengeben zugesehen sowie vielen anderen Dingen und war beeindruckt, wie sie das alles als Frau meisterte.

Der Jüngere grinste. „Sie ist ziemlich mutig und unerschrocken, aber du musst sie mal erleben, wenn ihr eine Schlange über den Weg läuft oder aber Krabbeltierchen wie Raupen, Käfer und anderes Ungeziefer ihr zu Nahe kommen."

Todd grinste nun ebenfalls und Aaron klopfte ihm kameradschaftlich auf den Rücken. „Ich zeige dir heute Abend mal, was ich meine." Er zwinkerte dem anderen amüsiert zu und dann widmeten sich die beiden wieder ihrer Arbeit.

Kate war schrecklich müde, als sie aus dem Büro ihres Vaters kam. Sie hatte fast den ganzen Tag damit verbracht, die Pferdeboxen auszumisten und neues Stroh zu verteilen. Die

Cowboys waren alle mit anderen Dingen beschäftigt und konnten ihr nicht unter die Arme greifen, aber sie genoss es auch körperliche Aufgaben zu verrichten, da sie dann von der Büroarbeit ein wenig wegkam.

Sie wusste, dass es Leute in der Stadt gab, die dachten, sie wäre zu gut für solche Arbeit, oder das sie so etwas lieber den Männern überließ, aber ihr Vater hatte ihr beigebracht, dass auf der Ranch alle mit anpacken mussten und das bedeutete, dass auch sie anstrengende Arbeiten verrichten musste.

Nachdem sie sich gewaschen und neue Kleidung angezogen hatte, war sie ins Büro gegangen, um den langweiligen Papierkram zu erledigen. Sie war dankbar, als sie hörte, wie Diana den Gong zum Abendessen anschlug.

Sie trat aus dem Raum und drückte ihre mütterliche Freundin und bedankte sich schon im voraus für das leckere Essen. Wie gewöhnlich winkte Diana gleich ab und bemerkte nebenbei, dass Kate doch gar nicht wüsste, ob es schmecken würde, aber die junge Frau lächelte der anderen zu und wiederholte, was sie vorher gesagt hatte. Sie kannte ihre Haushälterin und Köchin von klein auf und hatte noch nie etwas von ihr gegessen, das nicht schmeckte.

Aaron und Todd traten näher und sie wollte die beiden gerade begrüßen, als ihr etwas über den Fuß schlängelte.

Kate ließ einen angeekelten Laut ertönen, bevor sie schnell auf einen Stuhl sprang. Ihre Augen blitzten Aaron sofort empört an, suchten dann aber gleich wieder den Boden ab, um sicherzugehen, dass sich das Reptil nicht irgendwo verstecken konnte.

„Aaron", schimpfte sie kurz darauf los und ein weiterer tödlicher Blick traf den jungen Mann. „Wie kommt diese Schlange ins Haus?"

„Wieso denkst du, dass ich damit etwas zu tun habe?", fragte er scheinheilig und sah sie betroffen an.

„Weil du das früher schon immer gemacht hast. Bring dieses ekelige Kriechtier sofort wieder hinaus."

Aaron grinste, blieb aber stehen und machte in keiner Weise Anstalten, ihrer Aufforderung nachzukommen. Todd beobachtete das Ganze ebenfalls mit einem verschmitzten Grinsen, doch jetzt trat Ridge dazu.

„Bring die Schlange raus, Aaron. Du weißt ganz genau, dass Kate diese Tierchen hasst."

„Ich verstehe gar nicht, warum ihr alle denkt, dass ich dafür verantwortlich bin. Schlangen kommen nun einmal manchmal ins Haus", versuchte er sich noch einmal herauszureden, aber sein Vater bedachte ihn nur mit einem strengen Blick.

Das war der Moment, wo auch Diana wieder ins Esszimmer kam. Mit einem Blick hatte sie die Lage erfasst und stemmte die Hände in die Hüften.

„Was auch immer du ins Haus gebracht hast, bringst du sofort wieder raus, Aaron. Wir wollen zu Abend essen und Kate wird nicht eher vom Stuhl kommen, bis sie sich wieder sicher fühlt." Als der junge Mann etwas erwidern wollte, schüttelte seine Mutter energisch mit dem Kopf.

„Falls du Interesse daran hast, ebenfalls mit uns zu speisen, rate ich dir das zu tun, was ich dir gerade gesagt habe, ansonsten kannst du dir in der Cowboyunterkunft etwas zum Essen suchen."

Aaron verdrehte die Augen, machte sich aber dann doch auf die Jagd nach dem Reptil, welches sich nicht freiwillig fangen lassen wollte.

Kate beobachtete ihn ganz genau, ihr Gesichtsausdruck war angewidert. Als der junge Mann die Schlange wieder in den Händen hielt, ging er plötzlich direkt auf Kate zu, die erschrocken zurückwich.

Da sie jetzt an die Stuhllehne stieß, kam sie ganz schön ins Straucheln und wäre beinahe heruntergefallen, doch Todd sprang hinzu und seine muskulösen Arme umfingen sie und er zog sie gegen seine Brust, während er ihr ein atemberaubendes Lächeln schenkte.

Kate hatte das Gefühl, von einer Ohnmacht zur anderen zu fallen. Ihr Herz raste und sie schnappte nach Luft, während ihr erhitztes Gesicht noch wärmer zu werden schien. Sie atmete erleichtert auf, als Aaron das Reptil wieder nach draußen brachte, nahm aber sehr wohl das Kopfnicken der beiden jungen Männer wahr und wusste im nächsten Moment auch schon, wie sie sich rächen würde.

„Kate, kannst du die Suppe etwas umrühren? Ich muss noch ein paar Dinge aus dem Erdkeller holen."

Diana blickte die junge Frau an, die gerade in die Küche getreten war, und die nickte sofort. Das kam ja wie gerufen.

UNVERWÜSTLICHER KAMPFGEIST

Sie hatte Todd und Aaron bereits ein Glas mit Essig auf den Tisch gestellt, konnte ihnen nun aber schon vorab einen Streich spielen.

Sie rührte die Suppe um und kostete sie. Selbstverständlich war sie wie immer ausgezeichnet. Kate füllte ein bisschen Suppe in eine kleine Schüssel, damit es etwas abkühlen konnte.

Als sie hörte, wie jemand in die Küche trat, sah sie sich um und bemerkte Todd der lächelnd auf sie zukam. Er ging zur Pumpe hinüber, um seine Hände zu waschen und Kate tauchte einen Löffel ins Salz und zog den gefüllten Löffel zurück, bevor sie es in die Suppe tauchte und das Salz unter der Brühe und dem Gemüse verschwand.

„Wie war dein Tag, Kate?", fragte Todd indessen und kam näher. Er blickte sich um. „Hast du heute gekocht?"

Sie schüttelte den Kopf. „Nein, nein. Diana hat mich gebeten, auf die Suppe zu achten, während sie in den Erdkeller geht. Aber du musst das unbedingt probieren. Sie kocht ja immer gut, aber mit dieser Suppe hat sie sich mal wieder selbst übertroffen."

Sie tat so, als ob sie den Löffel gerade aus der Schüssel holte und hielt Todd diesen hin, damit er davon kosten konnte.

Das tat er natürlich gerne. Er war gerade dabei alles herunterzuschlucken, als er das ganze Salz schmeckte und fürchterlich zu husten begann. Kate tat ganz erschrocken, reichte ihm dann aber ein Glas, was sie ebenfalls mit Essig gefüllt hatte und er nahm einen kräftigen Schluck, prustete daraufhin aber gleich wieder los und stürzte zur Pumpe, um sich Wasser in einen Becher zu füllen.

Kate nahm schnell das Essen von der Herdplatte und wollte sich gerade aus dem Staube machen, als Todd ihre Hand ergriff und sie in seine Arme zog.

„Das hast du doch alles mit Absicht gemacht, oder?" Er zog eine Augenbraue hoch, was ihr die Röte ins Gesicht trieb, aber sie blickte unschuldig zu ihm auf.

„Ich? So etwas würde ich nie tun."

Ein breites Grinsen hellte sein Gesicht plötzlich auf, obwohl er immer noch ein leichtes Kratzen im Hals spürte. Er schnappte sich die junge Frau und hob sie in die Höhe und hielt sie in der Luft gefangen. Kate zappelte, doch es nutzte ihr nichts.

„Ich glaube, du musst dringend wieder ein Bad nehmen", schoss er trocken zurück und sah ihr tief in ihre Augen.

„Nein, bitte nicht. Dafür ist es heute einfach zu kalt. Im Übrigen solltest du vorsichtig sein. Diana wird so etwas nicht noch einmal ohne Strafe durchgehen lassen."

Ihre hübschen Augen blitzten vergnügt und er ließ sie langsam wieder herunter, hielt sie aber weiterhin fest. Kate konnte seinem intensiven Blick nicht standhalten und schlug die Augen nieder. Todd hob daraufhin sachte ihr Kinn und zwang sie, ihn anzusehen.

Kate spürte, wie sein Blick immer wieder zu ihren Lippen glitt und plötzlich beugte er sich zu ihr hinunter. Sie trat etwas zurück, ihre Augen waren weit aufgerissen. Er drückte ihr sanft einen Kuss auf die Stirn und ließ sie los. Ohne ihn noch einmal anzusehen, verließ sie die Küche und verschwand in ihrem Zimmer, wo sie sich schnell einschloss.

Ihr Herz schlug so schnell, sie war sich sicher, dass es jeden Moment aus ihrem Brustkorb springen würde. Sie schloss die

Augen, um sich zu sammeln, aber in ihrem Kopf überschlugen sich sämtliche Gedanken.

Hatte ihr Onkel sie gerade fast geküsst? Ihre Augen weiteten sich wieder, als sie versuchte, eine Erklärung für diesen Moment zu finden. Sie hatte sich das sicherlich nur eingebildet oder Todd hatte in dem Augenblick vergessen, dass es sich um seine Nichte handelte und nicht einer jungen Frau, von der er sich angezogen fühlen konnte.

„Kate", rief ihr Rick vom Sägewerk zu und eilte in ihre Richtung. Als er sie erreicht hatte, ergriff er ihren Arm und führte sie etwas zur Seite, damit man ihrem Gespräch nicht einfach lauschen konnte.

„Ich habe wieder ein Telegramm erhalten. Es hört sich fast genauso an wie das, was ich vor Wochen erhalten habe, aber dieses Mal kommt es aus San Francisco."

Die junge Frau runzelte die Stirn. „Mein Onkel Ambrose sitzt im Gefängnis und ich kann mir nicht vorstellen, dass Gregory in San Francisco Bekannte hat. Gibt es irgendetwas, was uns helfen könnte, herauszufinden, von wo genau es kam oder wer es geschickt hat?"

Rick schüttelte seinen Kopf. „Leider nein. Mr. Hadfield und ich haben es bereits versucht, aber keinen Erfolg gehabt. Selbstverständlich werde ich genauso reagieren wie zuvor."

Kate wandte sich nachdenklich ab. War Gregory überhaupt schon jemals in San Francisco gewesen? Das ergab doch alles keinen Sinn. Sie zog sich in den Sattel ihres Pferdes und blickte über die Straße. Todd zog gerade Schwester Mia fest in seine

Arme und beugte sich plötzlich zu ihr hinunter, um sie zu küssen.

Kate wandte sich schnell ab und ritt in Richtung Ranch davon. Als sie am Laden der Stadt vorbeiritt, beobachtete sie, wie Ethan der ältesten Nichte von Amanda seinen Arm anbot. Beide Situationen gaben ihrem Herzen einen kleinen Stich. Sie würde Todd vermissen, falls er anfangen sollte, sich eine Braut zu suchen. Sie hatten doch gerade erst eine wirkliche Freundschaft aufgebaut.

Und war Aaron nicht an Mia interessiert? Hatten die beiden bereits aufgegeben und sich womöglich getrennt, oder versuchte Todd dazwischenzufunken?

Sie begann sich auch zu fragen, ob Ethan kein Interesse mehr an ihr hatte und sich nun anderweitig umsah. Der Gedanke trieb Tränen in ihre Augen und somit spornte sie ihr Pferd an, um so schnell wie möglich wieder nach Hause zu kommen.

In den nächsten Tagen zog sich Kate von allen zurück. Ihre Gefühle waren so durcheinander, dass sie nur noch alleine sein wollte. Ihr Herz schien auf einmal den Verstand verloren zu haben, denn was sie fühlte, machte in keiner Weise Sinn.

Sie ritt jetzt jeden Morgen in die Stadt und suchte in der Kirche Zuflucht, um Gott näher zu sein und mit ihm in Gebeten zu sprechen, damit sie wieder einen klaren Kopf bekam. Aber anstatt sich besser zu fühlen, wurde sie nur noch unsicherer.

Die Männer auf der Ranch hatten es sich zur Angewohnheit gemacht, jeden Abend, nachdem die Rancharbeit erledigt war, Holz für den Herbst und Winter zu hacken. Um diese anstrengende Arbeit schneller erledigen zu können, hielten sie regelmäßig Wettkämpfe ab.

Es war durchaus ein Schauspiel, wenn diese muskulösen jungen Männer sich ihre Hemden auszogen und dann um die Wette Holz hackten.

Kate sah ihnen heimlich zu. Ihre Wangen waren jedes Mal erhitzt, denn der Gedanke, dass sie jemand erwischen konnte, ließ sie vor Scham erschaudern, und dennoch konnte sie sich nie von dem Anblick losreißen.

Allerdings half es ihren verwirrten Gedanken kein bisschen. Ethan und Aaron waren sehr muskulös, aber keiner konnte es mit Todd aufnehmen.

Todd und Ethan schienen zu bemerken, dass sie beiden aus dem Weg ging, aber wann immer sie versuchten, sie zum Reden zu bringen, wich sie ihnen aus.

„Ich mache mir Sorgen um Kate, Ridge. Sie weicht sogar mir aus und lässt überhaupt kein richtiges Gespräch mehr zu. Ich glaube, ich weiß, was mit ihr los ist, aber wir können ihr nur wirklich helfen, wenn wir ihr die Wahrheit sagen."

„Meinst du, dass das richtig wäre?"

Diana nickte. „Ja. Es wird sie sicherlich auch nach einem Gespräch noch einige Zeit beschäftigen, vielleicht wird sie sich auch weiterhin zurückziehen, aber sie lächelt immer weniger und es tut mir in der Seele weh, sie so durcheinander zu sehen."

Die beiden blickten durchs Fenster und beobachteten, wie Kate über den Hof schritt. Kein Lächeln war auf ihren Lippen. Sie sah aus, als ob sie kurz davor war, in Tränen auszubrechen.

Ridge drückte die Hand seiner Frau. „Ist gut. Wir können das so bald wie möglich in Angriff nehmen."

Kate stand vor dem Fenster in der Küche und beobachtete, wie die Cowboys Strohballen in die Scheune trugen und aufeinanderstapelten. Sie konnte sehen, wie die Hemden an ihren Körpern klebten, konnte aber wieder einmal nicht aufhören, sie anzustarren.

Als sie hörte, wie jemand die Küche betrat, wandte sie sich schnell ab und trat zur Pumpe, um sich etwas zu trinken einzugießen.

„Kate", sagte Ridge und ging sofort auf sie zu, um sie kurz darauf, väterlich in seine Arme zu ziehen. Diana war direkt hinter ihm. „Wir machen uns riesige Sorgen um dich und möchten gerne mit dir reden."

Die junge Frau schüttelte ihren Kopf und wollte sich aus seiner Umarmung befreien, doch er ließ sie nicht los. Er hob sachte ihr Kinn, um ihr direkt in die Augen sehen zu können.

„Nein, wir lassen dich nicht gehen, bis du uns angehört hast. Es gibt da etwas, was du wissen musst."

Kate sah zu Diana hinüber und diese nickte ihr aufmunternd zu, bevor sie sich räusperte. „Ich weiß, dass du versuchst, alles mit dir alleine zu regeln und über deine Gefühle nicht sprechen magst, Kate, aber wir können auch sehen, wie sehr es dich belastet."

Die ältere Frau bat Kate und Ridge ihr zu folgen, damit sie sich an den Küchentisch setzen konnten.

UNVERWÜSTLICHER KAMPFGEIST

„Deine Mutter war übrigens genauso. Sie hat immer alles heruntergeschluckt, anstatt sich jemandem anzuvertrauen."

Ridge nickte. „Das stimmt. Lauren war ganz genauso. Dein Vater musste sie manchmal regelrecht zwingen, mit ihm über ihre Probleme zu sprechen." Er seufzte.

„Wir haben unsere Vermutungen, warum du uns, besonders aber auch Ethan und Todd ausweichst und möchten dir gerne helfen."

„Ridge hat recht. Wir möchten, dass dein Herz wieder zur Ruhe kommt und Frieden findet."

Kate blickte von einem zum anderen, denn sie wusste nicht, worauf die beiden hinauswollten, aber sie blieb still.

Ridge zog sie dichter an sich heran. „Was wir dir jetzt sagen werden, wird für dich vermutlich erst einmal ein gewaltiger Schock sein, aber es muss dir endlich gesagt werden." Er warf seiner Frau einen weiteren Blick zu, bevor er weiterredete.

„Todd ist nicht dein leiblicher Onkel. Er ist als Baby von deinen Großeltern adoptiert worden."

Kate fühlte, wie ihr die Farbe aus dem Gesicht wich und sie schnappte nach Luft. „Das ... das ... das kann nicht sein", stammelte sie und Diana holte ihr ein Glas Wasser, damit sich der Kreislauf der jungen Frau wieder stabilisieren konnte.

Ridge wartete, bis sie ein paar Schlucke getrunken hatte, bevor er fortfuhr. „Es stimmt, Kate. Deine Großeltern hatten damals noch ihre Herberge und einmal kam ein junges Ehepaar zu ihnen, das ein Kind erwartete. Die beiden waren auf der Flucht vor dem Vater der jungen Frau, da sie gegen den Willen des Vaters geheiratet hatten und er ihnen deswegen mit dem Leben drohte. Er war reich und der junge Mann kam aus armen Verhältnissen. Sie hatten ihre Namen geändert und wollten sich ein kleines Haus in San Francisco bauen, sobald sie ausreichend Geld gespart hatten."

Er hielt kurz inne, sprach aber gleich weiter. „Deine Großeltern nahmen sie liebevoll bei sich auf und als das Baby geboren worden war, kümmerten sich deine Tanten und später auch Lauren um den kleinen, damit seine Eltern arbeiten konnten."

Es war offensichtlich, dass Ridge das nächste nicht gerne mit Kate teilte, es aber sein musste.

„Das junge Paar mochte deine Großeltern so gerne, dass sie die beiden fragten, ob sie sich um das Baby kümmern würden, falls ihnen etwas geschehen sollte. Da dein Großvater ein Richter war, der sich zu der Zeit aber schon im Ruhestand befand und sie auch sahen, wie gerne ihre Töchter den Kleinen hatten, sagten sie zu. Kurz darauf wurden die beiden tot aufgefunden."

Kate stockte der Atem. Wie furchtbar so etwas doch war.

„Todd wurde offiziell adoptiert und von deinen Großeltern großgezogen."

„Weiß Todd davon?"

Ridge nickte. „Ja. Es wurde ihm gesagt, als er alt genug war."

„Warum hat mir niemand davon etwas erzählt?"

Diana drückte ihre Hand. „Deine Großeltern und Eltern dachten, dass es keinen Unterschied machen würde, da er ja adoptiert worden war. Wir hätten auch nichts gesagt, wenn wir nicht gemerkt hätten, dass sich deine Gefühle ihm gegenüber geändert haben."

Kate wurde rot im Gesicht und senkte ihre Augen. „Ich weiß nicht, wovon ihr sprecht. Meine Gefühle haben sich in keiner

Weise geändert", versuchte sie sich herauszureden und sprang auf, doch Ridge hinderte sie daran, aus dem Zimmer zu laufen.

„Nichts hat sich für mich geändert, überhaupt nichts", fuhr sie weiter und man sah ihr an, wie sich Panik in ihr ausbreitete.

„Kate." Diana versuchte, sie in ihre Arme zu ziehen, doch Kate wehrte sie ab.

„Er ist mein Onkel. Es wäre ganz falsch, anders für ihn zu empfinden."

„Ihr seid nicht blutsverwandt."

„Ich ... ich", stammelte sie wieder und dieses Mal nahm Ridge ihren Kopf in seine Hände und sah ihr tief in die Augen.

„Es ist alles in Ordnung, Kate. Nichts an deinen Gefühlen ist verkehrt oder unangebracht. Todd ist nicht dein leiblicher Onkel und wenn sich deine Gefühle geändert haben sollten, ist das in Gottes Augen gut und richtig."

„Es ist ganz gleich, wie ich empfinde, denn ich würde einer Beziehung niemals zustimmen."

„Und warum nicht?"

„Weil alle, die ihn und uns kennen, denken, dass er mein Onkel ist. Wenn wir plötzlich vorgeben, dass das nicht so ist und behaupten, dass er adoptiert wurde, wird es aussehen, als ob wir uns das ausgedacht haben, um unsere Gefühle zu rechtfertigen."

„Ist das der Grund, warum du in letzter Zeit so oft in die Stadt geritten bist?"

Kate nickte. „Ich habe die Kirche aufgesucht und gebetet, dass Gott mir hilft, diese komischen Gefühle wieder unter Kontrolle zu bekommen und wenn möglich sogar loszuwerden. Es ist aber schlimmer geworden und ich kann damit nicht umgehen. Ich möchte ihn wieder als meinen Onkel sehen können und nicht als ...", sie stockte und schluckte die restlichen Worte hinunter.

„Ich werde diesen Gefühlen niemals nachgeben. Es ist nicht richtig. Niemand würde es verstehen."

„Und wenn es die Leute in der Stadt verstehen würden?", fragte Diana mit einem verstehenden Lächeln und versuchte Kates Hand zu greifen, die diese aber sofort zurückzog.

„Sie werden es nicht und ich möchte darüber nicht weiter reden." Sie riss sich los, rannte aus der Küche und in ihr Zimmer und schloss die Tür hinter sich.

Todd folgte seiner Nase bis in die Küche. Diana hatte offenbar wieder etwas Leckeres gekocht. Ridge saß am Tisch und las die Zeitung, legte diese aber sofort beiseite, als er den jungen Mann hereinkommen hörte.

„Es riecht wunderbar."

„Danke, Todd."

„Wisst ihr, wo Kate ist? Ich habe eben im Büro nachgesehen, doch dort ist sie nicht."

Die beiden Älteren tauschten einen alles sagenden Blick aus, den Todd durchaus wahrnahm.

„Ist etwas geschehen? Ist Kate krank oder hat sie sich verletzt?" Sein Gesichtsausdruck spiegelte Besorgnis wider.

Ridge deutete an, dass sich der junge Mann setzen sollte und das tat er auch sofort. „Wir hatten gerade eine längst überfällige Unterhaltung mit Kate. Sie hat sich jetzt erst einmal auf ihr Zimmer zurückgezogen."

„Was für eine Unterhaltung?"

UNVERWÜSTLICHER KAMPFGEIST

„Erinnerst du dich daran, wie du uns vor ein paar Tagen gefragt hast, was mit Kate los ist und warum sie dir aus dem Weg geht?"

Todd nickte.

„Diana und ich haben sie darauf angesprochen und es war genauso, wie wir dachten. Wir haben ihr mitgeteilt, dass du nicht ihr leiblicher Onkel bist und adoptiert wurdest."

„Und wie hat sie darauf reagiert?"

„Ziemlich geschockt."

„Habt ihr Kate alles erzählt?"

Dieses Mal schüttelte Diana ihren Kopf und trat näher. „Sie muss jetzt erst einmal diese Nachricht verdauen, bevor wir weitere Geheimnisse mit ihr teilen können. Jetzt musst du dir erst einmal ganz sicher werden, was du für sie empfindest."

Todd blickte etwas verlegen auf den Boden, sah aber gleich wieder auf. „Ihr wisst, wie meine Gefühle aussehen und schon lange sind. Deswegen habt Ihr mich doch kurz nach meiner Ankunft hier darauf angesprochen."

Das ältere Paar nickte.

„Soll ich mit Kate darüber reden?"

Diana schüttelte wieder ihren Kopf. „Das wäre zu früh. Sie ist nicht nur durcheinander, sondern glaubt, es wäre nicht richtig, da jeder hier denkt, dass du ihr leiblicher Onkel bist."

„Warum fürchtet sie sich davor, was andere denken könnten?"

Diana seufzte. „Crystal hat mit vielen Dingen, die sie zu und über Kate gesagt hat, sehr viel Schaden angerichtet. Kate wird es niemals zugeben, aber es ist tief in ihrem Unterbewusstsein vergraben und macht ihr jetzt das Leben schwer. Du musst dich in Geduld üben."

„Weißt du, wie schwer das ist? Ich habe mich jetzt seit fast drei Jahren in Geduld geübt. So viele Male wollte ich ihr sagen, wer ich bin und was ich für sie empfinde, aber ich wusste, dass sie dazu nicht bereit war. Vor ein paar Tagen hätte ich sie fast geküsst und habe sie vermutlich zu Tode erschreckt. Wahrscheinlich ist sie deswegen jetzt so durcheinander."

„Es wird dazu beigetragen haben, aber ich glaube, es hat einiges zu ihren verwirrten Gefühlen beigetragen." Diana drückte seine Hand.

Todd schüttelte den Kopf. „Ich habe meine Adoptiveltern so oft angefleht, Kate doch die Wahrheit zu sagen, aber sie taten es nicht."

„Ich glaube, deine Eltern hatten Angst, dass dein Großvater über dich und Kate erfahren und sie benutzen würde, nicht nur ihren Vater, sondern auch dich unter Druck zu setzen. Er hätte nicht gezögert, Kate aus dem Weg zu schaffen oder aber sie entführen zu lassen, damit er durch dich an deine anderen Großeltern und ihr Geld herankommen würde. Vermutlich hat er Isaac Miller auf Kate angesetzt."

Todd schüttelte seinen Kopf. „Ich habe das gründlich überprüft, aber mein Großvater scheint nichts mit Miller zu tun zu haben. Ich habe auch keinen Beweis gefunden, dass Kates Onkel ihn angeheuert haben. Irgendjemand mit Geld ist Teil dieser Sache und wir müssen sehen, dass wir herausfinden, wer."

Ridge nickte übereinstimmend. Diana drückte die Hand des jungen Mannes.

„Auf alle Fälle werde ich meinen Teil tun, damit Kate vor ihren Gefühlen nicht länger weglaufen kann." Sie schmunzelte.

„Und wie willst du das machen?"

UNVERWÜSTLICHER KAMPFGEIST

„Ich werde das tun, was wir Frauen besonders gut können und ein paar *Gerüchte* öffentlich verbreiten, damit aus Versehen in der Stadt bekannt wird, dass du nicht ihr Onkel bist." Sie zwinkerte ihm verschmitzt zu.

„Um ehrlich zu sein, denke ich, dass ein paar der Frauen aus Black Hawk damit bereits rechnen. Ich muss nur sehen, dass Kate in der Nähe ist und es mithören kann, damit sie es auch selbst glaubt."

„Meinst du nicht, dass sie sich dadurch noch mehr vor uns zurückziehen wird?" Todd sah ein wenig unsicher aus.

„Nicht, wenn ich es richtig mache und mit den richtigen Personen spreche. Ich denke schon, dass sich Kate noch eine Weile zurückhalten wird, aber es wird ein Schritt in die richtige Richtung sein. Ich weiß natürlich nicht, ob es noch andere Gründe gibt, warum sie vor ihren Gefühlen wegzulaufen versucht, aber es gibt nur einen Weg, um dies herauszufinden."

Kate ließ sich an dem Abend nicht mehr sehen. Am nächsten Morgen wollte sie wie gewöhnlich in die Stadt reiten, als Diana an ihre Seite trat.

„Ridge und ich müssen ein paar Besorgungen machen. Wollen wir zusammen mit dem Wagen fahren?"

Die junge Frau zögerte einen Moment, nickte dann aber. Ridge hatte bereits die Pferde angespannt und somit machten sie sich auf den Weg.

Amanda begrüßte die beiden Frauen, als sie eintraten, und Kate zog sich kurz darauf in die eine Ecke zurück, um sich die neuesten Kleider anzusehen.

Sally Daynes und Martha Robinson betraten den Laden und gingen sofort auf Diana zu, die sich vornahm, diesen Moment für das geplante Gespräch gleich auszunutzen. Sie hatte ihre beiden Freundinnen kaum begrüßt, als plötzlich Todd in das Gebäude trat.

Kate sah kurz auf, spürte aber, wie ihre Wangen in Flammen aufgingen und tat so, als hätte sie ihn nicht gesehen. Sie widmete sich nun uneingeschränkt den Büchern, die im Laden verkauft wurden.

„Guten Morgen, Todd", sagte Diana fröhlich und winkte ihn näher heran. Amanda lehnte sich über die Theke, als sie merkte, dass die Ältere irgendwas Wichtiges besprechen wollte.

„Ich muss euch unbedingt etwas erzählen", sagte Diana auch schon und Sally und Martha hörten gespannt zu.

„Wusstet ihr, dass Todd gar nicht der leibliche Onkel von Kate ist? Er wurde als Baby von Kates Großeltern adoptiert." Diana beobachtete aus den Augenwinkeln, wie Kate erschrocken zusammen zuckte und man konnte ihr ansehen, dass sie am liebsten geflohen wäre.

Bevor die beiden älteren Damen dazu Stellung nehmen konnten, straffte Amanda ihre Schultern.

UNVERWÜSTLICHER KAMPFGEIST

„Na, das sind doch mal gute Nachrichten", rief sie aus und strahlte übers ganze Gesicht. „Mir kam das von Anfang an komisch vor, dass so ein hübsches Mädchen einen so attraktiven Onkel haben sollte." Sie schüttelte immer noch grinsend ihren Kopf.

„Seit wann weiß es Kate?" Sie blickte zu ihrer Freundin hinüber, die offenbar so tat, als ob sie von der Unterhaltung nichts mitbekam. Allerdings verrieten die geröteten Wangen, dass sie alles sehr wohl gehört hatte.

„Wir haben es ihr gestern gesagt."

„Ich stimme Amandas Begeisterung zu", sagte nun auch Sally und nickte zufrieden. „Auch ich habe mir gedacht, dass die beiden doch ein ausgesprochen hübsches Paar abgeben würden und wie schade es doch war, dass Kate und Todd blutsverwandt sind. Diese Neuigkeiten bringen die Welt wieder in Ordnung."

Diana und Martha schmunzelten, aber Sally war noch nicht fertig. Sie hatte eine direkte und forsche Art, konnte aber offensichtlich auch erkennen, dass Diana aus einem bestimmten Grund so offen und keineswegs leise die Informationen teilte.

„Todd", wandte sie sich jetzt an den jungen Mann, der sie aufmerksam ansah. „Warte nicht zu lange, bis du Kate den Hof machst. Es gibt da ja noch andere Interessenten, aber um ehrlich zu sein, passt ihr zwei am besten zusammen."

„Das sehe ich auch so", warf Amanda dazwischen und grinste dem jungen Mann schelmisch zu. „Hast du Kate schon darauf angesprochen?"

Martha, die bemerkt haben musste, wie unangenehm Kate diese Unterhaltung war, wirkte etwas verlegen.

„Also wirklich", empörte sie sich und blickte Amanda und Sally mit hochgezogener Augenbraue an. „Ihr könnt doch nicht einfach davon ausgehen, dass die beiden Gefühle füreinander haben. Solche Dinge brauchen Zeit und gehen uns überhaupt nichts an."

Kate sah nicht auf, aber auf ihrem Gesicht war nun ein dankbares Lächeln zu sehen. Sie wollte sich gerade wieder dem Buchregal widmen, als Amanda etwas sagte, woraufhin sie am liebsten im Erdboden versunken wäre.

„Todd ist sicher nicht ohne triftigen Grund in diese Gegend gezogen, und ich wette, dass der Grund Kate heißt."

Kate sah aus den Augenwinkeln, wie Todd das mit einem amüsierten Grinsen quittierte, schloss dann aber kurz die Augen, um sich zu sammeln. Sie musste hier raus.

„Amanda", sagte Martha ernst und es war kein Geheimnis, dass sie die junge Frau rügen wollte, doch Todd trat dichter.

„Sie hat ganz recht, Frau Robinson. Ich bin im Prinzip nur aus einem Grund nach Black Hawk gekommen und werde mich einer gewissen jungen Dame auch so bald sie mich lässt nähern." Er zwinkerte den Frauen zu, doch dies war der Moment, wo Kate aus dem Laden eilte und in Richtung Kirche verschwand. Amanda folgte ihr.

UNVERWÜSTLICHER KAMPFGEIST

Kate hatte sich kaum in eine Bank gesetzt, als die Kirchentür sich öffnete und Amanda hereinkam. Kate seufzte innerlich. Ihre Freundin nahm in der Bank direkt hinter Kate Platz.

„Ich möchte jetzt eigentlich alleine sein." Kate sah nicht auf, hatte den Kopf geneigt, aber sie wusste auch, dass Amanda diese Sache nicht einfach auf sich beruhen lassen würde.

„Du kannst ihm nicht für immer aus dem Weg gehen."

„Ich weiß."

„Du hast Gefühle für ihn, oder?"

Kate drehte sich zu der anderen um. „Das hat sich erst in den letzten Wochen geändert."

„Kommst du deswegen jeden Morgen in die Stadt? Um in der Kirche zu beten, ob er der Richtige ist?"

Kate schüttelte ihren Kopf. „Nein. Ich bete darum, dass sich meine Gefühle wieder ändern und ich ihn wieder als Onkel sehen kann. Ich darf ihn nicht lieben."

„Aber warum denn nicht?"

„Manda", fing sie an, aber ihre Freundin unterbrach sie sofort.

„Ihr seid nicht blutsverwandt. Offenbar hat Gott dieses Problem schon vor vielen Jahren in Angriff genommen, damit ihr zueinanderfinden würdet. Er hat dafür gesorgt, dass Todd von deinen Großeltern adoptiert wurde, damit er dann viele Jahre später bei dir um deine Hand anhalten könnte." Die junge Frau grinste schelmisch, aber Kate spürte, wie ihre Wangen kochend-heiß wurden.

„Wir gehören nicht zusammen. Die Leute, die uns kennen, werden denken, dass die Adoption nur ein Gerücht ist, das wir als Entschuldigung nehmen, um unseren Gefühlen nachzugeben. Niemand wird uns glauben." Sie hielt kurz inne, aber bevor Amanda darauf reagieren konnte, fuhr Kate schon weiter.

„Im Übrigen weiß ich nicht einmal, ob Todd so für mich empfindet. Das Letzte, was ich möchte, ist, dass er sich gedrängt fühlt, sich mir anzunehmen, nur weil Diana das in der Stadt erzählt hat."

Sie senkte ihren Blick, hörte aber, wie Amanda nach vorn rückte. „Todd wirkt auf mich gewiss nicht, wie jemand, der sich von irgendwem unter Druck setzen lässt. Er weiß genau, was er will und mal ehrlich, Kate, seit seiner Ankunft hier, hat er auf mich den Eindruck gemacht, dass er dich gar nicht aus den Augen lassen wollte."

„Ich habe ihn gesehen, wie er Mia umarmt und geküsst hat." Kate hatte heftiger reagiert, als sie hatte wollen, aber dieses Gespräch machte sie nur noch unsicherer.

Amanda zog eine Augenbraue in die Höhe. „Du hast Todd und Mia küssen sehen?"

„Nicht direkt", musste sie gezwungenermaßen zugeben, „ich habe mich weggedreht, als er sich zu ihr hinunterbeugte."

„Hast du ihn gefragt, ob er und Mia ein Paar sind?"

Kate schüttelte energisch ihren Kopf. „Ganz gewiss nicht. Das geht mich nichts an. Ich bin mir auch ziemlich sicher, dass ich mich da in eine dumme Schwärmerei verrannt habe. Was ich fühle, kann keine Liebe sein."

„Oh Kate", seufzte Amanda, aber die junge Frau blockte nun ab.

„Bitte lass mich jetzt alleine. Ich glaube ganz fest daran, dass Gott mir helfen kann, diese verwirrenden Gefühle wieder loszuwerden. Ich muss nur lange genug beten."

UNVERWÜSTLICHER KAMPFGEIST

„Und wenn er dir bereits eine andere Antwort gegeben hat, du dies aber nicht wahrhaben willst?"

„Es gibt keine andere Antwort."

Amanda erhob sich, aber man konnte spüren, dass ihr Kates Dickköpfigkeit langsam auf die Nerven ging.

„Du verrennst dich da in etwas, Kate. Lass es bloß nicht zu, dass dir die Angst vor deinen Gefühlen und dein Sturkopf dich dazu bewegen, einen gewissen jungen Mann von dir zu stoßen. Gott wird deine Entscheidung respektieren, auch wenn du dich falsch entscheiden solltest. Er möchte, dass wir ihm vertrauen, aber er wird uns nicht zu etwas zwingen, da er möchte, dass wir uns selbst entscheiden." Sie drückte die Hand ihrer Freundin und verließ kurz darauf die Kirche.

Kate atmete erleichtert auf, als Amanda gegangen war, aber innerlich ging der Kampf weiter, mehr als zuvor, da die Worte ihrer Freundin sie doch zum Nachdenken angeregt hatten, was sie ärgerlich machte.

„Da kann man bei dir ja doch noch hoffen, Kate Cooper", hörte sie auf einmal die tiefe, unangenehme Stimme von Isaac Miller und sofort machte sich unbändige Panik in ihr breit. Wie schaffte er es immer wieder aus dem Gefängnis zu entkommen und sie, egal wo auch, zu finden?

„Da dir bewusst ist, dass eine Beziehung zu deinem Onkel mehr als ungehörig wäre, ist dein Charakter ja doch noch nicht völlig verkommen."

„Verschwinden Sie, Miller", fauchte sie ihn zornig an und sprang auf, obwohl sie vor Angst am liebsten los geschrien hätte.

„Lassen Sie mich endlich in Frieden. Sie haben mit mir nichts zu tun."

„Doch das habe ich und ich werde es dir sofort zeigen."

Kate angelte sich aus der Bank und rannte zur Tür, doch Isaac war schneller, umfasste sie und zog sie eisern mit sich.

„Keine Sorge, Kate", raunte er ihr höhnisch zu. „Dieses Mal wird dir keiner zu Hilfe kommen. Ich habe dafür gesorgt, dass genügend Ablenkungen in der Stadt vorhanden sind, damit deine Retter dieses Mal nicht eingreifen können."

10

Teuflisch durch und durch

Amanda war bereits wieder auf dem Weg zu ihrem Laden, als ihr auffiel, dass sie ihre Schürze in der Kirche vergessen hatte. Sie eilte zurück und wollte gerade die Tür öffnen, als sie aufgebrachte Stimmen von innen hörte.

Sie stieß die Tür ganz leise einen Spaltbreit auf und blickte hinein. Voller Entsetzen sah sie, wie ein ihr unbekannter Mann Kate durch die Kirche zerrte und offenbar aus dem Seitenausgang hinauswollte. Sie hatte eine Vorstellung davon, wer dieser Mann sein könnte und rannte, ohne die Tür richtig zuzumachen, so schnell sie konnte zurück zum Laden, in der Hoffnung, dass Todd noch da war, oder aber der Sheriff und Hilfssheriff zufällig vorbeigekommen waren.

Diana und die anderen Frauen blickten erschrocken auf, als Amanda plötzlich nach Luft ringend in den Laden gestürzt kam.

Die junge Frau sah sich um, aber Todd war nirgends zu sehen. „Wo ist Todd?"

„Er ist mit Robert und ein paar anderen Männern hinüber zum Sägewerk gelaufen, da dort ein Feuer ausgebrochen ist", erwiderte Sally. Ihre Augen waren fest auf die jüngere gerichtet, doch Amanda drehte sich auf dem Absatz um und war im nächsten Augenblick auch schon wieder verschwunden.

„Ist etwas geschehen?", rief Sally besorgt hinter der jungen Frau her, aber das hörte Amanda schon gar nicht mehr.

„Lassen Sie mich sofort los", schrie Kate den Mann hinter sich an und versuchte sich aus seinem eisernen Griff zu befreien, aber er griff noch fester zu. Die Furcht und Panik in ihr wollte sich mehr und mehr ausbreiten, aber sie wusste, würde sie keinen klaren Kopf bewahren, wäre es um sie geschehen.

„Hör auf, dich mir zu widersetzen, oder ich verprügele dich gleich hier in der Kirche", fuhr er sie aufgebracht an und stieß sie so hart von sich, dass sie auf dem Boden aufschlug. Bevor sie die Chance hatte aufzuspringen, riss er sie auch schon wieder brutal auf die Beine und zerrte sie zur Seitentür.

Als er die Tür aufstieß, schrie Kate um Hilfe. Er zuckte erschrocken zusammen, ließ die Tür wieder ins Schloss fallen und wollte ihr mit seiner Hand den Mund zu halten, doch sie biss ihn so fest, dass er vor Schmerzen aufstöhnte.

Isaacs Zorn ließ sich nicht länger bändigen. Er hatte noch nie viel Geduld gehabt, aber dass Kate ihm so zusetzte, ließ ihn nur noch rot sehen.

UNVERWÜSTLICHER KAMPFGEIST

Eine Frau hatte sich in seinen Augen unterzuordnen und zu gehorchen und wenn sie das nicht tat, wurde sie körperlich gezüchtigt. Er beugte die junge Frau über die Lehne einer Bank und griff nach seinem Ledergürtel, den er um hatte.

Kate schaffte es, nach einem Kirchen-Gesangbuch zu greifen, während er mit seinem Gürtel beschäftigt war und drehte sich dann blitzschnell zu ihm um, bevor er sie wieder richtig festhalten konnte. Sie schmetterte Isaac das Buch mit einer solchen Wucht gegen den Kopf, dass er zurücktaumelte und mit der Stirn gegen den Türrahmen schlug und ohnmächtig zusammensackte.

Kate wusste, dass sie schnell handeln musste, um zu entkommen bevor er wieder zu sich kam. Sie nahm ihren eigenen Gürtel ab, band die Lederriemen um seine Handgelenke und öffnete dann die Tür, um die Enden der Gürtel an den dünnen Metallstäben des Treppengeländers festzubinden.

Ihr war bewusst, dass es ihn nicht lange aufhalten würde, aber sie hoffte, es war genug Zeit für sie, um zu entkommen.

Sie eilte zurück in die Kirche und wollte aus der Hintertür verschwinden, doch die war verschlossen. In wilder Panik rannte sie zum Haupteingang, riss die Tür auf und stürzte aus dem Gebäude. Sie lief ums Gebäude herum, da sie dort sein Pferd vermutete. Sie wollte gerade aufsteigen, als jemand ihre Taille umfasste und sie zurückzog.

Kate begann um sich zu schlagen, wurde aber in zwei muskulöse Arme und fest gegen eine männliche Brust gezogen. Obwohl sie zuerst nicht klar denken konnte und die Panik auch nicht sofort verflog, spürte sie sehr wohl, dass sie von jemandem gehalten wurde, der sie beschützen und nicht misshandeln wollte.

Sie blickte auf und in Todds Gesicht, der ununterbrochen auf sie einredete. Das soeben Erlebte verursachte, dass sie am ganzen Körper zitterte und nun auch in Tränen ausbrach.

Todd hielt sie ganz fest. In ihm kochte es und er hätte Miller am liebsten sofort zur Rechenschaft gezogen, aber er wusste auch, dass Ridge und der Sheriff ihn mit Absicht ums Kirchengebäude geschickt hatten, damit verhindert wurde, dass er und Miller zusammen rasselten.

Der junge Mann spürte, dass Kate wieder ruhiger wurde und hob sanft ihr Kinn, damit er ihr in ihre blauen Augen sehen konnte.

Kate versuchte sich aus seinen Armen zu befreien, aber er ließ sie nicht los. Als sie ihm wieder in die Augen sah, konnte sie einen unbändigen Zorn erkennen.

„Ich schwöre, wenn dich dieser Mann noch einmal anfasst oder zu nahe kommt, bringe ich ihn höchstpersönlich um."

„Todd, ich verstehe, warum dich das so ärgerlich macht, aber das bringt uns auch nicht weiter. Versuche nicht weiter darüber nachzudenken."

UNVERWÜSTLICHER KAMPFGEIST

„Das kann ich nicht, Kate. Diese ganze Situation treibt mich in den Wahnsinn und ich kann meine Gefühle dir gegenüber auch nicht länger verstecken. Ich möchte dich beschützen und für dich da sein und dich von dieser Gefahr befreien. Ich liebe dich, Kate." Er lehnte sich zu ihr hinunter, doch die junge Frau wich erschrocken zurück.

„Nein, Todd, nein. Das geht nicht. Ich ... wir ... ich fühle so nicht für dich", stammelte sie und konnte spüren, wie ihr Gesicht schneeweiß wurde. „Ich kann nicht."

Todd wollte sie zurück in seine Arme ziehen, doch sie widerstand ihm.

„Bitte dränge mich nicht. Ich ... ich ...", brachte sie stockend heraus, konnte aber keinen klaren Satz loswerden.

„Kate, hör mich an. Ich möchte dich heiraten. Wir gehören zusammen. Wir sind nicht blutsverwandt und als dein Ehemann—"

„Kate, ist mit dir alles in Ordnung? Hat er dir wehgetan?" Amanda eilte zu ihrer Freundin und zog sie fest in ihre Arme. Sie nahm weder wahr, dass sie Todd unterbrochen hatte, noch das er gerade versuchte der anderen einen Heiratsantrag zu machen, aber Kate war dankbar für die Unterbrechung.

Bevor sie etwas sagen konnte, kamen auch schon Ridge und Aaron um die Ecke und zogen sie ebenfalls nacheinander liebevoll in ihre Arme.

Todd holte tief Luft. Es war offenbar noch nicht der richtige Zeitpunkt, da Kate nach wie vor verstört und mit Ablehnung auf seine Annäherungsversuche reagierte. So schwer es ihm auch fiel, er musste sich weiterhin in Geduld üben.

„Was ist mit diesem Mistkerl passiert?", knurrte Todd gefährlich und ballte seine Fäuste.

„Sheriff Daynes und Nathan werden ihn dieses Mal höchstpersönlich nach Denver ins Gefängnis bringen und nicht von einem Marschall abholen lassen. Sie werden sich auch mit Wilkinson treffen und besprechen, was man tun kann, damit die eingestellten Hilfssheriffs sich nicht wiederholt bestechen lassen."

„Wenn dieser Dreckskerl Kate noch einmal auflauert und versucht sie zu entführen, bringe ich ihn um. Es kann nicht angehen, dass ein Mann einer jungen Frau so zusetzen kann. Sie hätten ihn bereits hängen müssen." Todd war außer sich.

Durch die letzte Attacke ausgelöst, zog sich Kate immer mehr in ihr Schneckenhaus und vermied es, mit den anderen auf der Ranch zusammen zu sein. Sie wollte außerdem verhindern, dass Todd sie noch einmal alleine erwischen konnte. Sie hatte panische Angst, sich ihren Gefühlen stellen zu müssen und nutzte jede Gelegenheit, ihm auszuweichen.

Zwei Wochen nach dem Vorfall mit Isaac Miller erhielt Kate ein Telegramm von Stanley Wilkinson, in dem er sie bat, sobald es ihr möglich war, nach Denver zu kommen, da er einiges mit ihr zu besprechen hatte.

Die meisten Vorbereitungsarbeiten für den Winter auf der Ranch waren abgeschlossen, aber es gab dennoch ein paar Dinge, die erledigt werden mussten. Weder Stanley noch Diana und

UNVERWÜSTLICHER KAMPFGEIST

Ridge wollten, dass sie die kurze Reise alleine machte, und somit erklärte Ethan sich bereit, Kate zu begleiten, da er dann gleichzeitig wieder einmal seine Eltern besuchen konnte.

Ridge legte ihm ans Herz noch Caleb oder Todd oder zwei der Cowboys mitzunehmen und der junge Mann versprach dies zu tun.

„Es freut mich wieder einmal, Zeit mit dir alleine verbringen zu können, Kate", sagte Ethan mit einem breiten Lächeln, als sie nebeneinander im Zug saßen. Kate nickte und schenkte ihm ebenfalls ein strahlendes Lächeln.

„Mich auch."

Sie hatten eine angenehme Fahrt und Kate hatte das Gefühl, dass sie einander wieder näher kamen. Als er sie kurz vor der Ankunft anblickte, kribbelte es aufgeregt in ihrem Bauch.

Der Zug hielt und Ethan half ihr die paar Stufen auf den Bahnsteig hinunter. Er rief einen jungen Taschenträger heran und ordnete diesen an, die Gepäckstücke bei der Anwaltskanzlei Wilkinson abzugeben. Daraufhin bot er Kate seinen Arm an und bemühte sich, sie behutsam durch die Massen von Menschen zu führen.

Der Bahnsteig war überfüllt, da zur gleichen Zeit ein Zug aus der anderen Richtung angekommen war. Sie wurden wiederholt angestoßen und entweder vor- oder zurückgeschoben, sodass Ethan hinter Kate gehen musste, um sie beschützen zu können und sie auch immer in den Augen behalten konnte.

Kate versuchte sich einen Weg durch die Menge zu bahnen und fragte den jungen Mann hinter sich, ob er den Ausgang schon sehen konnte. Da keine Antwort kam, blickte sie sich zu ihm um, aber er war nicht mehr da.

Sie fing an, ihn zu rufen und machte Anstalten, wieder zurückzugehen, um ihn zu finden, aber die ungeduldigen Menschen um sie herum ließen sie nicht durch.

Gerade wollte sie dem Druck der Menschenmassen nachgeben, als ein ihr unbekannter Mann neben ihr auftauchte und ihr Handgelenk mit einem eisernen Griff umfasste.

Kate versuchte ihn abzuschütteln, doch er zerrte sie mit sich, bis sie wieder etwas mehr Raum zum Atmen hatte.

„Lassen Sie mich sofort los", fuhr sie ihn energisch an, doch er beachtete sie gar nicht. Kate blickte sich Hilfesuchend um und musste mit Entsetzen beobachten, wie zwei weitere Männer Ethan, der nun geknebelt und gefesselt war, vor den Zug warfen, der kurz davor war, wieder abzufahren.

Sie wollte sich losreißen, doch der Mann ließ nicht locker und zog sie sogar noch dichter an sich heran. Kate holte tief Luft. Sie wollte um Hilfe schreien, doch der Fremde presste sie fest gegen seinen Körper und hielt ihr den Mund zu.

Warum sah keiner, dass sie Hilfe brauchte? Warum waren die Menschen so mit sich selbst beschäftigt? Hatte wirklich keiner gesehen, dass die Männer Ethan vor den Zug geworfen hatten?

Sie wurde hysterisch, da sie wusste, dass es bei Ethan um jede Sekunde ging und sah sich suchend auf dem Bahnsteig um, in der

UNVERWÜSTLICHER KAMPFGEIST

Hoffnung einen Marschall oder anderen Mann zu finden und bemerkte aus den Augenwinkeln, wie jemand auf sie zukam.

Fassungslos beobachtete sie, wie sich ihr Isaac Miller näherte. Sie war kurz davor, ihre Fassung zu verlieren. Es wurde leerer auf dem Bahnsteig und alles, was sie wollte, war, dass jemand auf sie aufmerksam wurde. Sie kämpfte gegen die Muskeln, die sie festhielten, aber im nächsten Augenblick blieb ihr fast das Herz stehen. Der Zugführer ließ die Pfeifen zur Abfahrt ertönen und schon setzte sich der Zug in Bewegung.

Kate schrie, doch mit der Hand über ihrem Mund konnte man nicht viel hören. Alles begann sich um sie zu drehen und sie begann zu hyperventilieren. Wie in Trance sah sie, wie Miller plötzlich die Richtung wechselte und kurz darauf war er verschwunden.

Der Mann, der sie hielt, nahm plötzlich die Hand von ihrem Mund, als ob er bemerkt hatte, dass Kate Schwierigkeiten mit dem Atmen hatte und redete auf sie ein, aber das Drehen in ihrem Kopf wurde immer schlimmer und kurz darauf sackte sie auch schon ohnmächtig zusammen.

Aaron und Todd hatten beobachtet, wie die beiden Männer Ethan von Kate fortgezogen hatten, ihn knebelten und fesselten und dann vor den Zug stießen. Sie sprangen sofort hinzu und auf die Schiene, damit sie den jungen Mann aus der Gefahrzone entfernen konnten.

Ridge und Robert Daynes hasteten den Bahnsteig entlang, und Stanley Wilkinson kam von der anderen Richtung. Mehrere Marschalls, die sich als Reisende ausgegeben hatten, gaben sich nun zu erkennen und alle hatten nur Augen für Isaac Miller, der sich sofort aus dem Staub machte, als er die Männer sah und erkannte.

Während die Marschalls ihm folgten, setzten sich Ridge, Robert und Stanley wieder in Bewegung, um so schnell wie möglich zu Kate zu gelangen, die ebenfalls von einem Marschall festgehalten wurde, der sich aber vorher nicht zu erkennen gegeben hatte. Kate wurde bewusstlos, bevor die Männer sie erreicht hatten.

Kate kam sehr langsam wieder zu sich, sie spürte aber sofort, dass sie inzwischen getragen wurde. Sie öffnete die Augen und befand sich, wie vermutet, in den Armen des Fremden, der sie vorher schon festgehalten hatte.

Die junge Frau begann zu zappeln, wurde aber kurz darauf auf eine Bank gebettet. Sie wollte sofort aufspringen, wurde aber von dem Mann zurückgehalten. Ihr Herz schlug ihr nun bis zum Hals, doch im nächsten Moment hockte sich Ridge neben sie und sprach beruhigend auf sie ein. Stanley und Robert Daynes tauchten ebenfalls auf.

Ridge zog sie liebevoll in seine Arme und sie brach sofort in Schluchzen aus. Sie versuchte immer wieder etwas zu sagen, konnte es aber nicht. Erst als sie wieder vernünftiger atmete und auch die Tränen nachließen, war es ihr möglich, das zu sagen, was sie beschäftigte.

„Da waren Männer. Sie haben Ethan vor den Zug geworfen und jetzt—" sie brach ab und schluchzte wieder auf und wollte an Ridge vorbei, um zu dem Punkt zu eilen, wo sie Ethan das letzte Mal gesehen hatte, doch Ridge hielt sie zurück und hob sachte ihr Kinn.

„Ethan lebt. Er hat sich ein paar Verletzungen zugezogen und Todd und Aaron haben ihn erst einmal zu einem Arzt gebracht, aber das wird alles heilen."

Kate wurde sichtlich ruhiger. Sie wischte sich die Tränen vom Gesicht und blickte zu dem Mann hinüber, der sie festgehalten hatte.

„Was ist hier los? Wer ist dieser Mann? Habt ihr Miller gesehen? Ist er entkommen?" Die Fragen sprudelten plötzlich so aus ihr heraus, aber die Männer um sie herum verstanden.

„Marschall Mitchell hat dich zuerst erreicht und dafür gesorgt, dass du in Sicherheit warst."

Kate blickte zu dem Fremden hinüber und er nickte ihr freundlich zu. „Wusstet ihr, dass Miller es wieder auf mich abgesehen hatte?"

Die Männer schüttelten den Kopf und Stanley trat näher und legte einen Arm um ihre Schultern.

„Wir werden dir das gleich alles genau erklären, aber lass uns erst einmal in meine Anwaltskanzlei fahren. Man weiß nie, wer hier heimlich mithört."

Kate nickte und Stanley und Ridge verabschiedeten sich von Sheriff Daynes der mit dem Nachmittagszug und dann der Postkutsche zurück nach Black Hawk kehren würde. Auch der Marschall verabschiedete sich und die beiden älteren Männer führten Kate zum Ausgang des Bahnhofs, wo Stanley sofort eine Kutsche anhielt, um sie zu seiner Kanzlei zu bringen.

Kate sah sich neugierig im Waschraum um. Es war einfach und doch elegant. Sie machte sich schnell frisch, zog sich ihre verschwitzte Kleidung aus und nahm sich ihre Ersatzkleidung aus der Tasche, die sie mitgenommen hatte, da sie eine Nacht in Denver übernachten wollten.

Als sie ins Büro des Anwalts trat, befanden sich auch Aaron, Todd und Ethan bereits im Raum. Sie ging sofort auf den verletzten jungen Mann zu.

„Geht es dir gut? Wird alles schnell verheilen? Ich dachte, mein Herz würde stehen bleiben, als ich beobachtete, wie die Männer dich vor den Zug warfen."

„Mir geht es gut", murmelte er, aber es war offensichtlich, dass ihn etwas Ernstes beschäftigte.

„Was?", fragte Kate sofort und blickte sich im Raum um. Es sah so aus, als ob alle bis auf Ethan über etwas verärgert waren.

„Ethan, ich bin sehr enttäuscht von dir", meldete sich nun Stanley zu Wort und blickte seinen Sohn missbilligend an. „Du hast nicht nur dich in schreckliche Gefahr gebracht, sondern auch Kate."

„Ich hatte dir extra gesagt, dass du dir einen oder zwei von den Männern der Ranch mitnehmen solltest und du hattest es auch versprochen."

Ethan nickte, sagte aber kein Wort. Kate sah von einem zum anderen.

„Wusstet ihr, dass dies heute passieren würde?"

Stanley und Ridge schüttelten gleichzeitig den Kopf. Ridge räusperte sich. „Wir hatten im Verdacht, dass Ethan den Helden spielen wollte und dich alleine begleiten würde. Da wir die ganze Situation nicht richtig einschätzen konnten und nie wissen, wer wann wo auftaucht, sollten Todd und Aaron euch heimlich folgen."

Ihr Anwalt nickte. „Ich habe erst heute früh erfahren, dass Miller wieder frei war. Offenbar haben sich jetzt der Sheriff und Hilfssheriff bestechen lassen und somit haben erst einmal die US-Marschalls die Aufsicht der Stadt übernommen, bis jemand gefunden wird, dem man vertrauen kann. Da ich wusste, dass du heute anreisen würdest, habe ich sofort ein Telegramm an Ridge und Sheriff Daynes geschickt und um Unterstützung gebeten."

Ridge drückte Kates Hand. „Wir haben den Zug gerade noch rechtzeitig erreicht, stellten aber sicher, dass weder du noch Ethan uns sehen würden, da wir dich nicht beunruhigen wollten."

Kate schnappte nach Luft, bevor ein tödlicher Blick Ethan traf. „Wie konntest du so verantwortungslos sein? Du hättest dafür fast mit dem Leben bezahlt."

„Ich wollte lediglich beweisen, dass ich mich um dich kümmern und dich auch beschützen kann. Ich hatte gehofft, dass wir uns dadurch wieder näher kommen würden." Ethan blickte sie direkt an, aber Kates Augen funkelten nach wie vor aufgebracht. Sie schüttelte ihren Kopf.

„Du wolltest tatsächlich den Helden spielen? Wie alt bist du, zwölf? Wie kann man nur so etwas Dummes tun?" Sie schloss die Augen, um sich wieder zu sammeln, seufzte aber genervt, als der junge Mann sich verteidigte.

„Ich habe versucht, dich zu beschützen", knurrte er nun ebenfalls irritiert, was die anderen Männer im Raum nur mit einem verständnislosen Kopfschütteln quittierten.

Ridge warf dem Jüngeren einen bösen Blick zu. „Du hast dich in Gefahr gebracht. Wenn wir dir nicht gefolgt wären und

Todd und Aaron nicht so schnell gehandelt hätten, wärst du jetzt tot. Als Leiche kannst du Kate auch nichts Gutes tun."

„Es geht euch allen also nur um Kate? Ich habe mein Bestes gegeben."

„Nein, das hast du nicht", fuhr ihn sein Vater an. „Du hast wichtige Ratschläge aus Stolz einfach ignoriert und dadurch zwei Leben riskiert." Er schnaufte ärgerlich.

„Im Übrigen hast du jetzt kein Recht, beleidigt zu sein. Wenn es uns allen nur um Kate ginge, hätten wir nur versucht, sie in Sicherheit zu bringen. Du solltest Todd und Aaron dankbar sein, denn sie haben Kopf und Kragen riskiert, um dich zu retten. Auch sie hätten bei der Rettungsaktion verletzt werden können."

Ethan murmelte etwas, was wie ein *danke* klang und verließ dann humpelnd den Raum.

Kate wirkte noch immer aufgebracht und somit wandte sich Stanley an die beiden jungen Retter.

„Todd, Aaron, würdet ihr uns jetzt bitte alleine lassen? Es gibt da etwas, was ich mit Kate besprechen muss."

Die Angesprochenen nickten und waren kurz darauf auch schon verschwunden. Stanley bat Kate Platz zu nehmen und Ridge setzte sich neben sie. Etwas verwundert blickte sie ihren Vormann an, als es klopfte und im nächsten Moment auch schon Crystal und ihr Vater eintraten.

11

Unerwartete
Geheimnisse

K ate erhob sich. Ihre Augen funkelten gefährlich und sie warf ihrem Anwalt einen vernichtenden Blick zu.

„Was soll das, Stanley? Was machen die beiden hier? Ich dachte mit unserem letzten Treffen wäre das Thema Crystal abgeschlossen."

Stanley blieb ruhig. „Es gibt da etwas, was du wissen musst, Kate."

„Und das hat mit Crystal und ihrem Vater zu tun?" Sie starrte den älteren an und als er nickte, schüttelte sie energisch ihren Kopf. „Nein danke. Kein Interesse. Ich möchte mein Leben endlich wieder normal leben und dazu gehört Crystal nicht."

Sie wollte aus dem Zimmer stürmen, doch Ridge ergriff ihre Hand und hielt sie zurück. Sie funkelte auch ihn zornig an, doch er ließ sich davon in keiner Weise beeindrucken.

„Es ist wichtig, dass du davon erfährst, Kate."

„Nein. Ich will nichts mehr mit Crystal zu tun haben und ich habe gedacht, dass du genauso denkst und empfindest."

„Höre einfach zu. Es gibt einiges, was wir dir alle verheimlicht haben."

„Ach wirklich? Und jetzt muss ich auf einmal die Wahrheit erfahren? Nein. Ich habe in letzter Zeit so viele Dinge erfahren, die mich komplett aus der Bahn geworfen haben und brauche jetzt erst einmal etwas Abstand."

Sie wollte sich von ihm losreißen, doch Ridge hielt sie weiterhin fest. Als sie sich ihm immer mehr widersetzte, griff er plötzlich nach ihren Beinen und warf sie sich über seine breite Schulter.

„Lass mich runter, Ridge. Du hast dazu kein Recht."

„Das Recht nehme ich mir einfach, Kate. Ich würde dir raten, freiwillig zuzuhören, ansonsten sehe ich mich gezwungen, dich zu fesseln", konterte er sogleich und Stanley drehte sich zur Seite, was vermutlich bedeutete, dass er versuchte sein Grinsen zu verstecken.

Ridge zog die junge Frau von seiner Schulter und blickte sie fest an. „Nun? Wirst du freiwillig zuhören oder muss ich dich zwingen?"

Kate kniff gefährlich ihre Augen zusammen, setzte sich dann aber wieder auf ihren Stuhl. Ridge folgte ihrem Beispiel, konnte sich aber ein freches Grinsen nicht verkneifen.

Stanley ergriff wieder das Wort. „Wir verstehen alle, dass du zur Zeit von einer Ohnmacht in die nächste fällst und teilweise auch verletzt worden bist, aber wir haben beschlossen, dass du jetzt alles wissen musst und dann einiges vielleicht auch besser verstehst."

Innerlich verspannte sie sich. Das konnte ja nichts Gutes bedeuten. Am liebsten wäre sie doch wieder aufgesprungen, aber sie spürte Ridges intensiven Blick auf sich und wusste, dass auch

UNVERWÜSTLICHER KAMPFGEIST

Stanley sie zurückhalten würde, sollte sie tatsächlich versuchen davonzulaufen.

Crystal räusperte sich. „Es tut mir so unsagbar leid, wie ich dich in all den Jahren behandelt habe. Es ist mir überhaupt nicht leicht gefallen, dir all die schrecklichen Dinge an den Kopf zu werfen, aber es hatte seinen Grund."

Kate wollte jetzt energisch unterbrechen, doch Crystal sprach schon weiter und sagte etwas, was der jungen Frau völlig die Sprache verschlug.

„Steven und ich waren nicht verheiratet. Ich habe seine Ehefrau nur gespielt."

Fassungslos blickte Kate jetzt zu ihrem Vormann und Anwalt, doch die beiden nickten ihr zu. Sie versuchte vergeblich, Sinn daraus zu machen, aber das schien viel zu absurd. Stanley drückte ihre Hand.

„Es war Herman, der bemerkte, dass etwas gegen deinen Vater geschmiedet wurde. Steven wusste, dass seine beiden jüngsten Brüder an sein Anwesen und Geld heranwollten, aber Hermans älterer Bruder schien dort irgendwie auch mit drinzustecken."

Crystals Vater nickte. „Victor ist ähnlich wie Ihre Onkel, Fräulein Cooper. Auch er hat nur Geld und Macht im Kopf, hat aber im Gegensatz zu den Cooper-Brüdern hart gearbeitet, um das zu erreichen, was er jetzt hat." Der ältere Mann schien sich für seinen Bruder zu schämen und somit blieb Kate weiterhin still und blickte ihn mit großen Augen an.

„Meine Schwester und ich hatten viele Jahre überhaupt keinen Kontakt zu Victor, aber als einige Dinge aus dem Ruder gerieten, habe ich meine Beziehungen spielen und meinen Bruder gründlich untersuchen lassen. Leider bin ich über vieles noch immer im Unklaren, aber so langsam kommen wir den Antworten näher."

Kate runzelte die Stirn. „Ich verstehe nicht, was das mit meinem Vater zu tun haben soll."

Herman nickte. „Ich komme dazu. Mein Bruder hatte einige gut gehende Hotels in Colorado und anderen Staaten und hatte plötzlich die Idee Land zu kaufen, wo er Hotels und ein großes Sanatorium aufbauen könnte, damit die wohlhabende Gesellschaft sich von Krankheiten erholen oder einfach mal in der Natur ausspannen könnten und aus der Stadt herauskamen. Er hatte sich das Land ausgesucht, was nun Ihre Ranch ist."

Kate brannten so viele Fragen auf der Zunge, aber sie hielt sich zurück, da sie spürte, dass Crystals Vater mit seinen Ausführungen noch nicht zum Ende gekommen war.

„Victor hatte bereits einen Vertrag abgeschlossen, aber dann investierte er in ein neues Projekt und verlor innerhalb weniger Wochen eine Menge Geld und konnte es sich einfach nicht leisten, das Land zu kaufen. Da der Vertrag schon unterschrieben war, musste er sogar noch Bußgeld zahlen, was seine Finanzen noch weiter nach unten trieb. Kurz darauf kaufte Ihr Vater dann das Land und machte es zu dem, was es heute ist."

Er seufzte. „Es dauerte lange, bis sich mein Bruder von dem Geldverlust wieder erholt hatte. Er war einige kriminelle Geschäfte eingegangen und hätte beinahe alles verloren. Als er finanziell dann wieder auf den Füßen stand, versuchte er Ihren Vater zu überzeugen, ihm das Land zu verkaufen.

UNVERWÜSTLICHER KAMPFGEIST

Selbstverständlich wollte Steven die ganze Arbeit, die er und Ridge schon in die Ranch gesteckt hatten, nicht weggeben und von jemandem, der Hotels bauen wollte, zerstören lassen."

Kate beobachtete, wie sich die drei Männer verstehende Blicke zu warfen, aber bevor sie etwas sagen konnte, sprach Herman schon weiter.

„Zur gleichen Zeit erlebte mein Bruder ein paar weitere Tragödien, nichts Geldliches, aber mit seiner Familie. Seine Frau starb unerwartet und seine älteste Tochter brannte mit einem Mann durch, den ihr Vater nicht als Schwiegersohn haben wollte, da seine Familie aus ärmlichen Verhältnissen kam und er Angst hatte, dass dieser junge Mann Victors Tochter nur heiraten wollte, um an sein Vermögen heranzukommen."

Kate verstand nicht, worauf er hinauswollte. Was hatte diese Situation mit ihrer zu tun?

„Nach über einem Jahr wurde die Tochter und ihr Ehemann dann tot aufgefunden und da die Spur zu meinem Bruder führte, gab er einfach seinem ältesten Sohn die Schuld, der viele Jahre im Gefängnis saß und später sogar hingerichtet wurde. Leider haben wir das alles erst Jahre später erfahren, sonst hätten wir selbstverständlich sofort eingegriffen."

Kate blickte ihn erschrocken an. Das war furchtbar.

„Mein Bruder und Stevens Brüder hielten sich die ersten Jahre sehr zurück und versuchten Ihren Vater nur sporadisch mal unter Druck zu setzen und wussten auch nichts voneinander. Vor ein paar Jahren dann kreuzten sich ihre Wege, wie wissen wir noch nicht, und sie begannen zusammenzuarbeiten. Daraufhin setzten wir Crystal ein, um für uns zu spionieren." Er nickte Kate zu, diese war aber wieder einmal fassungslos.

197

„Wie schon gesagt, ich habe es gehasst, dich so unverschämt und hasserfüllt zu behandeln, denn ich hatte dich gleich gern, aber ich musste mir das Vertrauen deiner Onkel erarbeiten, die ich vorher hier in Denver bereits mehrmals getroffen und ihnen vorgelogen hatte, dass ich Steven heiraten wollte und dann heimlich für seine Brüder spionieren würde, um deinem Vater alles wegzunehmen." Sie seufzte.

„Allerdings wusste ich zu dem Zeitpunkt noch nicht, dass mein Onkel ebenfalls dahintersteckte. Ich dachte eigentlich, dass ich Gregory ziemlich im Griff hatte und er mir blind vertraute, aber als dann dein Vater plötzlich ums Leben kam und Gregory das Feuer legte, wusste ich, dass ich vorsichtig sein musste."

„Aber du warst bei ihm, als er die Ranch in Brand setzte."

Crystal nickte. „Ich habe erst kurz vorher erfahren, dass er alles verbrennen wollte. Er gab mir nur Zeit, meine Koffer und Truhen zu packen." Zorn breitete sich auf ihrem Gesicht aus und sie ballte die Fäuste, sprach aber ruhig weiter.

„Ich hätte ihn in dem Augenblick am liebsten zum Teufel gejagt und angezeigt, aber da Ridge und die Cowboys zu dem Zeitpunkt nicht mehr auf der Ranch waren, hielt ich es für angebracht, Gregory nicht auf die Probe zu stellen. Der Mistkerl wollte nicht einmal Diana warnen, was ich dann heimlich noch tat."

Kate schnappte nach Luft. „Er plante, sie umzubringen?"

Crystal schüttelte mit dem Kopf. „Er plante es nicht direkt, aber er wollte ihr auch nicht ermöglichen, Hilfe zu holen oder ihn sogar zu verraten."

„Wusstest du, dass Diana noch auf dem Heuboden war?" Kate beobachtete Crystal genau, aber sie schien wirklich die Wahrheit zu sagen.

„Ich hatte keine Ahnung. Hätte ich das gewusst, hätte ich sofort eingegriffen. Ich hätte Gregory niemals meine Tante umbringen lassen."

Crystal hielt erschrocken inne und blickte zu ihrem Vater und Ridge hinüber, aber beide gaben ihr ein verstehendes Nicken. Kate schien mit ihren Gedanken beschäftigt zu sein und hatte offenbar nicht wahr genommen, was die Ältere gerade preisgegeben hatte.

Crystal wollte gerade erleichtert aufatmen, als Kate ganz bleich wurde und aussah, als ob sie jeden Moment zusammen sacken würde.

Stanley erhob sich und öffnete die Tür seines Büros, um seiner Sekretärin zu sagen, sofort ein Glas Wasser zu bringen, was diese auch gleich tat.

Ridge nahm Kates Arm, um sie stützen zu können, falls sie tatsächlich bewusstlos werden sollte, doch sie schüttelte ihn ab und sprang auf, bevor jemand sie zurückhalten konnte.

Sie eilte aufs Fenster zu und öffnete es weit, da sie das Gefühl hatte, ersticken zu müssen. Der kalte Wind kühlte ihre heißen Wangen und half ihr, sich etwas besser zu fühlen. Stanleys Sekretärin reichte ihr nun das Glas, was Kate auch sofort gierig austrank.

Sie konnte die Blicke der anderen spüren, fühlte sich aber weiterhin nicht in der Lage, etwas zu sagen. Ihr Herz hämmerte ihr bis zum Hals, aber nachdem sie noch einmal kräftig eingeatmet hatte, wandte sie sich den anderen zu.

„Diana ist deine Tante? Sie ist die Schwester von deinem Vater?" Es war nicht wirklich eine Frage, sondern eher eine Feststellung und somit nickte Crystal nur.

„Und du wusstet das und hast nie etwas gesagt?", fuhr Kate jetzt ihren Vormann hitzig an und auch der nickte nur.

„Hat mein Vater auch davon gewusst und warum wurde mir das alles verschwiegen?" Sie fing an, auf und ab zu gehen und konnte keine Ruhe mehr finden. Plötzlich wurde sie wieder aschfahl und ihre Beine begannen wegzusacken.

Stanley und Ridge sprangen sofort an ihre Seite und wollten sie stützen, doch sie ließ die beiden nicht an sich heran. Sie fing an zu hyperventilieren und konnte nur jeweils ein Wort herausbringen, bevor sie wieder nach Luft schnappte. Besorgt versuchte nun auch Crystal die Jüngere zu beruhigen, aber diesen Versuch wies sie ebenfalls zurück.

„Kate, bemühe dich, ruhig zu atmen." Ridge wollte ihre Hand greifen, doch sie entzog sie ihm sofort.

„Sag ... mir ... nicht ... was ... ich ... tun ... soll", erwiderte sie nach Luft ringend und hielt sich an einer Stuhllehne fest, begann kurz darauf, aber wieder auf und ab zu gehen. Als das Hyperventilieren schlimmer wurde, verließ Hermann kurz den Raum. Kates aschfahles Gesicht sprach Bände.

„Kate", sprach Stanley sie jetzt an, „du musst versuchen dich zu beruhigen. Atme tief ein und setz dich in den Sessel." Auch er wollte ihre Hand ergreifen, doch sie ließ niemanden an sich herankommen.

„Fass mich nicht an." Sie wurde immer hysterischer und es hörte sich jetzt an, als ob sie am Ersticken war.

UNVERWÜSTLICHER KAMPFGEIST

Herman Clarkson hatte das Zimmer wieder betreten. „Ich habe der Sekretärin gesagt sie solle einen Arzt rufen lassen."

Die beiden anderen Männer nickten, aber Kate schüttelte energisch mit dem Kopf. „Ich brauche keinen Arzt", rief sie stockend, aber dann begann sich alles um sie zu drehen. Wie aus der Ferne hörte sie die Stimmen der anderen, die sie anwiesen, ruhig zu atmen. Sie bemühte sich, aber es schien immer schlimmer zu werden und auf einmal wurde ihr Schwarz vor Augen.

Ridge fing sie auf und gemeinsam legten sie die junge Frau auf ein Sofa. Stanley rief nach seiner Sekretärin, die kurz darauf mit einem nassen Tuch erschien, das sie Kate auf die Stirn legten.

Sie kam zu sich, als ein Arzt ins Zimmer stürzte, dicht gefolgt von Todd.

Offenbar hatte Todd im Foyer gewartet und war sofort alarmiert, als er den Arzt ins Gebäude eilen sah.

Kate wollte sofort wieder aufspringen, aber dieses Mal hielt der Arzt sie zurück. „Jetzt bleiben Sie erst einmal ruhig liegen, junge Dame", sagte er energisch und drückte sie sanft zurück. „Ich möchte nicht, dass Sie sofort wieder ohnmächtig werden."

„Kate", hörte sie auf einmal die tiefe Stimme von Todd und sofort schossen ihr Tränen in die Augen. „Was ist denn nur geschehen?"

Ohne es verhindern zu können, schluchzte sie laut auf. Todd wollte sie daraufhin in seine Arme ziehen, doch sie wehrte ihn ab.

„Nein, nein, nein, bitte geh", schluchzte sie und ließ sich auch nicht von Ridge oder Stanley trösten. „Geh einfach."

Der Arzt sprach leise mit dem jungen Mann und dann hörte Kate jemanden, den Raum verlassen.

„Lassen Sie es ruhig raus, Kate. Das wird Ihnen helfen, sich besser zu fühlen." Die beruhigende Stimme des Arztes tat seine Wirkung, aber es dauerte noch eine ganze Weile, bis die Tränen versiegten.

„Vielleicht sollten wir ihr den Rest erst morgen erzählen", murmelte Stanley und die anderen stimmten ihm zu.

„Wenn Sie weitere Neuigkeiten haben, die sie so aufregen und durcheinander bringen, dann bitte ich darum, das Gespräch erst morgen weiterzuführen." Der Arzt blickte von einem zum anderen.

„Nein! Ich möchte jetzt alles wissen. Keine Geheimnisse mehr."

„Kate, Sie sollten sich jetzt erst einmal ausruhen."

„Wenn ich zur Ruhe kommen soll, müssen wir das Gespräch heute zu Ende führen."

Der Arzt seufzte, nickte den anderen dann aber zu. Er übergab Stanley ein Fläschchen Riechsalz, falls Kate wieder die Besinnung verlieren sollte und gab der Sekretärin Anweisungen, ihn sofort rufen zu lassen, falls es schlimmer werden sollte.

UNVERWÜSTLICHER KAMPFGEIST

Kaum hatte der Arzt den Raum verlassen, setzte sich Kate wieder auf. Stanley und Ridge wollten sie zurückhalten, doch sie wies die beiden mit einer energischen Handbewegung wiederum zurück. Sie schwieg für einen Augenblick und atmete tief durch.

„Todd ist also euer Großneffe", murmelte sie zu sich selbst und starrte weiterhin vor sich hin. „Sein Großvater ist einer der Männer, die hinter dem Land meines Vaters her sind?" Plötzlich sprang sie wieder auf, obwohl sich alles in ihrem Kopf drehte.

„Ihr wusstet also die ganze Zeit, dass Todd mit euch verwandt ist? Das war also das wirkliche Geheimnis. War die Adoption genauso gefälscht wie die Ehe meines Vaters mit Crystal?" Sie blickte Ridge entsetzt an, als ihr bewusst wurde, was das bedeutete.

Wieder schossen ihr Tränen in die Augen. „Warum habt ihr ihn nicht bei euch aufgenommen?"

„Diana hatte keinerlei Kontakt zu Victor und somit wussten wir auch nicht, wie viele Kinder er hat. Weder Diana noch ich hätten damals gedacht, dass Todd der Sohn ihrer Nichte ist. Wir erfuhren das erst, als Crystal auf der Ranch einzog und wir einige Gespräche mit Herman suchen konnten." Ridge versuchte Kate in seine Arme zu ziehen, doch sie ließ ihn weiterhin nicht an sich heran.

Herman Clarkson räusperte sich. Jeder konnte sehen, wie aufgebracht und verstört die junge Frau weiterhin war und das sie versuchte, Ordnung in ihre chaotischen Gedanken zu bringen.

„Victor und unser Vater hatten einen heftigen Streit, kurz bevor mein Bruder auszog. Victor verlangte sein Erbe, aber mein Vater gab ihm sehr deutlich zu verstehen, dass Eltern es ihren Kindern nicht schuldig waren, ihnen ein Erbe zu geben oder zu hinterlassen." Er schüttelte missbilligend seinen Kopf.

„Victor war darüber so erbost, dass er sofort auszog und den Kontakt zu uns abbrach. Es war nicht so, dass Vater nicht vorhatte, etwas für uns zu hinterlassen, aber er wollte, dass wir als seine Kinder zuerst selbst hart arbeiteten und wir uns etwas aufbauten. Er hatte in seinem Testament festgelegt, dass wir erst mit seinem Tode unser Erbe erhalten würden."

Er bat Stanley um ein Glas Wasser, der sofort reagierte und seine Sekretärin anwies, für alle etwas zu trinken zu bringen.

„Mein Vater hatte seine Lektion gelernt, als unsere Mutter ihn ständig wegen Geld unter Druck setzte. Vater war ein hervorragender Mann und immer bereit, anderen zu helfen und sie zu unterstützen. Leider musste er schmerzlich feststellen, dass es doch immer wieder Menschen gab, die das ausnutzten."

Herman seufzte leise, bevor er fortfuhr. „Unsere Mutter war selbstsüchtig und hatte keinerlei Interesse an ihren Kindern. Victor ist einige Jahre älter als Diana und ich und als unsere Schwester geboren wurde, fing unsere Mutter an, meinen Bruder und mich komplett zu ignorieren. Ich merkte aber schnell, dass es ihr auch nicht wirklich um Diana ging, sondern lediglich darum, dass sie sie mit den unmöglichsten und teuersten Kleidungsstücken ausstatten und dann in der Gesellschaft vorzeigen konnte."

„Aber Diana ist kein bisschen wie Ihre Mutter." Kate war ruhiger geworden und sah ihn aufmerksam an.

Herman nickte. „Diana mochte das überhaupt nicht. Sie war von Natur aus eher zurückhaltend und hasste es, wenn unsere Mutter sie wie einen Pfau herausputzte. Als sie etwas älter war, suchte Diana immer öfter die Nähe unseres Vaters, was unserer Mutter gar nicht passte. Zu dem Zeitpunkt stritten meine Eltern ständig und letztendlich packte unsere Mutter ihre Sachen, nahm Diana und zog aus."

Kate blickte ihn erschrocken an. „Sie hat Ihrem Vater einfach die Tochter weggenommen?"

Herman nickte wieder. „Vater war darüber empört, aber es war ein Weg für unsere Mutter, ihn weiter zu manipulieren und unter Druck zu setzen. Diana war zehn Jahre alt und schon nach kurzer Zeit erhielt mein Vater Briefe von meiner Schwester, in denen sie sehr deutlich machte, wie unglücklich sie war. Meine Mutter hatte ständig neue wohlhabende Männer an ihrer Seite, obwohl sie von meinem Vater noch gar nicht geschieden war. Diana wurde von unserer Mutter kaum beachtet und wenn, dann nur um mit ihr anzugeben."

Die Sekretärin trat ein, um ein Tablett mit Gläsern und Getränken zu bringen. Nachdem sie den Raum dann wieder verlassen hatte, fuhr Herman fort.

„Die Briefe von Diana veranlassten meinen Vater, einen Schlussstrich zu ziehen. Er ließ sich von unserer Mutter scheiden und sorgte dafür, dass er das alleinige Sorgerecht für meine Schwester erhielt. Vater heiratete ein zweites Mal. Wir liebten unsere Stiefmutter von ganzem Herzen. Es war unsere Stiefmutter, die Diana half, die Person zu werden, die sie nun ist."

„Und was wurde aus Ihrer Mutter?" Kate hatte durchaus Mitleid mit der Familie, obwohl es ihr immer noch weh tat, von Ridge und Diana all die Jahre belogen worden zu sein.

Herman gab ihr ein warmes Lächeln. „Lassen wir doch die Förmlichkeiten weg, Kate. Ich denke, mit diesem Gespräch sind wir uns doch schon viel näher gekommen."

Kate zögerte einen Moment, nickte dann aber. Es war allen klar, dass sie noch unschlüssig war, inwiefern sie ihm und seiner Tochter trauen konnte.

„Mit der Scheidung erfuhren wir, dass meine Mutter vor ihrem Auszug Victor heimlich finanziell unterstützt hatte. Sie hatte sich immer reichlich von dem Geld unseres Vaters genommen, es dann aber teilweise an meinen Bruder gegeben, der dieses gleich investierte und dann die ersten Hotels zu kaufen begann. Als unsere Mutter dann keinen Zugang mehr zu dem Geld ihres Mannes hatte, musste Victor dann alleine zurecht kommen, was ihn, laut meiner Nachforschungen, in die erste finanzielle Krise stürzte, er sich aber mit illegalen Geschäften wieder aufrappelte."

„Ich verstehe nicht ganz, was das mit meinem Vater und mir zu tun haben soll." Kate sah ihn nun etwas ungeduldig an.

„Viele Jahre hörten wir nichts von meinem Bruder und waren auch in keiner Weise über seine Familienverhältnisse informiert. Erst als Victor dann das Land kaufen wollte und wieder einmal finanziell ins Straucheln geriet, nahm er mit mir Kontakt auf."

Kate hörte aufmerksam zu, aber zur gleichen Zeit, spielten ihre Gedanken verrückt. Ihr Herz sagte ihr, dass sie diese

Informationen weiterhin aufnehmen sollte, aber ihr Gehirn begann dagegen zu arbeiten und sie fragte sich, ob dies vielleicht eine Falle war. Wollten die Anwesenden sie womöglich hintergehen? Arbeiteten sie vielleicht mit diesem Victor zusammen und versuchten jetzt gemeinsam an das Land ihres Vaters heranzukommen?

Es versetzte ihrem Herzen einen Stich, als ihr der Gedanke kam, dass vielleicht auch Ridge und Diana darin verwickelt waren. Hatten sie deswegen gehofft, dass Todd und sie heirateten? Wollten sie durch diese Ehe etwas erzwingen, was sie niemals für möglich gehalten hatte?

Ihr stockte der Atem. Was, wenn auch Todd in diese Geschichte verwickelt war und er seinem Großvater helfen wollte, den Traum von Hotels auf der Ranch zu verwirklichen?

Kate ging es nicht ums Geld oder den Reichtum ihres Vaters. Es ging ihr um die harte Arbeit, die er in die Ranch gesteckt hatte.

Es ging ihr um die Natur und die Tiere, die mit so einem umfangreichen Projekt zerstört oder vertrieben werden würden.

Ihr war bewusst, dass für das Bauen von mehreren Hotels und einem Sanatorium Holz und anderes Material gebraucht wurde, was bedeutete, dass damit Bäume und Felsen zerstört werden würden, was wiederum ein Zuhause für viele Lebewesen war.

Kate hatte mit Rick Baxter, dem das Sägewerk gehörte, einen Vertrag abgeschlossen, dass er auch Bäume in den Wäldern der Cooper-Ranch fällen durfte, solange er versprach, neue Bäume zu pflanzen, damit das Gleichgewicht weiterhin gehalten wurde. Das würde mit dem Bauen von Hotels nicht geschehen.

Die junge Frau seufzte innerlich. Hatten die Menschen nicht schon genug Unheil in der Natur errichtet? Indianer waren in Reservate gesperrt worden, Tiere verloren ständig ihr Zuhause und auch die Pflanzen wurden davon betroffen.

Am liebsten hätte sie ihren Verdacht sofort mitgeteilt, aber sie entschied sich, Geduld zu üben. Ridge und Diana waren immer gut zu ihr gewesen. Ihr Vater hatte ihnen immer vertraut. Ridge hatte nie etwas gefordert, sondern an der Seite ihres Vaters hart gearbeitet. Wenn sie wirklich vorgehabt hätten, ihrem Vater alles wegzunehmen, hätten sie das nicht schon vor Jahren getan?

„Kate?"

Sie spürte die Blicke von allen Anwesenden auf sich und schob ihre eigenen Gedanken beiseite.

„Vergebt mir. Ich bin mit meinen Gedanken abgeschweift." Kate konzentrierte sich, damit sie sich das Gespräch wieder ins Gedächtnis rufen konnte.

„Victor hat also Kontakt mit dir aufgenommen?" Sie blickte Herman fragend an und der nickte. „Hat er versucht, dich in sein Vorhaben einzubeziehen?"

„Nein. Er wollte nur Geld von mir. Victor hat mir nicht einmal gesagt, wofür er es brauchte. Er hat lediglich erwähnt, dass er finanzielle Schwierigkeiten hatte und ich als sein reicher Bruder ihm unter die Arme zu greifen habe. Familien würden einander unterstützen." Er schnaufte verächtlich.

„Und hat er dann versucht, durch Ridge und Diana an alles heranzukommen?" Kate schluckte schwer, konnte sich aber nicht aufraffen, ihren Vormann direkt anzusprechen.

UNVERWÜSTLICHER KAMPFGEIST

Herman schüttelte seinen Kopf. „Er wusste zu dem Zeitpunkt nicht, dass der Mann seiner Schwester bei deinem Vater als Vormann arbeitete und auch Geschäftspartner war. Dadurch, dass sich Dianas Familienname mit der Heirat zu Ridge geändert hatte, wusste er gar nichts von und über unsere Schwester."

„Und wann hat sich das geändert?"

„Kurz bevor Crystal und Steven ihre Ehe vortäuschten."

Kate nickte verstehend. „War das auch der Zeitpunkt, wo er sich mit meinen Onkeln zusammen tat?"

Herman nickte.

„Und deswegen habt ihr Crystal auf meine Onkel angesetzt?"

„Ja."

„Obwohl ich meine Großmutter nie kennengelernt habe, haben die Erzählungen von meinem Vater gereicht, um eine Idee davon zu bekommen, wie ich sein und mich verhalten musste." Crystal blickte die Jüngere nachdenklich an.

„Crystal ist von Natur aus ganz anders. Ihre Mutter und ich haben dafür gesorgt, dass unsere Kinder auf keinen Fall wie ihre Großmutter oder ihr Onkel wurden." Herman legte seinen Arm um die Schultern seiner Tochter.

„Aber all die Jahre habe ich von meinem Vater und Ridge diese schrecklichen Gerüchte über dich gehört. Du sollst Papa damit gedroht haben ihn zu zerstören, sollte er sich von Crystal scheiden lassen."

Herman nickte. „Das haben wir gemeinsam so beschlossen und geplant. Ich wollte, dass mein Bruder und deine Onkel dachten, dass ich die Konkurrenz war. Steven hoffte, dass sich seine Brüder dadurch mehr zu erkennen geben würden, aber das geschah leider nicht."

„Was war mit den ganzen Ausgaben und dem zweiten Bankkonto? Crystal hat doch ständig eingekauft und neue Kleider getragen."

„Das war auch mit Steven besprochen und geplant. Ich habe regelmäßig von meinen Schwestern Kleider geschickt bekommen, diese ein oder zweimal getragen und dann wieder zurückgeschickt. Mein Vater hat mir auch immer mal wieder ein Kleid oder Schuhe gekauft und Steven hat ebenfalls etwas Geld zur Verfügung gestellt. Ansonsten habe ich Geld zwar abgehoben, Steven dann aber wiedergegeben, der es dann in das neue Konto eingezahlt hat. Am Anfang war das ganz einfach und wir haben es hauptsächlich deinetwegen so gemacht, aber als Gregory dann auf die Ranch kam, fing er ziemlich schnell an, mich in die Stadt zu begleiten und somit mussten wir etwas einfallsreicher werden." Crystal verdrehte genervt die Augen.

„Du kannst dir gar nicht vorstellen, wie sehr mir Gregory auf die Nerven gegangen ist. Er wollte wiederholt mit mir anbändeln, aber auch nur, um seinem Bruder eins auszuwischen. Ich wollte das überhaupt nicht und habe ihn immer wieder vertröstet und gesagt, dass ich mich, sobald mein Vater damit einverstanden war, mich von Steven scheiden lassen würde. Da Gregory das gar nicht in den Kram passte, fing er dann an herumzuerzählen, dass wir ein Verhältnis hatten."

„Deswegen hatten Papa und du also getrennte Schlafzimmer? Weil ihr gar nicht verheiratet wart?"

Crystal nickte. „Es war einfach zu behaupten, ich hatte deinen Vater nur wegen seines Geldes geheiratet. Das sprach sich auch, genau wie das *Verhältnis* mit Gregory, schnell herum."

Kate runzelte die Stirn. „Und es hat dir nichts ausgemacht, dass du von den Bürgern von Black Hawk direkt verachtet wurdest?"

Crystal zuckte mit den Schultern. „Begeistert war ich darüber nicht, aber ich hatte die Aufgabe übernommen diese Rolle zu spielen und somit musste ich mir ein dickes Fell zulegen."

„Aber Amanda hat dich später sogar aus ihrem Laden geworfen, weil du so schreckliche Dinge über mich erzählt hast." Kate gab der Gedanke daran wieder einen kleinen Stich, aber sie hatte jetzt eine andere Seite an Crystal gesehen und daran wollte sie festhalten.

„Das haben wir mit Absicht gemacht. Am Anfang tat ich so, als ob ich ständig in die Stadt ging, um einzukaufen und habe dann zu Hause ein neues Kleid präsentiert, dass ich geschickt bekommen habe, aber als Gregory dann ständig mit mir mitkam, musste ich mir etwas überlegen, damit die Pakete die mir geschickt wurden, glaubwürdig waren. Solch schreckliche Gerüchte über dich zu verbreiten gefiel mir ganz und gar nicht, aber ich wusste auch, um eine heftige Reaktion von Amanda zu bekommen, musste ich etwas ganz Ungehöriges von mir geben."

Kate sah sie nachdenklich an. „Hast du dafür gesorgt, dass die Dokumente, Papiere und all das, was mit der Buchführung unserer Ranch zusammen hing, sicher war?"

Crystal nickte. „Kurz nach Stevens Tod habe ich Gregory im Büro deines Vaters beim Schnüffeln erwischt. Daraufhin habe ich Ridge davon erzählt und er hat dafür gesorgt, dass Gregory beschäftigt war, während ich alles in Kisten verpackt und dann zur Bank gebracht habe. Selbstverständlich habe ich da noch nicht geahnt, dass er vorhatte, alles zu verbrennen."

„Und das Gleiche hast du mit der Truhe meiner Mutter gemacht?" Kate blickte der Älteren gerade in die Augen und Crystal nickte wieder.

„Wie gesagt, als ich erfuhr, dass Gregory alles zerstören wollte, hatte ich nicht viel Zeit, aber ich bin sofort in das Schlafzimmer deines Vaters gegangen und habe alles, was ich finden konnte und was für dich wichtig sein würde, in die Truhe gepackt und Gregory gesagt, dass ich die Truhe ebenfalls mitnehmen wollte. Als du dann die Truhe gesehen und so aufgebracht reagiert hast, hat das sehr geholfen." Sie lächelte Kate warm zu.

„Ich habe übrigens niemals die Kleider deiner Mutter angezogen. Das habe ich nur gesagt, um die Situation zu verschärfen."

„Danke, Crystal. Auch wenn ich dich teilweise wirklich gehasst habe, bin ich dankbar, dass du das für meinen Vater und mich getan hast."

Crystal winkte nur ab. „Zu sagen, dass ich es gerne gemacht habe, wäre völlig falsch, aber es musste gemacht werden. Somit konnten wir wenigstens ein paar Dinge herausfinden und sind auf dem richtigen Weg, auch den Rest zu lösen."

Kate nickte. „Wisst ihr auch zufällig, was es mit Isaac Miller auf sich hat und warum er es auf mich abgesehen hat?"

Herman und auch Stanley schüttelten gleichzeitig den Kopf. „Das haben wir bisher noch nicht herausfinden können. Wir wissen nicht, wie er mit Victor und deinen Onkeln bekannt wurde." Hermans Gesichtsausdruck sprach Bände, aber auch

UNVERWÜSTLICHER KAMPFGEIST

Kates Anwalt wirkte frustriert. Gab es eine Möglichkeit, auch darüber etwas herauszufinden?

12

Ein bisschen Abstand

„Dieses Gespräch dauert länger als gedacht, ich werde vom Restaurant Essen kommen lassen", bemerkte Stanley, nickte allen zu und verließ den Raum, um seiner Sekretärin Anweisungen für die Bestellung zu geben.

„Hast du irgendwas über Miller herausfinden können?" Herman blickte die junge Frau aufmerksam an und Kate nickte langsam.

„Als er zum ersten Mal in Black Hawk auftauchte und mich attackierte, schrieb unser Pastor an den Pfarrer in San Francisco. Wir erfuhren, dass Miller gar kein Geistlicher war und sich kurz nach meiner Ankunft bei meinen Großeltern als Pastor ausgegeben und für kurze Zeit deren Gemeinde geleitet hat. Als er dann aber bei meinem Großvater um meine Hand anhielt, wurde bekannt, dass er über seine Position gelogen hatte und daraufhin wurde er sofort aus der Kirche und sogar der Stadt verwiesen."

Stanley trat wieder in den Raum und hatte nur das Letzte gehört, wusste aber offensichtlich sofort, wovon gesprochen wurde.

UNVERWÜSTLICHER KAMPFGEIST

„Wenn ich mich recht erinnere, hat Miller daraufhin deinen Vater aufgesucht. Er hat einen anderen Namen benutzt, aber das hört sich doch sehr nach dem gleichen Mann an. Steven war gerade hier in Denver und wir aßen zusammen in einem Restaurant, als dieser Mann plötzlich auftauchte und um eine Unterhaltung bat. Dein Vater nahm das Ganze mit sehr gemischten Gefühlen entgegen. Er hatte schon immer eine gute Menschenkenntnis und dieser Mann, der behauptete schwer in dich verliebt zu sein, gab ihm alles andere als ein gutes Gefühl."

Kate blickte ihren Anwalt entsetzt an. Weder ihr Vater noch ihr Großvater hatten diese Heiratsanträge jemals ihr gegenüber erwähnt.

„Miller, oder wie auch immer er heißt, machte allerdings den Fehler, deinen Großvater zu erwähnen und dass dein Großvater ihm gesagt hatte, er müsste deinen Vater fragen. Steven ließ sich die Adresse von diesem angeblichen Verehrer geben und sagte ihm, dass er ihm seine Antwort bald mitteilen würde. Daraufhin schrieb Steven deinem Großvater und erfuhr, dass dieser Mann ein Schwindler war. Sicherlich kannst du dir vorstellen, wie die Antwort deines Vaters daraufhin aussah."

Kate nickte. „Meinst du, dass etwas zwischen meinem Großvater oder Papa und Miller vorgefallen ist? Etwas, das ihn so zornig gemacht hat, dass er sich durch mich an ihnen rächen will, obwohl beide bereits verstorben sind?"

Stanley trank einen Schluck Tee, bevor er sich äußerte. „Das ist durchaus möglich, wenn auch etwas merkwürdig, da man sich ja eigentlich nur rächt, wenn man der anderen Person damit schaden kann." Er überlegte kurz, bevor er weitersprach. „Allerdings macht mich dieses ganze Theater etwas misstrauisch. Wenn du mir den Namen deines Pastors in San Francisco nennst, werde ich mich höchstpersönlich mit ihm in Verbindung setzen. Irgendwas stinkt da gewaltig."

„Ich denke, ich werde mich jetzt zurückziehen. Meine Gedanken müssen sich erst einmal entwirren." Kate blickte sich um und erhob sich. „Ich gehe davon aus, dass ihr mir jetzt alles gesagt habt? Die Bürger von Black Hawk denken alle, dass die Ehe zwischen Crystal und meinem Vater echt war, oder?"

Die Männer wechselten ernste Blicke miteinander und Kate sank in ihren Sessel zurück und schnappte nach Luft.

„Ich kann es nicht fassen. Ich bin auch von der Stadt belogen worden?"

Ridge räusperte sich. „Nein. Die meisten haben keine Ahnung. Eingeweiht waren nur Sheriff Robert Daynes, Doc Nelson, Michael Johnson, Nathan Shumway und Pastor Owen."

Kate schüttelte nur mit dem Kopf. Sie hatte sich noch nie so betrogen gefühlt. Sie verstand, dass ihr Vater und alle anderen sie beschützen wollten, aber sie musste sich diesem Drama jetzt ohnehin alleine stellen. Es hätte geholfen, wenn sie von diesen Dingen gewusst hätte.

„Ich werde meinen Aufenthalt hier in Denver verlängern. Ich kann morgen nicht nach Black Hawk zurückkehren und vorgeben, dass alles in Ordnung ist. Die Informationen, die ich heute erhalten habe, müssen jetzt erst einmal verarbeitet werden."

„Kate", wandte sich Stanley sofort an die junge Frau. „Wenn du wirklich bleiben willst, dann möchte ich dich bitten, bei meiner Familie und mir zu bleiben. Wir haben reichlich Platz und da ich von den Marschalls noch nichts gehört habe, muss ich davon ausgehen, dass Miller ihnen entwischt ist. Es wäre im Hotel nicht sicher für dich."

Kate verdrehte die Augen. „Du glaubst allen Ernstes, dass ich nach diesen ganzen Lügen bei dir bleiben werde? Ich möchte auch deine Familie nicht in Gefahr bringen. Ich brauche Abstand, und zwar von euch allen."

„Das werde ich nicht erlauben", sagte Ridge energisch, doch Kate winkte ihn ab.

„Du bist nicht mein Vater und hast mir gar nichts zu sagen. Und überhaupt hast du mich genauso belogen wie alle anderen." Sie funkelte ihn wütend an. Bevor er dazu Stellung nehmen konnte, räusperte sich Herman Clarkson.

„Wie wäre es, wenn du zu uns kommst? Mir ist bewusst, dass wir auch nicht ehrlich waren, aber ich habe ein großes Anwesen und zahlreiche Leibwächter, die uns und unser Anwesen beschützen." Er blickte Kate an, die gerade widersprechen wollte, fuhr aber sogleich weiter.

„Damit hättest du auch die Möglichkeit, Crystal besser kennenzulernen und herauszufinden, wie sie wirklich ist."

Kate kämpfte mit sich. Sie wollte eigentlich ganz alleine sein, wusste aber auch, dass das töricht war, solange Miller frei herumlief.

Ihr Anwalt und Vormund erhob sich. „Wir werden auf keinen Fall zulassen, dass du alleine zurückbleibst. Entweder du nimmst meinen Vorschlag oder aber den Vorschlag von Herman an oder ich werde dafür sorgen, dass Todd und Aaron dich zwingen, mit ihnen nach Black Hawk zurückzukehren." Sein strenger Blick ließ Kate ein wenig erröten, obwohl sie ihm liebend gerne Widerworte gegeben hätte. Sie besann sich aber. Sie fühlte sich von Herman am wenigsten verraten.

„Wenn es euch wirklich nichts ausmacht, würde ich dein Angebot sehr gerne annehmen und ein paar Tage bei euch bleiben. Ich verspreche, eure Gastfreundschaft auch nicht auszunutzen."

Herman schenkte ihr ein warmes Lächeln. „Darüber mach dir mal keine Sorgen. Du kannst so lange bleiben, wie du möchtest. Wir freuen uns, dich dadurch etwas näher kennenzulernen."

Der Abschied von den anderen fiel seitens Kate kühl aus. Sie wussten aber auch, dass sie schnell vergab und der Abstand würde ihr sicher guttun.

Kate wurde herzlich bei den Clarksons aufgenommen. Crystals Mutter freute sich, die junge Frau kennenzulernen, von der sie schon so viel gehört hatte. Die Ältere hatte offenbar sofort Gefallen an Kate gefunden und behandelte sie vom ersten Moment wie eine weitere Tochter.

Kate war beeindruckt von dem Anwesen der Clarksons. Sie hatte ein riesiges Schlafzimmer und ihren eigenen Waschraum und fühlte sich sofort wohl.

Nach einem großartigen Abendessen zogen sich Crystal und Kate in einen der gemütlichen Salons zurück. Es war ein netter Abend und Kate musste feststellen, dass sie und Crystal doch eine Menge Gemeinsamkeiten hatten.

UNVERWÜSTLICHER KAMPFGEIST

Crystal hatte ihre Rolle als Stevens Ehefrau wirklich perfekt gespielt. Kate hätte niemals gedacht, dass sie und Crystal tatsächlich einmal Freundinnen sein würden.

Es war schon relativ spät, als ein Dienstmädchen den Salon betrat. „Fräulein Cooper, ein Mr. Todd Carter möchte Sie gerne sprechen. Soll ich ihn in den Salon führen?"

Kate spürte, wie ihre Wangen in Flammen aufgingen und schnappte nach Luft. Sie hatte nicht damit gerechnet, ihn an diesem Abend noch zu sehen. Sie brauchte, wie auch von Ridge und Diana, auch von Todd eine Auszeit, aber wie würde es aussehen, wenn sie sich weigerte ihn hereinzulassen? Und würde er sich einfach so zurückweisen lassen?

Obwohl Crystal und Kate in keiner Weise über Todd gesprochen hatten, nickte ihre neue Freundin ihr aufmunternd zu.

„Vielleicht ist es ganz gut, wenn du dich ihm stellst. Er wird dir sonst keine Ruhe geben."

Kate sah das nicht so. Ihre Gefühle ihm gegenüber waren nach wie vor außer Kontrolle und sie wusste nicht, wie sie damit umgehen sollte. Andererseits hatte sie auch nicht wirklich eine Wahl, da dies ja nicht ihr Haus war.

Crystal zog sie auf einmal in ihre Arme, was die Jüngere erschreckt zusammenzucken ließ.

„Ich werde dich mit ihm alleine lassen, komme aber zurück, sobald Todd gegangen ist. Bridget, führe den jungen Mann hinein." Sie nickte dem Dienstmädchen zu, drückte Kates Hand und war im nächsten Augenblick auch schon verschwunden.

Kate atmete tief ein und wäre am liebsten davongerannt. Ihr Herz schlug ihr bis zum Hals und dennoch bemühte sie sich ruhig zu atmen.

Obwohl Kate versucht hatte, die paar Minuten der Einsamkeit zu nutzen, um wieder ruhiger zu werden, blieb ihr fast das Herz stehen, als Todd durch die Tür kam. Warum nur fühlte sie sich von ihm so schrecklich angezogen? Allerdings bemerkte sie sehr wohl, dass ihr Verstand den Kampf gegen ihr Herz langsam verlor. Er war so unheimlich gut aussehend.

„Kate", sagte er und bedachte sie mit einem Blick, der ihr Herz höher schlagen ließ. Sie hätte es nicht erlauben sollen, ihn hereinkommen zu lassen.

„Ridge hat mich informiert, dass du für ein paar Tage in Denver bleiben willst. Bitte überlege es dir noch einmal anders."

Sie schüttelte ihren Kopf. „Das kann ich nicht. Ich brauche diese Zeit. Ihr alle habt mir so viel verschwiegen und die Wahrheit herauszufinden ist ganz schön schockierend. Meine ganze Welt ist zusammengestürzt und ich muss sie jetzt erst einmal wieder zusammensetzen."

„Ich möchte nicht, dass dir etwas passiert oder du womöglich doch noch in die Hände von Miller oder den anderen gerätst."

„Das möchte ich auch nicht, aber zu erfahren, dass alle wussten das Crystal und mein Vater nur eine Scheinehe eingegangen sind, dass du gar nicht mein Onkel bist und sogar ein paar Männer aus der Stadt von allem wussten, muss ich jetzt erst einmal verarbeiten."

UNVERWÜSTLICHER KAMPFGEIST

„Kate, die Sache mit mir: Als mir bewusst wurde, dass ich Gefühle für dich habe, habe ich deinen Vater und deine Großeltern immer wieder angefleht, mit dir darüber zu sprechen. Sie haben es aber wiederholt aufgeschoben und mich vertröstet."

„Warum hast du nichts gesagt?" Kate blickte ihn missbilligend an.

„Meine Eltern haben mir das Versprechen abgenommen, dir nichts zu sagen. Sie bestanden darauf, dass sie dieses Gespräch mit dir führen würden, oder aber dein Vater. Ich glaube, dass sie Angst hatten, dass du mit diesen Neuigkeiten nicht klarkommen oder ihnen sogar die kalte Schulter zeigen würdest, da sie es dir all die Jahre verheimlicht hatten." Er wich ihrem durchdringenden Blick nicht aus.

„Ein paar Wochen vor seinem Tod, habe ich deinem Vater noch einen Brief geschrieben und ihn gebeten dir endlich die Wahrheit zu sagen. Meine Empfindungen und Gefühle für dich hatten sich gestärkt und ich wollte—"

„Lass uns bitte nicht über deine Empfindungen sprechen", unterbrach sie ihn sofort und wollte etwas zurücktreten, doch Todd zog sie in seine Arme.

„Du weißt, wie ich über dich fühle, Kate und es fällt mir immer schwerer, dir nicht zeigen zu können, wie viel du mir bedeutest."

Kate schloss kurz die Augen. Er erleichterte es ihr nicht. „Ich bin einfach noch nicht so weit."

Er hob sanft ihr Kinn höher und sie war gezwungen ihn anzusehen. Seine Berührung verursachte ein aufgeregtes Kribbeln in ihrem Bauch, was bedeutete, dass die Schmetterlinge wieder am Fliegen waren.

„Ich kann sehen, dass du für mich genauso empfindest wie ich für dich, aber aus irgendeinem Grund versuchst du davor wegzulaufen."

„Ich ... ich ... bin mir noch nicht sicher über meine Gefühle", stammelte sie verlegen und versuchte Augenkontakt mit ihm zu vermeiden, doch er hielt sie gebannt.

„Das glaube ich dir einfach nicht."

„Ach wirklich?", fuhr sie ihn hitzig an und machte sich frei. „Ich denke, nach den ganzen Lügen und Geheimnissen von dir und den anderen, hast du gewiss kein Recht meine Ehrlichkeit infrage zu stellen." Sie funkelte ihn aufgebracht an und Todd konnte sich ein Grinsen nicht verkneifen.

„Wie schön, dass dich das amüsiert. Ich finde an der Situation nichts komisches."

„Du willst mir also tatsächlich weismachen, dass du dir nicht sicher bist, ob du mich liebst?"

Sie schluckte. „Du hast mich jetzt schon ein paar mal einfach überrumpelt und ich bin nicht bereit, mich meinen Gefühlen zu stellen. Was, wenn alles nur ein Irrtum ist und wir letztendlich doch verwandt sind?"

„Kate", fing er an, doch sie blickte an ihm vorbei und schien in Gedanken versunken zu sein.

„Hast du neulich nicht versucht, mich zu küssen, als ich dir den Streich spielte?" Dieses Mal sah sie ihm wieder gerade in die Augen und er konnte nicht anders als zu nicken.

„Hast du eine Ahnung, wie durcheinander du mich damit gebracht hast? Ich habe den ganzen Abend versucht, eine Entschuldigung für dein Benehmen zu finden. Da hatte ich noch nicht einmal eine Idee, dass du vielleicht gar nicht mein Onkel bist. Ich dachte, mein Herz würde aussetzen."

UNVERWÜSTLICHER KAMPFGEIST

„Ich weiß, dass ich da zu hastig und falsch gehandelt habe, aber—"

Kate ließ ihn nicht ausreden. „Meine Gefühle und Emotionen haben mich fast in den Wahnsinn getrieben. Ich habe mich verrückt gemacht und ständig an mir selbst die Schuld gesucht. Habe ich mich dir gegenüber vielleicht nicht richtig verhalten? Hatte Miller doch recht? Dabei habe ich lediglich versucht, Sinn in die Situation zu bringen und dann überschlugen sich meine Gefühle plötzlich und ich war hin- und hergerissen und wusste nicht, ob ich mich zu dir hingezogen fühlen durfte oder nicht. Es war—"

Todds muskulöser Arm umfing sie plötzlich, während seine freie Hand ihr Kinn wieder höher hob und er dann seine Lippen gegen die ihren presste. Sein Kuss war zuerst fordernd und stürmisch, doch dann küsste er sie mit zärtlicher Leidenschaft und Hingabe.

Kate versuchte sich aus seinem festen Griff zu befreien, aber der Kuss verursachte, dass sich die Schmetterlinge in ihrem Bauch verdoppelten. Ihr wurde ganz schwindelig, dennoch fühlte sie sich von der Leidenschaft gefangen. Ihre Gegenwehr wurde immer weniger und letztendlich schmolz sie in seine Arme.

Ihr Herz klopfte ihr bis zum Hals und sie versuchte krampfhaft, das Atmen nicht zu vergessen. Als ihre Lungen anfingen zu protestieren, zog sie ihren Kopf zurück. Todd schenkte ihr ein Lächeln, das ihr Herz zum Flattern brachte. Sie schnappte nach Luft.

„Ich denke, es ist besser, wenn du jetzt gehst", murmelte sie zutiefst verlegen. Ihre Wangen standen in Flammen, aber ihre Augen funkelten. Er wollte sich wieder zu ihr hinunterbeugen, doch sie hielt ihm ihre Hand vor den Mund und schüttelte energisch ihren hübschen Kopf.

„Nein, nicht mehr. Hast du auch nur ein Wort von dem gehört, was ich dir übers Überrumpeln gesagt habe?" Sie blickte ihn ernst an, dennoch konnte er ein spitzbübisches Blitzen in ihren Augen erkennen und grinste.

„Wer hätte gedacht, dass ein Kuss so helfen würde?", meinte er trocken und zwinkerte ihr zu, was die Röte auf ihrem Gesicht nur vertiefte. „Darf ich nun unsere Verlobung verkünden?" Er blickte sie aufmerksam an. Kate wich erschrocken zurück.

„Todd", begann sie, doch dieses Mal legte er ihr seine Finger auf die Lippen.

„Aber hoffen darf ich?"

Lächelnd nickte sie. Übermütig hob er sie hoch und drehte sich ein paar Mal mit ihr, bevor er ihr einen Kuss auf die Stirn drückte. Erst dann verabschiedete er sich und verließ das Haus.

Kate konnte an diesem Abend lange nicht einschlafen. Jedes Mal, wenn sie an den Kuss dachte, schlug ihr Herz wie verrückt und sie spürte, wie sich ihre Wangen erwärmten und dennoch machte sich Angst und Sorge wieder in ihrem Herzen breit. Was, wenn sie doch irgendwie verwandt waren? Gab es eine Verbindung zwischen ihrer Familie und der Familie von den Clarksons oder sogar Todd?

UNVERWÜSTLICHER KAMPFGEIST

Die nächsten Tage vergingen schnell und Kate bereitete sich darauf vor, nach Black Hawk zurückzukehren. Sie sah dem Ganzen mit gemischten Gefühlen entgegen, da sie nicht einschätzen konnte, was sie zu Hause erwarten würde und auch nicht, wie sie sich allen gegenüber verhalten sollte.

Zwei Tage vor ihrer Abreise kam Stanley bei den Clarksons vorbei und bat um eine Unterhaltung, der sich auch Herman anschloss. Kate mochte Crystals Vater aufrichtig und sah ihn mittlerweile als einen väterlichen Freund.

„Ich habe von deinem Pfarrer aus San Francisco gehört. Er hat sich sogar mit dem alten Pastor in Verbindung gesetzt und der konnte uns einiges über die Situation mit Miller erzählen."

„Wirklich? Was hast du erfahren?"

„Isaac Millers richtiger Name ist Elliot McCallister. Er kam als junger Mann nach San Francisco und arbeitete einige Jahre als Schriftführer fürs Gericht. Er beobachtete, wie dein Großvater einige junge Männer, die ebenfalls Schriftführer oder etwas Ähnliches waren, beruflich unterstützte und förderte. Es waren Männer, die hart arbeiteten und diese Chance wirklich verdienten. McCallister bzw. Miller hoffte ebenfalls an Richter Carter heranzukommen, aber dein Großvater schenkte ihm keine Beachtung. Vermutlich, weil er nur das Allernotwendigste leistete." Stanley trank einen Schluck Wasser, bevor er weiterredete.

„Er muss deinem Großvater irgendwann nach Hause gefolgt sein, denn er wusste, wo deine Familie wohnte. Miller sorgte dafür, dass er deinen Tanten begegnete und bemühte sich, mit ihnen anzubändeln. Deine Tanten zeigten aber keinerlei Interesse an ihm. Als deine Mutter siebzehn war, versuchte er sein Glück mit ihr, doch auch sie wollte nichts mit ihm zu tun haben." Stanley seufzte. Kate blickte ihn mit großen Augen an.

„Eines Tages lauerte er deiner Mutter auf, als sie auf dem Weg nach Hause war. Sie hatte der Frau des Pfarrers mit den Kindern ausgeholfen und als es anfing, dunkel zu werden, wollte sie nach Hause. Der Pastor versprach ihr, sie nach Hause zu fahren, sobald ihre ältere Schwester mit den Näharbeiten für die Gemeinde fertig war, doch Lauren wollte so lange nicht warten und machte sich alleine auf den Weg. Miller wartete an einem Wäldchen auf sie und versuchte sie ins Gebüsch zu zerren."

Kate schnappte nach Luft. Sie war ganz bleich geworden und Stanley drückte ihr aufmunternd die Hand.

„Was Miller nicht wusste, war, dass der Pfarrer und deine Tante, Lauren, kurz nachdem sie gegangen war, mit der Kutsche gefolgt waren. Sie hörten deine Mutter um Hilfe rufen und schritten sofort ein, als sie herangekommen waren und sahen, wer deine Mutter belästigte.

Miller schaffte es, eine Pistole aus seinem Mantel zu ziehen und schoss dem Pastor in die Schulter und deiner Tante in den Rücken."

Kate schlug entsetzt die Hände vors Gesicht. Sie wurde ganz bleich. „Miller ist dafür verantwortlich, dass meine Tante im Rollstuhl gelandet ist?"

Herman sah nun ebenfalls bestürzt aus, aber Stanley nickte.

„Ja. Er schnappte sich daraufhin Lauren und die Kutsche und floh. Der Pastor war allerdings nur kurz bewusstlos geworden und sah ihn davonfahren. Durch die Hilferufe und Schüsse angelockt, hatten sich ein paar Männer eingefunden, unter anderem auch der Sheriff und zwei Hilfssheriffs. Der Pastor schickte den Sheriff und seine Männer hinter Miller her, während sich die anderen um deine Tante und die Verletzung des Pfarrers kümmerten."

Stanley hielt kurz inne, fuhr aber weiter, als er bemerkte, wie nervös Kate geworden war. „Der Sheriff und seine Männer erreichten Miller, als er an einer Jagdhütte angekommen war. Deine Mutter wurde befreit und Miller verhaftet. Er landete für einige Jahre wegen Entführung und schwerer Körperverletzungen im Gefängnis."

Kate schüttelte erschrocken ihren Kopf. Das hatte sie gewiss nicht erwartet. Herman schien es ähnlich zu gehen.

„Als Miller aus dem Gefängnis entlassen wurde, änderte er seinen Namen und sein Aussehen ein wenig und bemühte sich, eine Arbeit zu finden. Da ihm das wegen seines Gefängnisaufenthalts nicht gelang, beschloss er sich als Pfarrer auszugeben und tyrannisierte die jungen Mädchen an der christlichen Schule, bis die Eltern davon erfuhren, ihn zur Rede stellten und dann herausfanden, dass er kein Pastor war." Stanley ballte die Fäuste, bemerkte aber, dass Kate davon offenbar bereits wusste.

„Er verschwand dann wieder für einige Zeit und gab sich dann als neuer Jugendpastor in der Kirchengemeinde deiner Großeltern aus. Er fing an, der jüngsten Tochter des jetzigen Pfarrers nachzustellen und schaffte es, ihr Vertrauen zu gewinnen und verlobte sich heimlich mit ihr. Als ihr Vater davon Wind bekam, war er außer sich und verbot ihm, seine Tochter noch einmal zu sehen."

„Und es hat ihn zuerst niemand erkannt?" Kates Augen waren weit aufgerissen, ihre Stimme zitterte ein wenig.

„Nein. Dein Großvater war ja nun viele Jahre älter und der alte Pastor war in Rente gegangen. Offenbar hatte Miller vor, mit der Tochter des Pfarrers durchzubrennen, aber kurz davor kamst du nach San Francisco und als er herausfand, wer du bist und zu welcher Familie du gehörst, hatte er nur noch dich im Kopf."

Stanley schüttelte missbilligend den Kopf. „Was dann passierte, weißt du ja. Vermutlich wäre Miller mit der Aktion unerkannt durchgekommen, hätte er nicht seinen richtigen Namen benutzt, als er bei deinem Vater um deine Hand anhielt. Als Steven dann deinem Großvater schrieb und den Namen Elliot McCallister erwähnte, läuteten bei deinem Großvater sogleich sämtliche Alarmglocken und er erinnerte sich an alles."

„Und deswegen wollte er sich an meiner Familie rächen?"

„Das war ein Grund, ja. Er musste nun untertauchen, da dein Großvater einen Zeitungsartikel über Miller schreiben ließ und ihn vor aller Welt bloßstellte und gleichzeitig die jüngere Bevölkerung vor ihm warnte."

„Und das wird ihm vermutlich den Rest gegeben haben. Der Hass gegen meine Familie kennt jetzt keine Grenzen mehr, obwohl er sich das alles selbst zuzuschreiben hat", brachte Kate die Unterhaltung auf den Punkt. „Wahrscheinlich hat er sich geschworen, nicht eher zu ruhen, bis er der Carter Familie Schaden zugefügt hat."

Stanley nickte. „Das vermute ich auch."

„Aber wie hat Miller dann meinen Bruder oder Kates Onkel kennengelernt?", fragte Herman und sah die beiden anderen fragend an.

„Vielleicht hat er mitbekommen, dass Todd von meinen Großeltern adoptiert worden ist, das Ganze untersucht und herausgefunden, dass Victor Clarkson der leibliche Großvater von Todd ist. Vielleicht hat er Victor aufgesucht und ihm von Todd erzählt, da Todd aber bei den US-Marschalls war und ständig versetzt wurde, konnten sie ihn nicht ausfindig machen." Kate hatte diese Gedanken einfach so ausgesprochen, aber die beiden Männer blickten sie sofort geschockt an.

„Aber ich habe meinen Bruder doch überprüfen lassen", bemerkte Herman nachdenklich.

„War das, bevor Crystal nach Black Hawk zog?"

Herman nickte.

„Vielleicht hat das alles erst stattgefunden, nachdem ich nach San Francisco gegangen bin. Würde ja Sinn machen, denn vorher konnte mich Miller ja gar nicht kennen."

„Aber woher sollte er die Informationen haben?" Stanley runzelte die Stirn.

„Er kann sich ja als jemand ausgegeben haben, der fürs Rathaus gearbeitet hat. Ich bin mir ziemlich sicher, dass mein Großvater dafür gesorgt hat, dass Todds Eltern dort gemeldet waren und wenn nicht, dass er Todd als seinen Adoptivsohn eingetragen hat, mit den Informationen über seine Eltern."

„Du solltest Detektivin werden, Kate", scherzte Stanley und Herman grinste. Dadurch wurde die angespannte Atmosphäre wieder etwas lockerer.

„Lieber nicht. Ich habe lediglich sehr viel Zeit zum Nachdenken gehabt und so machen gewisse Folgerungen einfach Sinn."

13

Kaufvertrag

„Guten Morgen, Kate", grüßte Herman die junge Frau fröhlich, als sie zum Frühstück in den Raum trat. Crystal und ihre Mutter zogen Kate liebevoll in ihre Arme. „Hast du gut geschlafen?"

Sie nickte. „Habe ich, danke und du?"

„Ich auch." Er blieb einen Moment still, bevor er sich räusperte. „Hör zu, Kate, wir müssen heute noch einmal zu Stanleys Anwaltskanzlei. Er hat heute früh eine Nachricht erhalten und diese gleich an mich weitergeschickt."

Kate blickte ihn aufmerksam an. „Worum geht es?"

„Es scheint, als ob mein Bruder jetzt den direkten Angriff versucht. Er möchte sich mit dir treffen und vermutlich über den Verkauf der Ranch mit dir sprechen wollen. Allerdings glaube ich nicht, dass mein Bruder selbst kommen wird und wenn doch, dann nur in Begleitung eines Anwalts."

Besorgnis breitete sich auf Kates Gesicht aus, aber sie hatte ihre Stimme voll unter Kontrolle, auch wenn sie plötzlich etwas blasser wirkte.

UNVERWÜSTLICHER KAMPFGEIST

„Ich nehme an, dass ich mich dem stellen muss?" Sie sah zu ihrem väterlichen Freund auf, der ihr aufmunternd die Hand drückte.

„Meine Vermutung ist, dass er erfahren hat, dass du zurzeit in Denver bist und das als seine Chance sieht, dich alleine zu erwischen."

„Deswegen macht er es auch so kurzfristig." Kate nickte verstehend. „Wirst du als Zeuge mitkommen?"

Herman nickte nun auch. „Das werde ich gerne. Ich bin ja schon selbst gespannt, was sein jetziger Plan ist."

Kate und Herman betraten das Büro von Stanley Wilkinson ein paar Minuten vor der verabredeten Zeit. Stanley drückte Kate kurz an sich und bat die beiden, Platz zu nehmen. Er sagte ein paar Worte und was er erwartete, aber das hatten sich die anderen beiden bereits gedacht.

„Ich möchte, dass ihr mich das Gespräch regeln lasst und nur einschreitet, wenn er bedrohlich werden sollte. Er soll wissen, dass ich auch ohne Ridge die Ranch führen kann und über geschäftliche Dinge genauso Bescheid weiß." Kate sah entschlossen aus.

Die beiden Männer nickten und man konnte ihnen ansehen, dass sie stolz auf Kate waren. Sie sprachen noch über ein paar belanglose Dinge, als auch schon Victor Clarkson und sein Anwalt angekündigt wurden.

Kate atmete noch einmal tief durch, erhob sich aber, als die beiden Männer die Kanzlei betraten.

„Mr. Clarkson, Mr. Cook, ich begrüße Sie", hieß Stanley die beiden willkommen und stellte dann Kate vor. „Ich nehme an, dass Sie Ihren Bruder bereits kennen", beendete er die Begrüßung.

„Ja, ich bin mit meinem Bruder bekannt", erwiderte Victor und seine Augen verrieten, dass er über die Anwesenheit des anderen Mannes nicht erfreut war. „Die Frage ist, warum er hier ist."

Bevor Herman dazu Stellung nehmen konnte, wandte sich Kate an den Älteren. „Ich habe Herman gebeten an diesem Gespräch teilzunehmen. Es war mir wichtig, einen weiteren Zeugen dabei zu haben."

Victor zog eine Augenbraue in die Höhe und musterte die junge Frau. Man konnte ihm ansehen, dass er sie nicht als eine vollwertige Person betrachtete und das machte sie ärgerlich. Stanley bat nun alle Platz zu nehmen.

„Kate", sagte Victor herablassend und sah sie kaum an. Sie hatte das Gefühl, dass er eigentlich nur mit ihrem Anwalt sprechen wollte und nicht ihr. „Ich werde dich nicht lange aufhalten. Es gibt—"

„Es ist Fräulein Cooper, Mr. Clarkson, nicht Kate", wies sie ihn mit Nachdruck zurecht und ihre blauen Augen funkelten gefährlich. „Sie sind vielleicht alt genug um mein Großvater zu sein, aber das gibt Ihnen nicht das Recht, mich so respektlos anzusprechen."

Herman und Stanley drehten sich zur Seite, vermutlich um ein Grinsen zu verstecken. Doch Victor sah sie erstaunt an.

UNVERWÜSTLICHER KAMPFGEIST

„Sie haben doch sicher nicht einmal die Volljährigkeit erreicht", erwiderte er jetzt etwas formeller und freundlicher.

„Ich denke nicht, dass das etwas zur Sache tut. Sie haben um dieses Treffen gebeten, weil Sie etwas Geschäftliches von mir wollen und somit ist es doch wohl mehr als angebracht, mich wie eine erwachsene Frau zu behandeln."

Victor starrte sie jetzt einfach nur an. Er hatte noch nie eine so entschlossene und resolute junge Frau gesehen. Er war darüber sehr überrascht, da er erwartet hatte, dass die letzten paar Monate sie zu einem verschreckten kleinen Mädchen hatten werden lassen. Auch wenn er es nicht zugeben wollte, beeindruckte sie ihn.

Kate hatte ihn beobachtet und fragte sich, was wohl in seinem Kopf vor sich ging. Als er weiterhin still blieb, ergriff sie wieder das Wort.

„Worüber möchten Sie mit mir sprechen, Mr. Clarkson?"

Er räusperte sich und nickte seinem Anwalt zu, der daraufhin ein Dokument aus seiner Brieftasche zog. Kate beäugte beide mit Misstrauen.

„Wir haben hier einen Kaufvertrag, den wir vor dem Tod Ihres Vaters aufgesetzt hatten. Leider ist er, bevor er unterschreiben konnte, verstorben. Wir brauchen jetzt Ihre Unterschrift."

Kate spürte wie sich Stanley sowie Herman anspannten, aber sie hatte alles im Griff. „Und um was für einen Kaufvertrag handelt es sich?"

Victor runzelte die Stirn. Es war offensichtlich, dass es ihm nicht gefiel, dass sie nicht einfach unterschrieb.

„Also wirklich", knurrte er. „Wollen Sie mir tatsächlich weismachen, dass Ihr Vater Ihnen nichts davon gesagt hat?"

Kate funkelte ihn an. Sie hatte damit gerechnet, dass er sie irgendwie betrügen wollte, aber das er sein Spiel so gestalten würde, hatte sie nicht erwartet.

„Offenbar, sonst würde ich ja wohl nicht um eine Erklärung bitten", schoss sie sofort zurück und machte in keiner Weise Anstalten, den Vertrag an sich zu nehmen.

Victor schnappte wieder nach Luft. Er hatte nicht geahnt, dass diese Kleine sein Spiel sofort durchschauen und ihm sogar Kontra geben würde. Sie war offensichtlich intelligenter, als er dachte. Frustration machte sich in ihm breit und er musste schwer schlucken, um nicht aus der Haut zu fahren.

„Ihr Vater und ich haben kurz vor seinem Tode über den Verkauf seiner Ranch gehandelt und sind zu einem Einvernehmen gekommen. Da er nun nicht mehr lebt, wurde mir gesagt, dass Sie die Erbin sind."

„Und auf welchen Verkaufspreis haben Sie sich geeinigt?" Kate ließ sich in keiner Weise beeindrucken oder verunsichern.

UNVERWÜSTLICHER KAMPFGEIST

Victors Anwalt zeigte ihr die Seite, wo der Kaufpreis vermerkt war. Sie warf einen kurzen Blick darauf und straffte ihre Schultern.

„Sie wollen mir tatsächlich weismachen, dass mein Vater sich auf so einen Preis eingelassen hat, obwohl er das zweifache oder sogar dreifache für seine Ranch haben könnte?"

„Woher wollen Sie wissen, was das Land und alles, was dazu gehört, wert ist?" Victor wurde jetzt ungeduldig.

„Warum sollte ich es nicht wissen? Glauben Sie, ich bin so naiv, dass ich mir nicht das geschäftliche Wissen aneigne, damit ich vor Betrügern beschützt bin?"

Ihre sehr direkte Frage, machte ihn sprachlos, während Herman und Stanley husteten. Ein Zeichen, dass Sie versuchten, nicht laut loszulachen.

Victor wurde ganz rot vor Wut. „Und woher wollen Sie sich solch ein Wissen angeeignet haben? Als Frau werden Sie doch niemals an einer Universität zugelassen."

Seine Überheblichkeit machte sie zornig. „Sie werden es nicht glauben, aber ich bin drei Jahre auf einem Mädchencollege in San Francisco gewesen", schnappte sie zurück. Sie bemerkte, dass er eine spöttische Bemerkung einwerfen wollte, fuhr aber sogleich weiter.

„Ja, ich weiß, Sie denken, da kann ich nicht viel über Ranchführung und den geschäftlichen Aspekt gelernt haben, was auch stimmt, aber ich habe auch einige Klassen auf der Universität belegt, die genau das lehrten, was ich für die Zukunft brauchen würde."

Victor grinste verächtlich. „Und da hat man Sie einfach so hereingelassen?"

„Nein, einfach war es nicht. Aber ich habe durchsetzen können, dass ich an den Klassen teilnehmen durfte, solange ich nicht darauf bestand, als offizieller Student betrachtet zu werden. Mir ging es aber auch nicht um ein Diplom oder Zensuren, sondern lediglich darum, dass ich mir das notwendige Wissen aneignen konnte, was für die Führung einer Ranch notwendig ist."

„Das kann ja jeder behaupten."

„Stimmt, aber das ändert nicht die Tatsache, dass ich über geschäftliche Dinge Bescheid weiß. Die Professoren hätten mich auch an der Endprüfung teilnehmen lassen, hätten die anderen Studenten sich nicht dagegen gesperrt. Ich habe dafür aber inoffizielle Zeugnisse erhalten."

„Das interessiert mich nicht im Geringsten", fuhr Victor sie unwirsch an. „Könnten Sie den Vertrag jetzt bitte unterschreiben?"

Kate schüttelte ihren Kopf. „Nein. Ich weiß, dass mein Vater nicht vorhatte die Ranch zu verkaufen und einem solch lächerlichen Preis hätte er schon gar nicht zugestimmt. Im Übrigen würde Ihnen meine alleinige Unterschrift gar nichts bringen, da bis zu meiner Volljährigkeit auch unser Anwalt und Vormann unterschreiben müssen. Das hat mein Vater extra in seinem Testament so festgelegt."

„Ihr Vormann? Warum denn das?" Victor schien außer sich zu sein, aber Kate lächelte ihm zu.

„Er war der Geschäftspartner meines Vaters und ist auch eine Art Vormund für mich." Sie stockte ganz kurz, bevor sie sich an Stanley wandte.

„Mr. Wilkinson, vielleicht sollten Sie sich den Vertrag einmal ansehen. Nur um sicherzugehen, dass es keine illegalen

Klauseln enthält." Sie hatte mit Absicht diese formelle und distanzierte Anrede gewählt, um zu signalisieren, dass sie die Situation ernst nahm.

Bevor Victors Anwalt den Vertrag wieder in seiner Brieftasche verschwinden lassen konnte, zog Stanley das Dokument unter den Armen des anderen hervor und setzte sich an seinen Schreibtisch, um alles genauestens überprüfen zu können.

Kate bemerkte, wie nervös und doch auch ärgerlich die beiden Männer ihr gegenüber waren und nutzte diesen Moment aus, um sie abzulenken und ihnen ein für alle Mal zu zeigen, dass sie sich nicht an der Nase herumführen lassen würde.

„Sie sind übrigens nicht der Einzige, der an unserer Ranch interessiert ist. Zwei meiner Onkel haben schon vor ein paar Jahren großes Interesse angemeldet und dachten, dass sie mit dem Ableben meines Vaters alles bekommen würden. Allerdings wurden sie darüber enttäuscht."

„Was wollen Ihre Onkel denn mit der Ranch? Haben die Brüder Ihres Vaters ebenfalls Erfahrung mit Ranchführung?" Ungehalten ballte Victor die Fäuste. Es war klar, dass er nicht damit gerechnet hatte, dass aber auch nichts nach seinem Plan verlaufen würde.

„Nein", erwiderte Kate und gab ihrer Stimme einen gelangweilten Ton. „Sie haben keinerlei Ahnung wie man eine Ranch führt und sind, genau wie Sie, *nur* Geschäftsleute." Sie bemerkte ein spitzbübisches Grinsen auf Stanleys Gesicht, der die Papiere in seiner Hand etwas höher hielt, um dieses zu verbergen.

„Was ich nebenbei so mitbekommen habe, lässt darauf schließen, dass meine Onkel die Ranch gar nicht haben wollen, um die Ranch weiterzuführen, sondern um Hotels und ein Sanatorium zu bauen."

Sie tat so, als ob sie sich in Rage redete. „Ich meine, können Sie sich das vorstellen? Die schöne Natur mit Hotels und einer Art Krankenhaus zuzubauen, nur damit sich wohlhabende Menschen erholen können? Sie wollen nicht einmal die Bäume erneuern, die sie dafür zerstören würden, geschweige denn für die Sicherheit der Tiere sorgen." Kate schüttelte missbilligend den Kopf.

„Wahrscheinlich wollen sie dann auch Aktivitäten anbieten, wie z.B. jagen."

„Als Rancherin haben Sie etwas gegens Jagen?" Victors Anwalt zog eine Augenbraue in die Höhe.

„Nein. Solange gejagt wird, weil man Nahrung braucht oder aber das Gleichgewicht in den Wäldern versucht zu halten. Ich habe ein Problem damit, wenn man aus Spaß jagen geht und die Tiere entweder einfach liegen lässt oder aber nur den Kopf mitnimmt, um diesen an die Wand zu hängen. Jagen, um Trophäen zu sammeln, finde ich abscheulich."

„Woher wollen Sie wissen, dass die Leute nicht jagen gehen, um an Nahrung zu kommen?" Der Anwalt blickte sie herausfordernd an.

Kate verdrehte die Augen. „Reiche Leute, die in Hotels und einem Sanatorium leben und auch versorgt werden?" Sie hätte beinahe noch einmal die Augen verdreht. „Ich denke eher nicht."

Stanley erhob sich. „Der Vertrag scheint bis auf eine Ausnahme sauber zu sein."

„Ach?", fuhr Victor ihn sogleich an. „Und was soll daran nicht stimmen?"

UNVERWÜSTLICHER KAMPFGEIST

„Die Worte in dieser Klausel sind so ausgelegt, dass Kate das Geld von Ihnen bereits erhalten hat. Mit ihrer Unterschrift würde sie also bestätigen, dass sie von Ihnen bezahlt wurde, ohne jedoch irgendetwas erhalten zu haben. Wenn Sie nicht als Schwindler dastehen wollen, würde ich diese Klausel so schnell wie möglich ändern." Stanley blickte die beiden Männer fest an und Victor schnaufte verächtlich und erhob sich.

„Was wollen Sie damit sagen, Wilkinson?"

Bevor Stanley darauf Stellung nehmen konnte, erhob sich Kate und ging auf einen kleinen Tisch in der Ecke des Raumes zu, wo eine Karaffe mit Wasser stand.

„Er will damit sagen, dass dies entweder ein Versehen war oder Sie vorhatten, uns zu betrügen", bemerkte sie nebenbei und goss sich Wasser in ein Glas. Kate sagte das so gelassen, dass alle vier Männer sie erstaunt anstarrten. Sie trank in Seelenruhe ein paar Schlucke Wasser und trat dann mit einem Lächeln näher.

„Ich würde sagen, damit ist diese Besprechung beendet. Es hat mich gefreut Sie kennenzulernen, Mr. Clarkson, aber ins Geschäft werden wir nicht kommen. Guten Tag." Sie nickte ihm und seinem Anwalt freundlich zu und verließ das Büro, um sich im Waschraum ein wenig frisch zu machen. Sie spürte die Blicke der Männer auf sich, blieb aber nicht stehen und ließ kurz darauf die Tür hinter sich zufallen.

Victor verließ daraufhin wutentbrannt die Anwaltskanzlei, dicht gefolgt von seinem Anwalt. Er warf sich in die Kutsche, die draußen wartete, und schrie den Kutscher an, loszufahren.

„Dieses kleine Biest wird es büßen, mich so unterschätzt zu haben. Sie hätte an mich verkaufen können und ich hätte sie danach in Ruhe gelassen, jetzt soll sie mich aber mal kennenlernen."

„Verzeihung, Mr. Clarkson, aber unterschätzt haben *Sie* die Kleine", erwiderte der Anwalt mit einem Grinsen, wurde aber sofort wieder ernst. „Sie ist ein ganz schlaues Ding und in keiner Weise auf den Kopf gefallen. Glauben Sie nicht, dass Kate Cooper es Ihnen leicht machen wird. Bereiten Sie sich darauf vor, dass sie bis zum bitteren Ende kämpfen wird."

„Das werden wir ja sehen. Setzen Sie sich sofort mit unseren Leuten in Verbindung. Wir müssen unser Vorgehen heute Abend genau besprechen."

„Kate", stieß Stanley aus, als sie aus dem Waschraum zurückkehrte. „Das war ein beeindruckendes Schauspiel. Wie konntest du so ruhig bleiben?"

Sie zuckte mit den Schultern. „Ich habe keine Ahnung, aber irgendwie war das unheimlich befreiend und eine herrliche Genugtuung." Ihre Augen leuchteten spitzbübisch, was breite Grinsen auf den Gesichtern der beiden Männer hervorrief.

Herman zog sie plötzlich fest in seine Arme. Kate wusste gar nicht, wie ihr geschah.

„Das hast du großartig gemacht, Kate. Mein Bruder wollte dich nicht nur betrügen, er wollte dich als Frau lächerlich machen und das ist ihm ganz gewaltig misslungen. Ich glaube, ich habe es sogar um den Mund seines Anwalts ein paar mal zucken sehen. Vielleicht solltest du in Erwägung ziehen,

Anwältin zu werden", setzte er noch einen drauf und zwinkerte ihr zu.

„Aber auch als Rancherin wirst du arrogante Männer zügig in ihre Schranken weisen, wenn sie versuchen sollten, dich zu unterschätzen."

Als Herman und Kate ins Haus der Clarksons traten, wurden sie sogleich von einem Dienstmädchen abgefangen.

„Fräulein Cooper, es ist Besuch für Sie eingetroffen. Ich habe sie in den Salon geführt."

Kate blickte das junge Mädchen verwundert an, bevor sie Augenkontakt mit ihrem väterlichen Freund suchte. Herman zuckte nur mit den Schultern, folgte ihr aber, als sie dem Dienstmädchen zum Salon folgte.

Erstaunt trat sie ein, während ihr Vormann und seine Frau sich von ihren Sesseln erhoben.

„Ridge, Diana, was macht Ihr denn hier?" Normalerweise hätte sie die beiden sofort mit einer Umarmung begrüßt, aber da sie immer noch ein wenig verletzt war, blieb sie mitten im Raum stehen. Einen Moment bewegte sich niemand, bis Diana die peinliche Stille unterbrach, auf Kate zueilte und sie fest in ihre Arme zog.

„Kate, es tut mir so unsagbar leid, dass du von uns so verletzt wurdest. Glaube mir, wir wollten dir nicht wehtun, aber wir wussten auch, dass deine Großeltern und dein Vater dir gewisse Dinge mit Absicht verschwiegen haben und wollten ihnen nicht in den Rücken fallen."

Kate hatte zuerst gezögert, umarmte ihre mütterliche Freundin dann aber auch. Als Diana sie wieder freigab, trat Ridge näher.

Er lächelte der jungen Frau zu, bevor auch er sie fest in seine Arme zog. „Wir haben dich auf der Ranch vermisst."

Kate seufzte. „Ich habe euch auch vermisst. Und es gibt da etwas was wir dir erzählen müssen."

Sie setzten sich und auch Herman schloss sich ihnen an. Gemeinsam berichteten sie nun, was sich vorher in der Anwaltskanzlei von Stanley Wilkinson ereignet hatte. Herman lobte Kate in den höchsten Tönen, was sie ganz verlegen machte. Als sie zum Ende gekommen war, sah Ridge die junge Frau nachdenklich an.

„Wir sind gekommen, weil Diana darauf bestand, dich zu sehen. Sie wird für ein paar Tage in Denver bleiben und unsere Töchter besuchen, da beide in den letzten Tagen ein Kind bekommen haben. Wir müssen noch eine Herde Rinder aus den Bergen holen, aber diese sind nur einen Tagesritt entfernt. Es wäre besser, wenn du noch etwas länger hier bei den Clarksons bleiben würdest. Du solltest auf keinen Fall alleine auf der Ranch sein." Er suchte Augenkontakt mit Herman und der nickte ihm verstehend zu.

„Das möchte ich nicht. Ich brauchte diese Auszeit, aber jetzt möchte ich nach Hause zurückkehren. Meinst du nicht, dass uns die Männer jetzt erst einmal in Ruhe lassen werden?"

Ridge schüttelte den Kopf. „Wenn überhaupt war das ein letzter Versuch, an die Ranch zu kommen, ohne gewalttätig zu werden. Ich bin mir ziemlich sicher, dass wenn sie das nächste Mal zuschlagen, es nicht nur Miller sein wird, der in Black Hawk auftaucht."

UNVERWÜSTLICHER KAMPFGEIST

„Ich kann mich nicht für immer hier verstecken. Und wenn niemand zu Hause ist, werden sie vielleicht noch einmal alles niederbrennen und das können wir uns nicht leisten. Papa hat immer gesagt, dass man sich Problemen stellen muss und nicht davor weglaufen kann."

Ridge seufzte. „Ich glaube kaum, dass dein Vater so etwas damit gemeint hat."

Herman räusperte sich. „Stanley hat bereits dafür gesorgt, dass zwei US-Marschalls bereitstehen, damit Kate morgen gesund und sicher auf die Ranch zurückkehren kann. Ich bin mir sicher, dass sie als Schutz auch über Nacht bleiben können, bis ihr mit den Rindern zurückkehrt."

„Ich habe auch die vier Hunde da. Sie hören ausgezeichnet auf mich und werden mich auf alle Fälle beschützen."

„Kate—", begann Ridge wieder, wurde aber sofort von der jungen Frau unterbrochen.

„Woher sollten Victor und meine Onkel wissen, dass ihr alle über Nacht weg sein werdet? Sie müssten unsere Ranch zur Tages- und Nachtzeit beobachten."

„Unterschätze sie nicht, Kate. Leute anzuheuern, um die Ranch unter Beobachtung zu stellen, ist für Victor ein Klacks." Herman blickte sie nachdenklich an.

„Ich unterschätze sie nicht, aber wenn eine Attacke geplant ist, müssen sie das schon lange geplant haben und ihr habt doch gerade erst entschieden, die Herde zu holen, oder?"

Ridge nickte.

„Einer der Cowboys hätte ihnen einen Hinweis geben müssen, dass eine Herde Rinder noch zur Ranch getrieben werden muss. Diese Person müsste dann auch weiterhin mit den

Männern in Kontakt bleiben, um das durchziehen zu können. Glaubst du, dass einer unserer Cowboys uns verraten würde?"

Ridge sah in ihre blauen Augen und seufzte wieder, schüttelte aber seinen Kopf.

„Wir spielen mit dem Feuer hier, Kate. Wenn wir dich nur mit zwei Marschalls und den Hunden zurücklassen, kann das gefährlich für dich enden. Wenn es nicht so eine große Herde wäre, würde ich nur ein paar von unseren Jungs schicken, aber in diesem Fall wird jede Hand gebraucht."

„Könnt ihr nicht ein paar Tage warten, bis ihr die Rinder holt?", mischte sich nun Herman ein, aber Ridge verneinte das.

„Das Wetter hat sich drastisch verschlechtert. Wir müssen mit starken Stürmen rechnen und wenn es anfängt zu schneien und stürmt, kann das in den Bergen sehr gefährlich werden."

Kate runzelte die Stirn. „Vielleicht lassen wir es einfach darauf ankommen. Hätten wir mehr Zeit, dies zu planen, würde ich sagen, lasst es uns ein für alle Mal zum Ende bringen."

Diana schnappte nach Luft. „Du willst den Lockvogel spielen? Kate, Kind, das kannst du nicht tun."

„Ich bin schon die ganze Zeit der Lockvogel, Diana. Ich möchte wieder ein normales Leben führen und nicht ständig über meine Schulter sehen müssen. Hätten Papa und Ridge nicht so viel harte Arbeit in die Ranch gesteckt und würde das Abgeben der Ranch nicht bedeuten, dass unsere Cowboys ihren Job verlieren und durch das Bauen der geplanten Hotels und Sanatoriums nicht die Natur zerstört und das Ende von vielen Lebewesen bedeuten würden, hätte ich vielleicht schon nachgegeben."

UNVERWÜSTLICHER KAMPFGEIST

Sie sah, wie Ridge und Herman gleichzeitig protestieren wollten, aber sie stoppte die beiden mit einer energischen Handbewegung.

„Es gibt auch noch einen weiteren Grund für mich, warum ich an der Ranch festhalte. Es ist das Einzige, was ich noch von meinen Eltern habe. Es ist ein Ort, an dem meine Eltern gelebt und geliebt haben. Meine Mutter hat dort mehrere Babys verloren. Meine Eltern und Großeltern väterlicherseits sind dort begraben worden." Sie hielt kurz inne, als ihr Tränen die Wangen hinunterliefen.

„Es ist an der Zeit, dem Ganzen ein Ende zu setzen. Entweder so oder so."

Crystal und Kate verbrachten den restlichen Nachmittag zusammen. Es hatte sich in der kurzen Zeit eine ehrliche Freundschaft entwickelt und beide waren ein wenig traurig darüber, dass durch die Situation mit der Ranch ihnen ein paar Jahre gestohlen worden waren.

Kate konnte es nicht fassen, dass Crystal es geschafft hatte, einen so furchtbaren und unangenehmen Charakter anzunehmen, der ganz und gar nicht der Wirklichkeit entsprach.

Crystal verriet ihr, dass sie abends oft geweint hatte, weil es ihr doch sehr an die Nieren ging, so hasserfüllt und arrogant zu sein. Es war Kates Vater oder aber ihre Tante gewesen, die sie dann oft getröstet hatten.

„Aber wie habe ich nie bemerkt, dass du so darunter gelitten hast? Diana und Ridge haben doch auch so getan, als könnten sie dich nicht ausstehen."

Crystal nickte. „Wir mussten das ganz heimlich machen. Als du dann in San Francisco warst, war es wesentlich einfacher, da wir es dann nur vor Gregory verstecken mussten, obwohl seine Anwesenheit es dann erschwerte, da ich in der Stadt weiterhin so ein Miststück spielen musste."

„Habt ihr es Sheriff Daynes und den anderen sofort gesagt?"

„Ja. Wir wollten, dass besonders Pastor Owen davon wusste und haben es von Anfang an klargemacht, dass wir nur ein Ehepaar spielen würden, aber nicht in Sünde lebten. Da Tante Diana und Ridge im gleichen Haushalt wohnten, wussten alle, dass auch alles seine Richtigkeit hatte."

„Ich denke, ich sollte anfangen, meine Sachen zu packen, damit ich die Postkutsche morgen früh nicht verpasse." Kate zwinkerte der Älteren zu und Crystal grinste. Bevor Kate aber den Raum verlassen konnte, trat ein Dienstmädchen ein.

„Fräulein Cooper, im Salon wartet ein Besucher auf Sie." Sie knickste und verließ das Zimmer. Kate sah ungläubig zu ihrer neuen Freundin hinüber, die daraufhin anfing zu kichern.

„Was ist denn heute los?" Sie schüttelte ihren Kopf, ging aber sofort in den Salon hinüber. Sie öffnete die Tür und blieb erstaunt stehen. „Ethan, was bringt dich hierher?"

Er schenkte ihr ein betörendes Lächeln und als Kate dichter trat, zog er sie fest in seine Arme. Kate wusste gar nicht, wie ihr geschah.

„Ich bin gekommen, da du ja morgen wieder nach Black Hawk zurückkehrst. Und wollte dich noch einmal um Verzeihung bitten, dass ich dich in Gefahr gebracht habe."

Kate winkte ab. „Böse war ich, weil du dich selbst in solche Gefahr gebracht hast. Das hätte für dich wirklich tödlich enden können." Sie runzelte die Stirn. Ethan nickte zustimmend.

„Heilen deine Wunden gut?"

„Es wird noch einige Zeit dauern, bis ich wieder völlig hergestellt bin, aber ja, es heilt gut." Er hielt kurz inne, bevor er weitersprach. „Wirst du Todd heiraten, wenn du wieder auf der Ranch bist?"

Kate, die mit so einer Frage überhaupt nicht gerechnet hatte, schnappte erschrocken nach Luft. Ihr Herz hämmerte wie verrückt.

„Wie kommst du denn auf so einen Gedanken?", fragte sie noch immer fassungslos und blickte ihn mit großen Augen an. Er grinste verschmitzt.

„Du willst doch nicht etwa behaupten, dass er dir gleichgültig ist." Er zog eine Augenbraue in die Höhe und Kate spürte, wie ihre Wangen ganz warm wurden.

„Gleichgültig, nein. Wir sind gute Freunde, denke ich", versuchte sie abzulenken, sah aber sofort, dass Ethan ihr das nicht abnahm.

„Ich denke, ihr seid weit mehr als Freunde." Die Herausforderung in seiner Stimme war sehr offensichtlich und Kate funkelte ihn vernichtend an.

„Woher willst du das wissen, Ethan? Woher willst du wissen, wie ich oder Todd empfinden?"

„Weil ich Augen im Kopf habe, Kate", schoss er sogleich zurück. „Von dem Moment, als Todd auf der Ranch auftauchte, war es ganz klar, dass er sich in dich verliebt hatte. Zuerst habe ich es als extreme Fürsorge eines Onkels abgetan, aber nachdem bekannt wurde, dass er gar nicht dein leiblicher Onkel ist und ich an den Moment zurückdachte, wurde mir einiges klar."

„Ich habe ihn nur als Onkel gesehen", warf sie hitzig ein und der junge Mann grinste wieder.

„Das glaube ich dir sogar, aber ich denke, tief in deinem Unterbewusstsein schlummerten bereits Gefühle, die dann später zum Vorschein kamen."

„Du bist mir aus dem Weg gegangen und ich habe dich gesehen, wie du Arm in Arm mit der Nichte von Amanda in der Stadt spazieren gegangen bist."

„Ja, ich habe versucht, dich zu vermeiden. Ich wusste von Todds Gefühlen, da ich ihn darauf angesprochen habe. Wir haben viel zusammengearbeitet und das hat sich so ergeben."

„Wenn du das alles so genau wusstest, warum hast du mich dann unbedingt nach Denver begleiten wollen?"

Er seufzte. „Ich war mir bei dir und deinen Gefühlen nicht ganz sicher und wollte es noch einmal versuchen, ob ich bei dir eine Chance haben würde. Obwohl wir uns ja sehr gut verstanden haben, hatte ich am Ende doch eher das Gefühl, dass wir zwar gute Freunde waren, aber etwas Romantisches würde es zwischen uns nicht geben."

Kate sah zu ihm auf. Das machte sie etwas nachdenklich. Das war vor dem Kuss gewesen. Aber wie ernst konnte sie den Kuss nehmen? Sie wusste weiterhin nicht, warum er Mia umarmt und vermutlich auch geküsst hatte.

„Ich bin mir über Todds Gefühle nicht ganz sicher. Als ich dich mit der Nichte von Amanda gesehen habe, habe ich auch Todd beobachtet, wie er Mia in seine Arme zog und sie küsste."

„Du hast Todd und Mia küssen sehen?"

„Nein, den Kuss habe ich nicht mehr gesehen, da ich mich schnell weggedreht habe, aber er hat sich zu ihr heruntergebeugt."

„Oh, Kate. Ich glaube, das hast du dir nur eingebildet."

UNVERWÜSTLICHER KAMPFGEIST

„Nein, das habe ich nicht. Ich habe es ganz genau gesehen."
Sie blickte ihn ärgerlich an und er drückte einlenkend ihre Hand.

„Okay, was zwischen Todd und Mia vorgefallen ist, weiß ich
nicht. Vielleicht wollten sie dich nur eifersüchtig machen."

„Sie wussten doch gar nicht, dass ich sie gesehen habe."

„Wie dem auch sei, Todd liebt dich, da bin ich mir ganz
sicher. Und wenn ich an deinen Reaktionen dieser Unterhaltung
urteilen soll, bist du genauso verliebt in ihn wie er in dich. Lass
deine Unsicherheit nicht Überhand gewinnen und sei dir
gegenüber ehrlich."

„Bist du deswegen vorbeigekommen? Um mir zu sagen, dass
ich Todd heiraten soll?" Kate zog eine Augenbraue in die Höhe
und Ethan lachte laut los.

„Nein, das bin ich nicht. Ich wollte mich lediglich noch
einmal entschuldigen und dich sehen, bevor du Denver wieder
verlässt. Über Todd und dich zu sprechen, passierte ganz
einfach." Er zwinkerte ihr zu und nun zuckte es auch um ihren
Mund.

„Sicher doch", bemerkte sie trocken und verdrehte die
Augen. „Das hat sich einfach so ergeben."

14

Tragische Wahrheiten

Kate erreichte Black Hawk am frühen Nachmittag. Die Fahrt mit der Postkutsche war immer sehr anstrengend, aber nun hatte sie es ja geschafft. Die beiden US-Marschalls, die sie begleiteten, würden so lange bleiben, bis Ridge und die Cowboys mit der Rinderherde zurück waren.

Ridge hatte dafür gesorgt, dass Kates Pferd im Mietstall für sie bereitstand. Als sie aus der Postkutsche ausstieg und zum Büro des Bürgermeisters hinübersah und bemerkte, dass auch der Arzt und Sheriff Daynes dort zu sein schienen, überlegte sie es sich doch anders. Sie marschierte direkt auf das Büro zu, klopfte und trat sofort ein.

Es erstaunte sie nicht einmal, dass sie auch Pastor Owen und den Hilfssheriff vorfand. Die Männer erhoben sich alle, doch Kate begrüßte keinen und ließ sich einfach in einen Sessel fallen. Erst jetzt sah sie alle einander nach an.

„Kate", sagte Sheriff Daynes herzlich und setzte sich ihr gegenüber. „Schön, dass du wieder in Black Hawk bist."

„Sie können sich Ihr freundliches Geplänkel sparen, Sheriff. Ihr wusstet alle, was hier vor sich ging und dass Crystal und mein Vater gar nicht wirklich verheiratet waren und es hat mir keiner die Wahrheit gesagt." Ihre blauen Augen funkelten aufgebracht und ihre Lippen verzogen sich zu einem Schmollmund.

„Verzeih, Kate. Aber dein Vater hat uns ausdrücklich gebeten, dir nichts davon zu sagen, da er deinen Onkeln nicht über den Weg traute." Robert Daynes suchte Blickkontakt mit der jungen Frau und sie hielt seinem Blick stand.

„Und warum hat mir keiner gesagt, was los ist, nachdem mein Vater gestorben war?"

„Wir wussten nicht, ob Gregory irgendwelche Spione in Black Hawk zurückgelassen hat und wollten nicht, dass er davon Wind bekam, da wir dich nicht noch mehr in Gefahr bringen wollten. Ridge wollte außerdem nicht, dass sich Gregory und Ambrose aus dem Staub machen konnten." Michael Johnson sah sie ernst an, doch nun ruhte Kates vernichtender Blick auf ihm.

„Ach ja, Bürgermeister, warum hast du mich das eine mal so angefahren, als Rick mit einer gefälschten Holzbestellung beauftragt wurde? Du wusstest doch genau, dass alles eine Lüge war."

Michael sah sich verlegen um und druckste herum, aber Kates Blick blieb fest auf ihn gerichtet.

„Wir hatten die Vermutung, dass zwei eurer Cowboys sich von Gregory bezahlen ließen, um für ihn zu spionieren und genau die beiden waren gerade in der Nähe als du von Rick kamst."

Kates Gesichtsausdruck veränderte sich zu Schock. „Und du hast es nicht für nötig erachtet, uns davon in Kenntnis zu setzen?"

„Ridge wusste es und er hat die beiden überprüft und dann sofort entlassen. Ich habe so heftig reagiert, damit sie dachten, ich würde mit den Männern, die hinter eurer Ranch her sind, zusammenarbeiten."

„Pastor Owen", wandte sie sich jetzt an den Pfarrer, der die Unterhaltung unbehaglich verfolgt hatte und offenbar wusste, dass sie auch ihn irgendwann ansprechen würde. „Von Ihnen bin ich am meisten enttäuscht. Wie konnten Sie mich derart hintergehen?"

„Es tut mir aufrichtig leid, Kate, aber es ging um deine Sicherheit und auch die Sicherheit von Crystal. Sie hat ein paar schreckliche Dinge verhindern können, musste aber weiterhin vortäuschen, dass sie dich und auch deinen Vater hasste."

„Was meinen Sie mit, sie konnte schreckliche Dinge verhindern?" Kate schaute ihn verwundert an.

Pastor Owen räusperte sich. „Crystals Aufgabe war es, Gregorys Vertrauen zu gewinnen und es an uns weiterzugeben, wann immer sie etwas herausfand, wo wir eingreifen mussten. Dein Onkel hat ganz am Anfang immer wieder versucht, deinen Vater zu sabotieren. Selbstverständlich hat er es nie selbst gemacht, sondern immer irgendwelche Männer angeheuert, die Drecksarbeit für ihn zu tun." Er schüttelte seinen Kopf.

„Sie haben Pferde und Rinder von euch gestohlen und wollten sie dann in Denver verkaufen. Crystal informierte deinen Vater und Ridge darüber, als sie davon erfuhr und die beiden sorgten dafür, dass die Männer in Denver verhaftet und ins Gefängnis gesteckt wurden." Pastor Owen stoppte hier und Robert Daynes erzählte weiter.

„Auf einem Viehtrieb, wo auch dein Vater dabei war, hatten ein paar Männer, die deinem Vater gefolgt waren, den Auftrag bekommen, die ganze Gegend mit Dynamit in die Luft zu sprengen. Dabei wären alle eure Männer und auch die Tiere ums

Leben gekommen. Crystal informierte uns rechtzeitig, sodass wir das Ganze verhindern konnten."

Kate schnappte nach Luft. „Meine Güte, dass Gregory so weit gehen würde, hätte ich nie gedacht."

„Es waren nicht nur deine Onkel, sondern irgendjemand mit Geld, der hinter ihnen stand. Du warst bereits in San Francisco, als das mit dem Viehtrieb passieren sollte." Robert sah nachdenklich aus.

„Aber zu dem Zeitpunkt wussten meine Onkel noch nichts von Victor Clarkson, oder?" Kate sah sich im Raum um und es schien, als ob die Männer ein wenig erstaunt waren, dass sie auch darüber Bescheid wusste.

„Nein. Der schien erst ins Spiel zu kommen, kurz bevor dein Vater ums Leben kam." Sheriff Daynes nickte ihr zu.

Nun mischte sich auch Doc Nelson in die Unterhaltung mit ein. „Vergesst nicht, was beinahe geschehen wäre, nachdem Steven Kate nach San Francisco gebracht hatte."

„Wieso, was wäre denn geschehen?" Kate konnte nicht glauben, dass ihr niemand von diesen Dingen erzählt hatte. Andererseits verstand sie es, da sie Gregory vermutlich den Kopf gewaschen hätte, hätte sie davon gewusst. Offenbar gab es gegen ihn nie wirkliche Beweise, mit der Ausnahme von Crystals Warnungen.

„Als dein Vater aus San Francisco zurückkam, war der Kutscher der Postkutsche von irgendjemandem bestochen worden, die Kutsche einfach in einen Canyon stürzen zu lassen, was durch Crystal wiederum in der letzten Sekunde verhindert werden konnte."

„Aber Papa erzählte mir hinterher, dass noch andere Reisende in der Kutsche waren." Kate hielt sich erschrocken die

Hand vor ihren Mund, als ihr bewusst wurde, dass ihre Onkel und wer auch immer noch dahintersteckte, sogar das Leben von anderen Menschen geopfert hätten.

„Mir wurde hinterher gesagt, dass der Kutscher die Kontrolle über die Pferde verloren hatte, da ein Berglöwe die Postkutsche angegriffen hatte." Die junge Frau dachte darüber einen Moment nach. „Ich habe mich zwar immer gewundert wie ein einzelner Berglöwe so etwas verursacht hätte können, aber jetzt macht es Sinn."

Sheriff Daynes räusperte sich. „Nachdem Crystal an dem Morgen seiner Abreise von Denver Alarm geschlagen hatte, sorgte ich dafür, dass ein paar Männer aus der Stadt der Postkutsche entgegenritten." Er seufzte.

„Zwei der Männer waren US-Marshall, die in unserer Stadt übernachtet hatten, da sie die Indianerreservate in der Gegend kontrollierten. Sie nahmen Crystals Warnung sofort ernst und erklärten sich bereit, einzugreifen."

Während Kate die neuen Informationen verarbeitete und die Männer ihren eigenen Gedanken nachhingen, war es einige Zeit ganz ruhig im Raum. Es war Kate, die die Stille unterbrach.

„Sind Ridge und unsere Männer wirklich unterwegs, um die letzte Rinderherde auf die Ranch zu bringen oder habt ihr eine Falle geplant, um dies zu Ende zu bringen?"

Die Männer sahen sich an und es war Sheriff Daynes der das Wort ergriff. „Wieso denkst du, dass dies eine Falle sein könnte?"

„Ridge blieb unnatürlich ruhig, als ich ihm gestern sagte, dass ich nicht länger in Denver bleiben wollte. Ihr wollt, dass ich als Lockvogel diene, oder? Ridge hätte es sonst niemals zugelassen, dass ich zurückkomme. Er hätte mich eher gefesselt und geknebelt zurückgelassen."

UNVERWÜSTLICHER KAMPFGEIST

Robert und die anderen grinsten. „Du bist für dein eigenes Wohl zu schlau", bemerkte er trocken und zwinkerte ihr zu. „Und ja, es ist eine Falle geplant. Die meisten eurer Jungs sind zwar wirklich unterwegs, um die Herde zu holen, aber ein paar sind zurückgeblieben und werden eingreifen, wenn die Lage für dich zu brenzlich wird. Wir werden heute Abend ebenfalls auf der Ranch dazustoßen."

Es war ein komisches Gefühl für Kate, die Ranch so leer vorzufinden. Sie wusste, dass die zurückgebliebenen Männer irgendwo versteckt waren, aber in diesem Augenblick waren es nur sie und die zwei Marschalls. Sie bat die beiden ins Haus, aber sie wollten nur kurz das Gebäude auskundschaften, um sicherzugehen, dass dort niemand auf Kate wartete.

Kate wollte gerade die Haustür öffnen, als plötzlich vier große Hunde um sie herum wuselten und sich freuten, dass sie wieder da war. Sie trat mit einem Lächeln ins Haus, dicht gefolgt von den Hunden und den Marschalls.

Nachdem die Marshalls alles überprüft hatten, nahmen sie auf der Veranda Platz, gingen aber immer wieder ums Haus und die anderen Gebäude herum. Es war offensichtlich, dass sie ihre Aufgabe ernst nahmen.

Kate brachte den beiden Männern ein spätes Frühstück und ein paar Stunden später ein Mittagessen hinaus und zog sich dann in die Küche zurück, um einen Kuchen zu backen. Es war schon früher Abend, als sie den Marshalls etwas von dem Kuchen auf die Veranda brachte, drehte sich aber erschrocken um, als sie hörte, wie ein Pferd sich näherte.

Kate beobachtete den Jungen, als er auf sie zu galoppierte. „Eine der Goldminen ist eingestürzt und viele der Minenarbeiter sind eingeschlossen, vielleicht sogar tot."

Kate schlug sich erschrocken die Hände vors Gesicht. Eine Rettungsaktion war nicht nur für die Minenarbeiter, sondern auch für die Retter extrem gefährlich.

„Ich bin beauftragt worden, zu den Farmen und Ranchen zu reiten und um Unterstützung zu bitten. Marshalls, könnten Sie der Stadt helfen?"

Die beiden Männer blickten einander an. „Wir sind für die Sicherheit von Fräulein Cooper verantwortlich", sagte der Ältere ernsthaft, nickte aber seinem Kollegen zu. „Jones, geh du und hilf den Leuten. Ich halte so lange hier die Stellung."

„Sind Sie sicher, Sir?"

Der Ältere nickte wieder. „Black Hawk braucht jede Hilfe, die sie bekommen können. Geh."

Kate und der Marshall beobachteten, wie die beiden Reiter davon preschten. Die junge Frau betete in Stille, dass alle lebend geborgen werden konnten und keiner der Retter verletzt oder getötet werden würde.

Kate blickte auf, als der Wind stärker wurde. Die Luft war an diesem Tag etwas wärmer, auch wenn es generell ziemlich kalt war. Dunkle Wolken zogen auf und sie wusste, dass sie mit einem heftigen Herbststurm zu rechnen hatten. Oktober konnte auch bedeuten, dass es ein Schneesturm werden könnte.

UNVERWÜSTLICHER KAMPFGEIST

Sie eilte hinüber zu den Ställen und Gebäuden mit Tieren und schloss alles sorgfältig, damit der Sturm kein Unheil anrichten konnte.

Sie rief die vier Hunde zu sich und schloss dann auch noch die Scheune, damit dort alles trocken blieb.

Regen setzte ein, als sie wieder zum Haus zurückkehrte. Sie versuchte den Marshall zu überzeugen, doch ins Haus zu kommen, doch er wollte weiterhin draußen bleiben. Sie sagte ihm aber, dass sie die Küchentür nicht verschließen würde und er jederzeit hereinkommen konnte, falls der Sturm zu schlimm werden sollte.

Das Kaminfeuer brannte und verbreitete eine wohlige Wärme. Kate holte den Hunden warme Decken und verteilte diese in der Küche, sodass auch sie es warm und gemütlich hatten. Sie stellte noch Schüsseln mit Wasser vor die Wand zum Esszimmer, machte ein Feuer im kleinen Ofen und verließ den Raum.

Nun bereitete sie das Wohnzimmer auf eine lange stürmische Nacht vor, holte sich ein paar Decken und ein Buch, bevor sie noch einmal in die Küche ging, um sich etwas Tee zu kochen. Sie sah aus dem Fenster, konnte den Marschall aber nicht sehen. Offensichtlich machte er gerade wieder eine Runde.

Kate zog sich mit einer Tasse Tee auf das Sofa vor dem Kamin zurück und kuschelte sich ein. Der Sturm tobte, aber sie war warm und in Sicherheit. Ihre Gedanken schweiften ab, als sie an Ridge und die Cowboys dachte, die in diesem Wetter die Rinder holen mussten. Sie hoffte, dass sie einen guten Unterschlupf gefunden hatten, bevor das Unwetter losging.

Die junge Frau war relativ schnell in ihr Buch vertieft, als sie plötzlich Geräusche hörte. Sie erhob sich und ging zurück in die Küche, da sie dachte, dass der Marschall vielleicht hereingekommen war, aber das war nicht der Fall. Die Hunde lagen alle auf ihren Decken und schliefen.

Langsam wurde ihr doch etwas unheimlich. Sie hatte gedacht, dass durch den Sturm keiner auf die Idee kommen würde, die Ranch und sie anzugreifen, aber nun war sie sich nicht mehr so sicher. Und was wäre, wenn die Männer, die diese Falle geplant hatten, ihr nicht zu Hilfe kommen konnten?

Sie ging ins Büro ihres Vaters und holte sich seinen Revolver. Sie blickte auch aus dem Fenster, aber draußen war alles dunkel und nur der Sturm wütete.

Kate war kein Angsthase, aber an diesem Abend war sie sehr unruhig und sogar ängstlich. Ein ungutes Gefühl breitete sich in ihr aus und sie ging in die Küche, um einen der Hunde zu sich zu holen.

Komischerweise schienen diese nun auch nervös und das war kein gutes Zeichen. Sie versuchte, ihr laut klopfendes Herz wieder zur Ruhe zu bringen, als sie ins Wohnzimmer zurückkehrte. Der Hund, der ihr gefolgt war, legte sich gleich auf den Teppich, sprang kurz darauf aber wieder auf und schnüffelte an den Türen zu anderen Räumen und an den Fenstern entlang. Er blieb vor der Tür zur Waschküche stehen und knurrte leise.

Kate hatte das Gefühl, jeden Moment einen Herzinfarkt zu bekommen. Sie beschloss, den Hund zu testen, stieß die Tür auf und er stürmte sofort hinein. Sein Knurren wurde aggressiver und plötzlich bellte er laut los, was auch die anderen Hunde zum Bellen einlud.

Es war dunkel in der Waschküche und sie konnte nichts sehen, hörte dann aber, wie sich die Tür zum Anbau öffnete. Sie griff nach der Pistole.

„Kate, kannst du den Hund mal zurückrufen? Er möchte mich nicht vorbeilassen."

„Verflixt, Caleb, wie kannst du mich so erschrecken? Wo kommst du überhaupt plötzlich her?" Sie pfiff den Hund zurück, doch der blieb, wo er war, und knurrte weiterhin gefährlich, ließ den jungen Mann aber vorbei. Er war völlig durchnässt.

„Tut mir leid, Kate. Ich wurde vom Sturm überrascht, sah dann aber, dass das eine Fenster im Anbau etwas geöffnet war, kletterte hinein und schloss es hinter mir. Hast du was dagegen, wenn ich mich im Waschraum etwas trockne und aufwärme?"

Sie schüttelte den Kopf. „Todd und Ridge haben dort Ersatzkleidung hinterlegt, du kannst dich gerne umziehen." Sie schaute aus dem Fenster. „Hast du den Marschall gesehen?"

Caleb verneinte dies. „Ich dachte, es sollten zwei Marshalls bei dir sein?"

Kate nickte. „Waren es auch, aber eine der Goldminen ist heute zusammengestürzt und der andere Marshall ist hin, um die Stadt zu unterstützen."

„Du liebe Güte, das ist ja furchtbar."

„Das ist es. Der Sturm wird die Rettungsaktion sicher noch erschweren." Sie beobachtete, wie der junge Mann im Waschraum verschwand. Sie öffnete die Tür zur Küche, damit sie noch etwas mehr Tee kochen konnte, als sie wieder Geräusche hörte und der Hund in der Waschküche wie verrückt zu knurren und bellen begann. Die anderen drei Hunde wurden ebenfalls ganz wild und rannten an ihr vorbei und direkt in die Waschküche. Lautes Schimpfen und Fluchen folgten, sowie schmerzerfüllte Schreie.

Kate schloss schnell die Tür zur Waschküche, drehte den Schlüssel herum und holte sich ihren Mantel. Ein Blick aus dem Fenster signalisierte ihr, dass die Eindringlinge mit einer alten Postkutsche gekommen waren.

Sie wollte gerade aus dem Haus stürmen, um ihr Pferd zu satteln und in die Stadt zu reiten, als Caleb aus dem Waschraum kam. Er musste mit einem Blick erkannt haben, was sie vorhatte, denn er ergriff sofort ihren Arm.

„Bist du verrückt geworden, Kate? Du kannst in diesem Sturm nicht nach draußen gehen." Erst dann schien er die wütenden Männerstimmen und die aggressiven Hunde wahrzunehmen. „Was ist denn hier los?"

„Deswegen wollte ich weg, mein Onkel und Victor Clarkson sind hier und ich habe sie in der Waschküche mit den Hunden eingesperrt."

„Es wäre Selbstmord, in diesem Wetter zu fliehen. Ich bin ja hier."

„Alleine kannst du auch nichts ausrichten." Sie blickte ihn finster an, doch er schenkte ihr ein warmes Lächeln und schloss die Tür zur Waschküche auf und pfiff die Hunde zurück.

UNVERWÜSTLICHER KAMPFGEIST

„Verdammt, Caleb, hättest du nicht schneller sein können", fuhr ihn Victor sogleich an, als er aus dem dunklen Raum trat und zog ein Taschentuch aus seiner Hosentasche, was er daraufhin um seine blutende Hand wickelte.

„Stell dich nicht so an, Onkel Victor. Du wusstest doch genau, dass ich durch den Regen klitschnass geworden war."

Kate war kreidebleich geworden. „Du arbeitest mit diesen Verbrechern zusammen? Ich wusste doch, dass man dir nicht trauen kann. Verräter!" Ihr Blick war tödlich. Caleb zuckte nur mit den Schultern.

Jetzt traten auch Gregory und Isaac Miller aus der Waschküche, gefolgt von ...

„Jared?", stieß die junge Frau entsetzt hervor. Sie starrte ihren Cousin mit Verachtung an, konnte es aber irgendwie nicht glauben, dass er ebenfalls dazugehören sollte. „Weiß dein Vater, dass du dich diesen Kriminellen angeschlossen hast?"

Ein spöttisches Grinsen machte sich auf seinem Gesicht breit. „Mein Vater weiß nichts. Im Übrigen habt ihr selbst Schuld. Dein Vater hätte mir einfach alles übergeben können."

Kate schüttelte nur ihren Kopf. „Und dieses ganze Theater ist wirklich nur, weil ihr unser Land haben wollt, um Hotels und ein Sanatorium zu bauen? Warum sucht ihr euch nicht Land, wo noch keiner wohnt?"

„Nein." Jared blickte auf sie hinunter. „Für mich ging es nie ums Land. Ich möchte euer Gold."

Kates Gesichtsausdruck veränderte sich zu Verwunderung. „Was für Gold?"

„Tu nicht so scheinheilig. Du glaubst doch nicht wirklich, dass ich dir abnehme, dass dein Vater so viel Geld und Erfolg erreicht hat, indem er Rinder und Pferdezucht betrieben hat."

„Doch, das ist genauso. Auf unserer Ranch gibt es kein Gold."

„Das kannst du mir nicht weismachen. Ihr habt genügend Felsen und Flüsse auf eurem Land und sogar einige Goldminen in der Nähe."

„Ja, das haben wir, aber wenn du Gold finden möchtest, musst du dir einen Claim kaufen oder aber als Minenarbeiter bei den Goldminen arbeiten, hier findest du nichts."

„Du lügst. Du willst es nur für dich behalten."

Kate schüttelte missbilligend ihren Kopf. „Du hast tatsächlich deinen Verstand verloren. Was ist dein Plan, alle Felsen und Steine in die Luft zu sprengen in der Hoffnung, Gold zu finden?"

Ihr Cousin nickte. „Ganz genau."

„Mit anderen Worten alles zerstören, um am Ende herauszufinden, dass ich die Wahrheit gesagt habe? Wie kann man nur so vernagelt sein?"

Kate wandte sich von Jared ab und blickte die anderen an. „Und warum seid ihr hier? Sucht ihr auch Gold, das es hier gar nicht gibt?"

„Wir wollen, dass du uns dieses Dokument unterschreibst", rief Victor aufgebracht und knallte ein paar Seiten Papier auf den Tisch. Kate schüttelte energisch den Kopf.

„Ich habe schon gesagt, dass meine Unterschrift euch gar nichts bringt und Ridge und Stanley werden so etwas niemals unterschreiben."

„Das haben sie bereits", fuhr Victor sie wieder an und Kate warf einen kurzen Blick auf das Dokument.

„Ich sehe, ihr fälscht jetzt auch Unterschriften? Damit werdet ihr nicht sehr weit kommen. Keine Bank oder Gericht werden dies akzeptieren."

„Und warum nicht?"

„Weil Kaufverträge dieser Art bei einem Anwalt oder Richter unterschrieben werden müssen. Außerdem müssen alle Beteiligten anwesend sein. Mein Vater hat das in seinem Testament extra festgelegt."

Gregory, Victor und auch Jared fluchten vor sich hin. Isaac Miller meldete sich nun zu Wort.

„Warum verschwenden wir hier unsere Zeit? Ihr habt gesagt, wir wollten Kate nur schnappen und sie dann zur Hütte—"

„Ich möchte mit Kate alleine sprechen. Jared kann hier bleiben, ihr anderen verschwindet jetzt erst einmal", unterbrach Victor den anderen Mann unwirsch und deutete mit seinem Kopf in Richtung der Waschküche.

„Ich werde bei Kate bleiben", erwiderte Caleb sofort und wollte seinen Arm um ihre Schultern legen, doch sie stieß ihn von sich.

„Du brauchst jetzt gar nicht so zu tun, als ob du dich um meine Sicherheit sorgst. Du bist ein Verräter und nichts weiter."

Der junge Mann sah sie fest an, doch sie ignorierte ihn. Victor schob seinen Neffen in Richtung Waschküche.

„Seht ihr jetzt erst einmal zu, dass der Marschall sich nicht wieder befreit."

Kate zuckte erschrocken zusammen. „Was habt ihr mit ihm gemacht? Wo ist er?"

„Er ist dort, wo er uns nicht in die Quere kommen kann." Jared hatte ganz ruhig gesprochen, sorgte dann aber dafür, dass die anderen Männer aus dem Raum waren und schloss hinter ihnen die Tür zu.

Kate pfiff sofort nach den Hunden, doch die hatten sich wieder in die Küche zurückgezogen und bevor sie reagieren konnten, hatte Jared auch diese Tür abgeschlossen. Sie stürzte auf die Haustür zu, wurde aber von ihrem Cousin zurückgerissen und auf einen Stuhl gesetzt und festgehalten. Victor trat nun auch näher.

„Ich werde nichts unterschreiben und wenn ihr mich zwingen solltet, wird man sofort erkennen, dass die Unterschrift nicht freiwillig gegeben wurde. Zu was für einer Hütte wollt ihr mich bringen und warum?"

Victor lehnte sich zu ihrem Ohr hinunter. „Wir bringen dich zu deinem Vater", flüsterte er gefühllos und stellte sich hinter den Stuhl und begann ihre Schultern zu massieren.

Kate wich die Farbe aus dem Gesicht, während sie versuchte, seine Hände abzuschütteln. „Was haben Sie gesagt?"

Victor hauchte die gleichen Worte in ihr Ohr. Die junge Frau dachte, ihr Herz müsste aussetzen.

„Mein Vater lebt noch? Wo ist er? Was habt ihr mit ihm gemacht?"

„Mach dir keine Hoffnung, Kate", fauchte Jared sie an und ballte seine Fäuste. „Dein Vater wird nicht mehr lange am Leben sein. Sobald wir seine Unterschrift haben, wird er umgebracht."

„Was bist du für ein niederträchtiger Dreckskerl?", schrie Kate hysterisch und stürzte auf ihren Cousin los und begann ihn zu stoßen und zu boxen. „Gregory hat meinen Vater beerdigt, aber er war die ganze Zeit euer Gefangener?"

Jared und Victor ergriffen die junge Frau und zwangen sie zurück auf den Stuhl, an den sie dieses Mal gefesselt wurde.

UNVERWÜSTLICHER KAMPFGEIST

„Ich hoffe, ihr rottet alle in der Hölle, wenn ihr für eure Taten hingerichtet worden seid", machte sie sich weiterhin Luft, obwohl ihr die Tränen in die Augen stiegen und sie schwer schlucken musste. „Ich hoffe, sie hängen euch."

„Du brauchst dich gar nicht so aufregen, Kate", sagte Jared nun und ergriff ihr Kinn. „Wir hatten zuerst vor, ihn umzubringen, aber dann hatte ich die brillante Idee, dass wir ihn evtl. noch brauchen könnten. Wir werden dich zu ihm bringen und dich so lange vor ihm foltern, bis er freiwillig alles unterschreibt." Er grinste höhnisch.

„Und lass es dir gleich gesagt sein, egal, was du auch versuchst, deinen Vater kannst du nicht mehr retten. Wir haben ihm in den letzten Tagen jeden Tag etwas Gift verabreicht. Wenn wir ihn nicht töten, wird er ganz langsam und mit großen Schmerzen sterben."

„Ich werde niemals mit euch mitgehen und mich von euch benutzen lassen, um meinem Vater noch mehr wehzutun."

Victor lachte laut auf. „Du hast gar keine andere Wahl, Kate. Was kannst du als Frau schon gegen uns vier Männer ausrichten? Und falls du darauf hoffst, von einem Ritter gerettet zu werden, muss ich dich leider enttäuschen. Es wird niemand kommen."

Er grinste ihr gehässig zu und nickte Jared zu, der weitersprach. „Wir haben etliche Männer angeheuert, die euch in der letzten Zeit immer wieder beobachtet und ausspioniert haben. Ein paar der Männer sind euren Cowboys gefolgt und haben einen Felsen auseinandergesprengt, der nun verhindert, dass eure Jungs zurückkommen können. Sie müssen erst einmal den Weg freiräumen."

„Stimmt", sagte Victor und grinste sie überheblich an. „Der Mineneinsturz war ebenfalls von uns organisiert. Somit sind die

Männer aus der Stadt so beschäftigt, dass sie dir nicht zu Hilfe kommen können."

Kate wurde weiß wie ein Bettlaken, schloss kurz die Augen und blickte die beiden mit Verachtung an.

„Ihr habt Minenarbeiter verletzt und umgebracht, nur damit ihr an mich alleine herankommt? Was seid ihr nur für grausame Teufel?"

„Habt ihr etwas erreichen können? Oder habt ihr wenigstens Stimmen von innen gehört?" Sheriff Daynes blickte seinen Hilfssheriff erschöpft an. Sie hatten fast den ganzen Tag damit zugebracht, den Mineneingang etwas sicherer zu gestalten und Steine und Geröll aus dem Weg geräumt.

Nathan Shumway schüttelte seinen Kopf. „Kein Wort von innen."

Robert trat gegen einen Balken neben sich. „Es kann doch nicht angehen, dass alles zusammengestürzt und die gesamte Tagesschicht ums Leben gekommen ist."

„Sheriff Daynes", hörten sie plötzlich jemanden rufen und als er sich zu der Stimme umdrehte, kam ihm ein junger Mann entgegen. „Die gesamte Tagesschicht ist in einer Höhle eingesperrt worden, die von ein paar Männern mit Gewehren bewacht wird. Ich konnte entkommen, als die anderen Männer einen Aufstand vorgetäuscht haben." Er hielt an und versuchte wieder zu Atem zu kommen.

Robert blickte seinen Hilfssheriff fragend an und nun trat auch der Marshall heran.

UNVERWÜSTLICHER KAMPFGEIST

„Warum sollte denn jemand einen Mineneinsturz vortäuschen?" Im nächsten Augenblick klickte es dann aber bei ihm schon.

„Verdammt, die ganze Sache war nur ein Ablenkungsmanöver. Marshall, Nathan, wir müssen sofort zur Cooper Ranch reiten."

„Du hast vielleicht geglaubt, alles über uns herausgefunden zu haben, aber wir haben noch eine Menge Geheimnisse vor dir." Jared zog eine Augenbraue hoch.

„Hast du zum Beispiel gewusst, dass Todd mit uns zusammengearbeitet hat?" Victors Gesichtsausdruck war eiskalt. Kate hatte das Gefühl, als ob er ihr gerade in den Bauch geschlagen hatte und ihr die Luft zum Atmen nahm.

„Todd war ein US-Marshall und würde so etwas niemals tun."

Die Männer lachten laut auf. „Du bist ein dummes und naives Mädchen, Kate. Mein Enkelsohn hat gar nicht lange gezögert, bevor er sich uns anschloss."

Kate schloss für einen Moment die Augen. Sie weigerte sich, diese Behauptung, als Realität zu akzeptieren. Sie sah auf und blickte den Älteren so vernichtend an, dass er wieder ganz ernst wurde.

„Todd ist ein guter Mann und er liebte seine Adoptiveltern aufrichtig. Er würde die Erinnerung an diejenigen, die ihn geliebt und aufgezogen haben, niemals damit beschmutzen."

„Du scheinst ihn ja ausgezeichnet zu kennen. Hast du etwa Gefühle für ihn entwickelt? Ach, ja, das hast du ja wirklich", bemerkte Victor verächtlich und schüttelte seinen Kopf.

„Miller hat uns bereits darüber unterrichtet, dass du mit deinen Gefühlen gekämpft hast." Er nickte Jared zu, der daraufhin die Tür zur Waschküche öffnete, ein paar leise Anweisungen gab und wieder neben seine Cousine trat.

„Hat Todd dir auch erzählt, dass er bereits verheiratet ist? Er will sich zwar deinetwegen scheiden lassen, aber möchtest du daran schuld sein, dass eine Ehe zerbricht?"

Kate begann zu hyperventilieren und alles um sie herum begann sich zu drehen. Sie schloss die Augen und zwang sich, ruhig und gleichmäßig zu atmen. Sie würde keinem dieser Männer die Genugtuung geben, in Ohnmacht zu fallen.

„Sie lügen", fuhr sie Victor kurz darauf fest und eigensinnig an, doch er lachte nur.

„Du glaubst mir nicht? Gregory", rief er und ihr Onkel kam zurück in den Raum, gefolgt von einer jungen Frau und einem Mann, der ein paar Jahre älter wirkte als die Frau. Kates Herz setzte aus.

„Darf ich vorstellen? Mr. Timothy Glover und seine Schwester und Ehefrau von Todd, Estelle Carter."

Kate sah von einem zum anderen. In ihrem Kopf wurde das Drehen schlimmer. Victor wartete einen kurzen Augenblick, bevor er ihr einen Zeitungsartikel vor die Nase hielt.

US-Marshall rettet junge Geisel von Bankräubern und heiratet sie wenige Wochen später.

„Denkst du noch immer, dass du deinen geliebten Todd verteidigen solltest?" Jared grinste sie abwertend an, doch Kate konzentrierte sich aufs Atmen. Egal, was diese Männer ihr noch an den Kopf werfen würden oder mit ihr machten, sie würde bis zum Ende stark bleiben.

„Sollen wir dir noch erzählen, wie wir deinen Vater in den letzten Monaten gefoltert haben?"

Kate brach in Tränen aus, als Victor ihr wieder etwas ins Ohr flüsterte und gleichzeitig weiterhin den Artikel über Todd unter die Nase hielt.

Caleb hatte ihr Schluchzen gehört, stieß zornig die Tür zur Waschküche auf und war mit einem Satz neben ihnen. Er schlug seinem Onkel den Artikel aus der Hand, der zu Boden und unter den Tisch fiel. Obwohl er nicht mitbekommen hatte, was Victor und Jared zu ihr gesagt hatten, konnte er sehr wohl erkennen, dass die beiden die junge Frau verbal terrorisierten.

„Es reicht jetzt, Onkel. Es ist nicht nötig, dass du Kate weiterhin zusetzt. Ist das deine Rache dafür, dass Kate deinen gefälschten Kaufvertrag zurückgewiesen hat?" Er starrte den Älteren mit geballten Fäusten an.

Caleb schüttelte verächtlich den Kopf. „Was für eine armselige und kindische Reaktion. Du kannst es wohl nicht aushalten, von einer Frau in die Schranken gewiesen zu werden, wie?"

Kate blickte ihn unsicher an. War er auf der Seite dieser Verbrecher oder ihrer Seite?

„Halt den Mund, Caleb. Du hast dich hier nicht einzumischen."

„Und ich lasse mir von dir nicht den Mund verbieten", schoss er zurück und wirkte kein bisschen eingeschüchtert oder beeindruckt. „Du bist ein Mistkerl. Sagt, was ihr zu sagen habt und verschwindet endlich."

„Es gibt nichts mehr zu sagen", mischte sich nun Jared ein. „Miller, nimm Kate und bringe sie zur Hütte. Du weisst, wie du dahin kommst?"

Isaac nickte. „Ich habe die Karte in meiner Satteltasche. Aber ist der Sturm nicht etwas zu heftig? Vielleicht sollten wir bis zum Morgen warten."

„Halts Maul, Miller, und tu, was dir gesagt wurde", fuhr ihn Victor sogleich an und deutete mit der Hand zur Tür. „Wir haben keine Zeit für so einen Unsinn. Irgendwann werden Kates Retter hier auftauchen." Er blickte sich im Raum um, bevor er fortfuhr.

„Und denk daran, die Kleine gehört dir erst, wenn wir alle bei der Hütte eingetroffen sind. Erst dann kannst du sie foltern und quälen, wie du willst."

„Wir werden euch auch bald folgen. Gregory kann uns jetzt erst einmal zeigen, wo Steven seine wichtigen Papiere aufbewahrt. Sobald wir die Papiere fürs Land und Anwesen gefunden haben, werden wir euch nachkommen." Jared beobachtete, wie Isaac und Gregory Kate losbanden und trotz ihrer Gegenwehr nach draußen trugen. Als sie das Pferd erreicht hatten, zog sich Gregory zurück.

UNVERWÜSTLICHER KAMPFGEIST

Kate wehrte sich mit Händen und Füßen, als Isaac sie aufs Pferd setzen wollte. Sie wollte ihren Vater sehen und wenn möglich befreien, aber sie würde es nicht zulassen, dass man sie benutzte, um ihrem Vater noch mehr zuzusetzen und ihn dazu zwangen, Unterschriften zu geben.

Miller riss ihren Mantel von ihrem Körper und versuchte sie wiederum aufs Pferd zu befördern, doch Kate ließ einen schrillen Pfiff ertönen und die vier Hunde stürzten aus der noch offenen Küchentür und bissen sich sofort an dem Mann fest.

Kate war bereits nass bis auf die Knochen, denn der Regen prasselte nur so auf sie herab, aber sie zog sich in den Sattel.

Als Isaac trotz der Hunde versuchte nach ihr zu greifen, trat sie ihm mit voller Wucht gegen den Brustkorb und er taumelte zurück und wurde von den Tieren zu Boden gerissen.

Er schrie um Hilfe, zog aber gleichzeitig seinen Revolver aus der Tasche und feuerte mehrere Schüsse auf das Pferd, das kurz darauf zusammenbrach.

Kate versuchte noch abzuspringen, aber ihr Fuß blieb im Steigbügel hängen. Sie schaffte es sich zur Seite zu rollen, als das Pferd sich noch einmal halb aufrichtete, stieß aber mit dem Kopf gegen einen großen Stein und daraufhin wurde ihr schwarz vor Augen.

15

Misslungene Rettungsaktion

Gregory war kaum ins Wohnzimmer zurückgekehrt und wollte die anderen Männer gerade ins Büro führen, als Caleb einen warnenden Ruf von sich gab.

Todd, Ridge und ein paar Cowboys tauchten plötzlich auf und stürzten die Treppe hinunter.

Die drei Verbrecher wollten aus der Haustür entkommen, wurden aber sofort vom Sheriff, Hilfssheriff und den beiden Marshalls aufgehalten und entwaffnet. Kurz darauf waren sie bereits in Handschellen.

Todd, Ridge und Sheriff Daynes rannten zur Küchenseite, bzw. verließen das Haus durch die Küchentür und sahen, wie Kate davon ritt und Miller auf sein Pferd schoss.

Robert Daynes forderte den Mann auf dem Boden auf, seinen Revolver abzugeben, doch als er erst auf Ridge und dann den Sheriff schoss, zum Glück aber nicht traf und dann auf einen der Hunde zielte, handelte Robert blitzschnell. Die beiden Männer atmeten erleichtert auf, als Isaac tot vor ihnen lag.

Ridge rief die Hunde zurück und sie sahen dann in die Richtung, in die Kate geritten war, nun aber bewusstlos auf dem

Boden lag. Todd hatte die junge Frau bereits erreicht und hob sie vorsichtig hoch, zog sie gegen seine Brust und trug sie ins Haus zurück.

Robert sah auf das Tier hinab und wusste, dass er das Pferd erlösen musste. Er konnte an den Schusswunden erkennen, dass es keine Rettung mehr gab und es sollte sich nicht quälen. Er hob seinen Revolver, zielte und schoss.

Todd hatte das Wohnzimmer erreicht. „Kate ist klatschnass. Sie muss ihre nassen Sachen ausgezogen bekommen, aber ist es Recht, ihr so nahezutreten?"

„Wenn Diana hier wäre, könnte sie das übernehmen, aber jetzt in die Stadt zu reiten, um eine andere Dame zu holen, wäre zu riskant." Ridge war ebenfalls ins Haus zurückgekehrt und blickte besorgt auf die junge Frau, die er wie eine Tochter liebte.

„Ich kann hier behilflich sein", sagte Estelle plötzlich und trat näher. Sie hatte sich in eine Ecke zurückgezogen, kurz bevor die ganzen Männer auftauchten. Ihr Bruder war den anderen zu Hilfe gekommen, als sie die Verbrecher außer Gefecht setzten.

„Wenn du Kate in den Waschraum trägst und sie auf dem Boden ablegst, kann ich schnell in ihr Zimmer gehen und neue Kleidung holen. Ihr müsst mir nur sagen, wo ihr Zimmer ist."

Todd lächelte ihr dankbar zu. „Das ist sehr hilfsbereit von dir, Estelle. Ihr Raum ist dort drüben", sagte er und deutete in die

Richtung des Zimmers. Er trug Kate schnell in den Waschraum und bettete sie auf eine warmen Decke, die Ridge kurz zuvor auf den Boden gelegt hatte.

Als Estelle in den Raum trat, zog der junge Mann sie fest in seine Arme und drückte einen Kuss auf ihre Stirn.

„Danke, Estelle."

„Es gibt nichts zu danken. Das ist das Mindeste, was wir für die arme Kate machen können. Ich denke, sie hat heute Abend reichlich durchgemacht." Sie nickte ihm zu und sagte ihm, dass sie ihn rufen würde, wenn sie Kate umgezogen hatte.

„Timothy, kannst du Kate untersuchen? Sie blutet am Kopf, vermutlich eine Platzwunde, hat aber hoffentlich nichts gebrochen."

Timothy Glover nickte und holte sofort seine Arzttasche, die er im Anbau zurückgelassen hatte. Estelle beobachtete ihn und war dankbar, dass ihr Bruder immer vorbereitet war.

Todd trug Kate in ihr Zimmer und legte sie auf ihr Bett, zog sich dann aber zurück, damit Doc Glover die junge Frau untersuchen konnte. Estelle blieb ebenfalls im Raum.

Kate öffnete die Augen, sobald Todd aus dem Zimmer war. Ihr Kopf brummte und die Wunde brannte, aber ihr Herz schmerzte noch viel mehr. Es tat ihr in der Seele weh zu wissen, dass ihr Vater all die Monate von diesen Männern als Gefangener festgehalten und misshandelt worden war.

UNVERWÜSTLICHER KAMPFGEIST

Tränen schossen in ihre Augen, als sie daran dachte, dass eine Rettungsaktion ihn auch nicht am Leben erhalten würde. Trotzdem wollte sie am nächsten Morgen dorthin aufbrechen, auch wenn es nur dafür war, dass ihr Vater nicht alleine sterben musste.

Estelle und ihr Bruder traten in den Raum und die junge Frau schloss die Tür hinter sich. Kate verkrampfte sich, da sie eigentlich nur alleine sein wollte.

„Fräulein Cooper", sagte Estelles Bruder sanft. „Ich würde Sie gerne untersuchen und Ihre Wunde behandeln. Ich bin Arzt."

Kate blickte ihm in seine braunen Augen und nickte. Er sah sich die blutende Wunde am Kopf an und wandte sich ihr wieder zu.

„Sie haben eine Platzwunde und diese muss genäht werden. Estelle wird etwas Chloroform auf ein Tuch tröpfeln und Ihnen über den Mund und Nase halten, damit ich Sie ohne Schmerzen behandeln kann." Er nickte seiner Schwester zu und diese tat, was ihr Bruder gesagt hatte.

„Sie haben keine gebrochenen Knochen", bemerkte Timothy, als Kate wieder wach war und schenkte ihr ein warmes Lächeln. „Ich werde Sie jetzt für einige Zeit beobachten, um sicherzugehen, dass Sie keine Gehirnerschütterung haben."

„Bitte lassen Sie niemanden herein", murmelte Kate in einer panischen Reaktion, als sie bemerkte, dass Estelle auf die Zimmertür zuging. Diese schüttelte aber ihren Kopf.

„Keine Angst, Fräulein Cooper, das werde ich nicht. Ich möchte die besorgten Männer da draußen nur informieren, wie es Ihnen geht." Sie nickte der Jüngeren zu und verließ das Zimmer.

„Sie sollten jetzt ohnehin so wenig wie möglich reden und jede Aufregung vermeiden. Ich werde persönlich dafür sorgen, dass jede Person, die unerlaubt diesen Raum betrifft, sofort hinausgeworfen wird." Er zwinkerte ihr schelmisch zu und ein kleines Lächeln erhellte ihr Gesicht. Kate spürte aber auch, wie ihre Wangen rot anliefen.

Timothy Glover war ein gut aussehender Mann und Arzt und schien auch noch relativ jung zu sein. Hätte sie raten müssen, würde sie ihn niemals älter als dreißig schätzen.

„Können wir sie sehen?" Todd blickte die junge Frau ernst an, doch diese schüttelte den Kopf.

„Sie muss sich ausruhen und jede Aufregung vermeiden. Sie hat auch ausdrücklich darum gebeten, dass wir niemanden hereinlassen sollen."

„Wieso will sie uns nicht sehen?" Todd runzelte die Stirn und auch Aaron und Ridge sahen verwundert aus. Caleb trat näher und räusperte sich.

„Mein Onkel und Jared haben vorhin einige Zeit mit ihr alleine gesprochen. Ich vermute, dass sie Kate über Sachen informiert haben, die sie komplett aus der Bahn geworfen hat. Jede Unterhaltung darüber würde sie nur aufregen."

Estelle nickte. „Caleb kann euch über alles informieren, aber Kate muss bis zum Morgen in Ruhe gelassen werden."

UNVERWÜSTLICHER KAMPFGEIST

„Wenn Sie möchten, können Sie jetzt versuchen zu schlafen. Ich denke nicht, dass Sie eine Gehirnerschütterung haben. Nehmen sie dieses Mittel, dann sollten sie schnell zur Ruhe kommen." Timothy reichte ihr ein Medikament und sie nahm dieses auch sofort.

Kate wollte einfach an nichts mehr denken müssen und schlafen, damit sie dann ausgeruht genug war, um ihren Vater aufzusuchen.

„Estelle und ich werden immer wieder nach Ihnen sehen, nur um sicherzugehen, dass mit Ihnen auch weiterhin alles in Ordnung ist. Ich werde auf dem Sofa im Wohnzimmer schlafen, um in Ihrer Nähe zu sein. Bitte rufen Sie mich, wenn Sie etwas brauchen."

„Danke, Doc Glover."

„Keine Ursache, und bitte nennen Sie mich Timothy. Einfach nur Timothy." Er lächelte sie warm an und Kate merkte, wie ihre Wangen sich wieder erhitzten.

„Dann sagen Sie bitte Kate zu mir."

Als Kate die Augen aufschlug, war es früh am Morgen. Es fing gerade an, hell zu werden. Sie erhob sich leise und machte sich für den Tag fertig und überlegte, wie sie sich ohne ihren Mantel warm halten konnte. Das warme Kleidungsstück lag draußen in der Matsche und war klitschnass.

Sie erinnerte sich plötzlich daran, dass sie einen Mantel in der Truhe ihrer Mutter gesehen hatte. Kate öffnete diese sofort und wühlte darin herum, bis sie fündig wurde. Der Mantel passte wie angegossen.

Da sie wusste, dass Timothy im Wohnzimmer schlief, sie aber nicht wollte, dass irgendjemand geweckt wurde, entschied sie sich, aus dem Fenster zu klettern. Sie band sich einen Schal um, setzte sich ihre warme Mütze auf und griff nach ihren Handschuhen.

So leise wie möglich schob sie ihr Fenster nach oben, kletterte hinaus und schloss es wieder. Wie erwartet war es schrecklich kalt und sie war dankbar, dass sie den Mantel ihrer Mutter hatte.

Sie ging zuerst zu der Stelle, wo sie mit dem Pferd gestürzt war. Das Tier lag tot auf dem matschigen Boden, Kate erkannte aber sofort, dass der Hengst erschossen worden war. Erleichtert atmete sie auf. Somit hatte sich das arme Tier wenigstens nicht gequält.

Die Satteltaschen lagen im Dreck, aber als sie mit ihrer Hand das Innere absuchte, stellte sie fest, dass alles trocken war. Sie fand die Karte, faltete sie sorgfältig und ließ sie in ihrer Manteltasche verschwinden.

Kate hatte den Stall erreicht und war im Begriff, ihr Pferd zu satteln, als eine tiefe Stimme hinter ihr sie erschreckt zusammen zucken ließ.

UNVERWÜSTLICHER KAMPFGEIST

„Wohin wollen wir denn, Kate?" Caleb sah auf sie hinunter, seine Augen waren auf ihr Gesicht fixiert, während er langsam näher kam.

„Das geht dich gar nichts an, Caleb. Du kannst mich gerne wieder verpetzen, aber klein beigeben, werde ich euch nicht." Sie wusste, dass er sehen konnte, wie aufgebracht sie über seinen Verrat war und funkelte ihn zornig an.

„Mein Onkel, Gregory und Jared sind gefesselt und werden heute Morgen ins Gefängnis gebracht. Miller ist tot."

Obwohl sie versuchte, es zu verbergen, konnte sie ihre Erleichterung nicht ganz verstecken. Dennoch blieb sie ihm gegenüber kühl und misstrauisch.

„Ach, und dich haben sie einfach laufen lassen? Was für Lügen hast du ihnen erzählt, dass du nicht verhaftet worden bist?"

Er seufzte. „Ich habe diese Rolle nicht mit Absicht gespielt, aber irgendjemand musste vorgeben, als ob er mit diesen Verbrechern zusammenarbeitete. Es war die einzige Möglichkeit, ihnen ein für alle Mal das Handwerk zu legen."

Kate blickte ihn unsicher an. Es hörte sich an, als ob er die Wahrheit sagte, aber sie wollte ganz sicher sein.

„Wenn das stimmt, warum hast du mir davon nichts gesagt oder mir zumindest ein Zeichen gegeben?"

„Es war der beste Weg, die anderen im Glauben zu lassen, dass ich auf ihrer Seite stand, da deine Reaktion echt war."

Kate nickte unwillig. „Na, ja, ich denke, deine eine Reaktion kann durchaus als Zeichen gelten", erwiderte sie einlenkend, vermied nun aber Augenkontakt.

„Wohin willst du, Kate? Meinst du nicht, dass du dich noch schonen solltest?"

„Das sollte ich, aber diese Mistkerle haben mir gestern gesagt, dass mein Vater noch lebt. Sie haben ihn all die Monate in einer Hütte gefangen gehalten und ihn immer wieder unter Druck gesetzt ihnen die Ranch und das Land zu überschreiben. Gestern wollten sie mich dorthin bringen, da sie mich in seiner Gegenwart foltern wollten, damit er endlich nachgibt."

Caleb sah sie ungläubig an. „Aber dein Vater ist doch beerdigt worden. Crystal hat sogar gesagt, sie und Ridge sind extra nach Idaho Springs geritten, um Steven zu identifizieren. Er lag im Sarg."

Kate schüttelte mit dem Kopf. „Sie müssen das dann irgendwie gefälscht haben. Oder sie haben jemand anderen anstelle meines Vaters beerdigt. Das würde erklären, warum Gregory alles mit der Beerdigung übernommen hat."

„Und du willst jetzt alleine zu dieser Hütte reiten, um deinen Vater zu befreien? Die werden sicherlich Männer dort haben, die ihn bewachen. Wir sollten die anderen wecken und gemeinsam dort hinreiten."

Kate schüttelte wieder ihren Kopf. „Mein Vater ist am Sterben. Sie haben ihm immer wieder Gift verabreicht und nur am Leben erhalten, weil sie mich benutzen wollten, an seine Unterschrift heranzukommen. Das war wohl auch der Grund, warum Miller immer wieder auftauchte und versuchte mich zu entführen."

Caleb trat näher und zog sie in seine Arme. Zuerst verkrampfte sie sich, entspannte sich aber gleich wieder.

„Bist du sicher, dass du dir das antun willst? Deinem Vater beim Sterben zuzusehen?"

Tränen schossen in ihre Augen und sie schluchzte plötzlich auf. Caleb hielt sie noch fester.

UNVERWÜSTLICHER KAMPFGEIST

„Ich möchte nicht, dass mein Vater ganz alleine stirbt. Mein Herz schmerzt bei dem Gedanken ihn wiederzusehen und zu wissen, dass es nur zum Abschied nehmen sein wird, aber er soll nicht als Gefangener sterben."

„Ich werde mit dir reiten. Ich verstehe, warum du nicht möchtest, dass die anderen sich dir anschließen, du willst verhindern, dass er getötet wird, bevor du ihn noch einmal sehen konntest, stimmts?"

Sie nickte und sah zu ihm auf. „Das Risiko ist zu groß, dass seine Bewacher alarmiert werden, wenn wir mit zu vielen dort auftauchen. Sicherlich wurden seine Bewacher angewiesen, ihn umzubringen, sollten irgendwelche Probleme auftreten."

„Dann werden wir gemeinsam dorthin reiten. Ich nehme an, dass die Hütte irgendwo zwischen Black Hawk und Idaho Springs liegt?"

Kate nickte und holte die Karte aus ihrer Tasche, bevor sie diese Caleb in die Hand drückte. Er studierte diese und blickte die junge Frau an.

„Das sollte nicht schwer zu finden sein. Da es noch so früh am Morgen ist, könnte es durchaus sein, dass seine Bewacher noch schlafen, wenn wir die Hütte erreichen."

„Kate ist nicht in ihrem Zimmer." Estelle sah sich besorgt um. Todd, Ridge und Aaron sprangen auf. Timothy erhob sich ebenfalls.

„Ich habe die ganze Nacht auf dem Sofa geschlafen und hätte sie gehört, wenn sie an mir vorbei zur Haustür geschlichen wäre."

Die Männer gingen nach draußen und verschwanden in verschiedene Richtungen, kamen aber kurz darauf wieder zusammen.

„Ihr Pferd ist ebenfalls weg." Aaron schüttelte seinen Kopf.

„Caleb ist auch fort", bemerkte Ridge und dieses Mal atmeten alle erleichtert auf.

„Vielleicht machen sie zusammen einen Ausritt", schlug Estelle vor, aber keiner der Männer schien dem zuzustimmen.

„Sollen wir versuchen, sie zu finden?" Todd sah sich um, seine Besorgnis war sehr offensichtlich.

„Wir wissen ja gar nicht, wo sie hin sind. Außerdem ist die Gerichtsverhandlung heute", erwiderte Ridge nachdenklich. „Caleb weiß davon. Sicher wird er dafür sorgen, dass sie rechtzeitig in der Stadt auftauchen."

„Kate, nur damit du Bescheid weißt, wir haben nicht viel Zeit. Ein Richter kommt heute nach Black Hawk, damit die drei Verbrecher sofort vor Gericht kommen."

Die junge Frau sah verwundert zu ihm hinüber. „Wie habt ihr das denn so schnell hinbekommen?"

Caleb lächelte. „Stanley hat sich lange darauf vorbereitet. Crystal und mein Vater haben ihn zum Schluss auch gewaltig unterstützt. Als du dann alles erfahren hast und ein paar Tage in Denver bleiben wolltest, haben sie das Ganze heimlich geplant und festgesetzt. Stanley wusste, dass Victor und die anderen das Thema endlich abschließen wollten."

UNVERWÜSTLICHER KAMPFGEIST

„Und was hättet ihr gemacht, wenn ich mich entschieden hätte, doch länger in Denver zu bleiben?" Kate zog eine Augenbraue in die Höhe.

„Sie wären auf die eine oder andere Weise verhaftet worden. Victor und Jared dachten zwar, dass die Männer, die am Ende für sie als Spione arbeiteten, alles das taten, was ihnen gesagt wurde, aber sie waren von Stanley eingesetzt worden, damit alles reibungslos vonstattengehen konnte." Caleb nickte ihr zu. Und holte dann wieder die Karte hervor.

„Wir müssten jetzt jeden Moment da sein. Ich denke, es ist besser, wenn wir die Pferde hier zurücklassen und uns an die Hütte schleichen."

Kate ging vorsichtig um die Hütte herum und blickte immer wieder in die Fenster. In einem der Zimmer sah sie zwei Männer, die tief und fest schliefen, aber ihr Vater war nirgends zu sehen. Ihr Herz schlug ihr bis zum Hals.

Sie beobachtete Caleb, der soeben auf einen Wagen gestoßen war, was ihnen helfen würde, ihren Vater nach Black Hawk zu bringen, aber erst mussten sie ihn finden.

Kate blickte sich um und bemerkte einen kleinen Schuppen im Hintergrund. Sie eilte hinüber und stellte fest, dass ein Schloss vor der Tür hing, der Schuppen aber keine Fenster hatte. Die junge Frau schaute sich die Wand genauer an und bemerkte einen kleinen Kasten, den sie öffnete. Ein Schlüssel kam zum Vorschein.

Kate nahm diesen und steckte es ins Schloss. Er passte und kurz darauf klickte es. Sie öffnete die Tür und sah ihren Vater auf dem Boden sitzen. Seine Füße waren gefesselt und mit den Händen war er an einen Balken gebunden.

Er sah furchtbar aus. Verdreckt und verwahrlost und so dünn, dass er eher einem Skelett glich, als dem Mann, den sie kannte und liebte.

Steven blickte auf, als etwas Sonnenlicht in den Raum fiel. Seine Augen füllten sich mit Tränen, als er seine Tochter erkannte. Sie trat ein und eilte auf ihn zu. Sie löste sofort die Fesseln, die ihn an den Balken banden und erst dann fiel sie vor ihm auf die Knie und warf ihre Arme um seinen Hals und fing hemmungslos an zu weinen.

Steven zog sie fest in seine Arme und hielt sie einfach fest. Nachdem sie sich beruhigt hatte, hob er sachte ihr Kinn und blickte ihr direkt in die Augen.

„Wie hast du mich gefunden? Woher wusstest du, dass ich noch am Leben bin?"

Kate erzählte in schnellen Worten, was den Abend vorher vorgefallen war und wie sie die Wahrheit erfahren hatte. Er hörte ihr geduldig zu, begann dann aber seine Fußfesseln zu lösen.

„Caleb Clarkson ist mit mir gekommen. Wir beabsichtigen, dich von hier wegzubringen." Kate wollte ihm gerade helfen, aufzustehen, als er sie zurückhielt.

„Es gibt keine Rettung mehr für mich, Kate."

Sie nickte und wieder traten Tränen in ihre Augen. „Ich weiß. Sie haben dir immer wieder Gift verabreicht."

„Nicht nur das, heute Morgen haben sie eine Klapperschlange in den Schuppen gebracht. Ich bin gebissen worden und es wird nur noch ein paar Stunden dauern, bis das Gift mein Herz erreicht." Steven zeigte ihr die Bisswunde an seinem Handgelenk.

„Oh, Papa." Sie schluchzte auf und das war der Moment, wo Caleb hinter ihr auftauchte.

„Mr. Cooper, darf ich Ihnen zum Wagen helfen? Ich werde später dann die Pferde anspannen."

Der Ältere nickte und ließ sich von dem jungen Mann auf die Beine helfen. Kate zwang sich, die restlichen Tränen zu unterdrücken und stützte ihren Vater mit Caleb auf der anderen Seite.

„Wenn du von einer Klapperschlange gebissen wurdest, müsstest du nicht schreckliche Schmerzen haben?"

Ihr Vater nickte. „Das müsste ich, aber diese Dreckskerle haben mir in der letzten Zeit so viel Schlechtes gegeben und eingeflößt, dass mein Körper Schmerzen gewöhnt ist und sogar teilweise ganz gefühllos geworden ist."

Sie erreichten den Wagen und halfen ihm hinaufzuklettern, als plötzlich Schüsse ertönten. Caleb zog sofort seinen Revolver, während Kate ihren ebenfalls hervorholte.

Die beiden Männer kamen immer dichter, doch Caleb streckte einen von ihnen mit einem gezielten Schuss nieder.

Als Kate ihre Waffe schussbereit hatte, warf sich plötzlich ihr Vater vor sie, riss seiner Tochter den Revolver aus der Hand und schoss, wurde aber gleichzeitig von zwei Kugeln getroffen. Er sank mit einem schmerzerfüllten Stöhnen zu Boden.

Kate kniete zutiefst geschockt neben ihm, doch Caleb war bereits zu Stelle. Er zog den schwer verletzten Mann zurück auf den Wagen, während die junge Frau entsetzt nach der Hand ihres Vaters griff.

„Warum hast du das getan, Papa? Warum hast du dich für mich geopfert?" Tränen liefen ihre Wangen hinunter und ihr Vater strich ihr liebevoll über die Wange.

„Denkst du, ich hätte dich von diesen Monstern töten lassen? Außerdem kann ich nun sterben, ohne mich noch stundenlang quälen zu müssen", stieß er keuchend und nach Luft schnappend hervor. Kate sah auf ihn hinunter und bemerkte eine stark blutende Wunde in seinem Bauch und eine Wunde direkt neben seinem Herzen. Sie umarmte ihn.

„Ich liebe dich, Papa."

„Ich liebe dich auch, Kate. Lass diese Teufel nicht gewinnen. Du bist stark genug, um sie zu besiegen. Ridge, Stanley und die Cowboys werden dich niemals im Stich lassen." Er hustete und schnappte gleichzeitig wieder nach Luft. Steven sah seiner Tochter noch einmal in die Augen, bevor sein Kopf zur Seite sank und sein Herz zu schlagen aufhörte.

Kate brach in herzzerreißendem Schluchzen aus. Sie hatte versucht, sich auf diesen Moment vorzubereiten, aber dieser Schmerz zerriss ihr fast das Herz.

Caleb erreichte sie, zog sie vom Wagen und nahm sie fest in seine Arme. Sie lehnte gegen ihn und auch wenn sie es in dem Moment nicht zeigen konnte, war sie dankbar, dass er da war und sie tröstete.

Es dauerte eine ganze Zeit, bis sie wieder ruhiger wurde. Erst dann löste er sie vorsichtig von sich.

„Wir müssen uns langsam auf den Weg machen. Ich werde unsere Pferde holen und anspannen."

Kate nickte. „Ich gehe noch kurz in die Hütte, um zu sehen, ob es dort noch irgendwelche Papiere gibt, die als Beweismittel dienen können. Keiner dieser verdammten Kerle darf entkommen."

Sie ging zur Hütte und sah sich noch einmal um. Caleb legte gerade eine Pferdedecke über ihren Vater und ging dann zu der Stelle zurück, wo sie ihre Pferde zurückgelassen hatten.

Kate öffnete Schränke und Schubläden und fand tatsächlich einige Dokumente, die der Richter unbedingt sehen musste. Es waren vorbereitete Kaufverträge, die sogar von ihrem Vater unterschrieben worden waren, aber es war offensichtlich, dass sie ihn dazu gezwungen hatten, da die Unterschriften kritzelig und kaum zu lesen waren.

Sie wusste, dass kein Richter diese Verträge akzeptiert hätte, aber es war ein Beweis, da auch die Unterschrift von Jared bzw. Victor Clarkson darauf versehen waren.

Sie fand mehrere Dosen und Behälter mit Gift und wollte diese gerade aus der Schublade holen, als ihr jemand ein Messer in die Seite stieß.

Kate schrie vor Schmerzen auf, begann dann aber krampfhaft nach Luft zu schnappen. Sie drehte sich um, da sie jemand hinter sich fluchen hörte, aber alles war verschwommen und sie fing an zu hyperventilieren.

Wie aus der Ferne hörte sie plötzlich wieder ein paar Schüsse und einen dumpfen Laut, als ob jemand auf dem Boden aufgeschlagen war. Als ihr Blick wieder klarer wurde, sah sie einen Mann nicht weit von ihr liegen und Caleb stürzte einen Augenblick später in den Raum.

„Was hat er gemacht? Wo hat er dich verletzt?" Der junge Mann war außer sich, doch Kate hatte immer noch Schwierigkeiten, richtig zu atmen.

„Ein Messer ... steckt in meiner Seite ... zieh es raus", brachte sie letztendlich stockend hervor, sah aber, wie Caleb energisch den Kopf schüttelte.

„Es ist besser, es drin zu lassen."

„Nein. Zieh es raus. Ich kann kaum atmen und es schmerzt furchtbar."

Als er sich immer noch weigerte, riss sie es selbst hinaus, schrie auf und sackte im nächsten Moment auch schon bewusstlos zusammen.

Caleb fing sie auf. Er verfluchte den Mann, der Kate verletzt hatte, war aber auch auf sich selbst wütend. Er hätte damit rechnen müssen, dass da mehr als zwei Bewacher sein könnten. Einen Moment später kam Kate wieder zur Besinnung. Es blutete so stark, dass er schnell handeln musste, damit sie nicht wieder ohnmächtig wurde.

Er half der jungen Frau, sich auf einen Stuhl zu setzen und sah sich dann in der Hütte um und fand tatsächlich Verbandsmaterial. Ohne abzuwarten, zog er ihr den Mantel aus und wickelte den Verband um ihre Taille.

„Vielleicht können wir auch die Pferdedecke benutzen, die an meinem Sattel befestigt ist", stieß sie hervor. „Es wird mich warm halten und hoffentlich die Blutung etwas unter Kontrolle halten."

UNVERWÜSTLICHER KAMPFGEIST

Caleb nickte und rannte aus der Hütte und kam kurz darauf mit der Decke wieder, die er sofort um sie herumwickelte.

„Du solltest so wenig wie möglich laufen. Ich werde dich zum Wagen tragen. In Black Hawk werde ich dich dann sofort zu Doc Nelson bringen."

Kate wollte widersprechen, besann sich dann aber anders und ließ sich von dem jungen Mann zur Kutsche tragen. Er setzte sie vorsichtig auf den Kutschbock und ging dann zurück zur Hütte, um ihren Mantel zu holen, den er ihr über die Schultern legte.

Kate beobachtete, wie er kurz darauf die zwei toten Männer zur Hütte zerrte und drinnen zurückließ. Er brachte ihr noch eine Decke und holte das Beweismaterial, das sie gefunden hatte, schloss die Tür der Hütte und kurz darauf waren sie bereits auf dem Weg nach Black Hawk.

16

Endlich ein paar
Antworten

Caleb bemühte sich, den Wagen so ruhig wie möglich zu halten und dennoch wurden er und Kate ordentlich durchgeschüttelt. Er konnte sehen, dass das Blut von Kates Wunde bereits durch die Decke sickerte und wusste, dass er die Stadt so schnell wie möglich erreichen musste.

Kate war mittlerweile so bleich wie ein Bettlaken und es war offensichtlich, dass sie starke Schmerzen hatte, aber sie hielt sich tapfer und versuchte die schmerzerfüllten Laute zu unterdrücken.

„Kate, lass es raus, ich weiß, dass die Schmerzen unerträglich sind." Der junge Mann blickte sie von der Seite an, doch sie ließ sich in keiner Weise aus der Reserve locken. Wenn überhaupt, biss sie ihre Zähne noch mehr zusammen. Sie war so schrecklich dickköpfig, aber er achtete sie in dem Moment mehr denn je.

UNVERWÜSTLICHER KAMPFGEIST

Er hielt den Wagen direkt vor der Klinik, sprang vom Wagen und half ihr vorsichtig hinunter. Caleb wollte sie gerade in das Gebäude tragen, als sie ihn zurückhielt.

„Bring mich zum Saloon."

„Kate, du bist am Verbluten. Du musst sofort behandelt werden."

„Nein", erwiderte sie fest und sah ihm gerade in die Augen. „Ich will diese Papiere dem Richter selbst überreichen. Ich will Victor, Jared und Gregory in die Augen sehen, wenn ich ihnen sage, dass wir meinen Vater gefunden, befreit und als Leiche nach Black Hawk gebracht haben."

Er schüttelte ungeduldig seinen Kopf. „Versuchst du dich gerade selbst umzubringen?"

„Ich werde diese Männer nicht gewinnen lassen. Ich will ihnen zeigen, dass ich bis zum bitteren Ende kämpfen werde."

„Deine Dickköpfigkeit wird dich ins Grab bringen."

„Das ist mir egal. Wenn ich sterben soll, so sterbe ich halt, aber ich werde es kämpfend tun."

Caleb fluchte leise vor sich hin.

„Entweder du trägst mich dort jetzt hinüber, oder ich gehe allein. Ich krieche auch, wenn es sein muss."

Der junge Mann konnte es nicht fassen, aber er wusste auch, dass sie ihre Drohung tatsächlich wahr machen würde.

Caleb hob sie hoch und eilte mit ihr über die Straße und direkt auf den Saloon zu. Er gab der Saloontür einen Stoß mit der Hüfte und diese schwang auf. Er trat ein. Kate forderte ihn nun auf, sie abzusetzen und nur zu stützen, wenn es sein musste. Bisher hatte die beiden noch keiner bemerkt.

Offenbar hatten gerade Estelle und ihr Bruder ausgesagt, denn Todd erhob sich und zog die junge Frau fest in seine Arme.

Kate musste schwer schlucken. Es versetzte ihrem Herzen einen schmerzvollen Stich, aber sie konnte sich jetzt nicht davon ablenken lassen und ging langsam auf den Richter zu. Jeder Schritt trieb ihr mehr Tränen in die Augen, aber sie zwang sich weiterzugehen und biss tapfer die Zähne zusammen.

„Hey, was soll das? Sie können hier nicht einfach hereinkommen", rief der Richter plötzlich laut aus und blickte Kate missbilligend an. Daraufhin blickten sich auch alle anderen um, die an der Gerichtsversammlung teilnahmen.

Die blutige Decke hing an ihr hinunter und ihr Kleid war blutgetränkt. Erschrockene Ausrufe hallten durch den Raum und Doc Nelson, sowie Timothy Glover, Ridge, Diana und auch Todd waren sofort bei ihrer Seite. Die beiden Ärzte griffen hinzu, während sich Doc Nelson aufgebracht Caleb zuwandte.

„Was soll dieser Unsinn, Caleb. Siehst du nicht, dass sie schwer verwundet ist? Bring sie in die Klinik."

Bevor der junge Mann dazu Stellung nehmen konnte, meldete sich Kate zu Wort. „NEIN. Ich muss mit dem Richter reden."

Der ältere Mann kam sofort auf sie zu. Offenbar rechnete er damit, dass sie jeden Moment zusammenbrechen würde. Kate drückte ihm die ganzen Papiere in die Hand, blickte aber die drei Männer an, die an allem schuld waren.

„Euer Ehren. Ich weiß Sie sind mitten in der Verhandlung und es tut mir leid, so spät zu sein, aber Caleb und ich haben heute Morgen meinen Vater befreit, der all die Monate von diesen Dreckskerlen in Gefangenschaft gehalten worden war. Sie haben seinen Tod vorgetäuscht, ihn dann aber heimlich in einer Hütte gefangen gehalten."

Aufgebrachtes Murmeln ertönte, aber Kate fuhr schon weiter. „Sie haben ihn gefoltert und ihn mit Gift zu Tode gequält. Heute Morgen haben sie ihn von einer Klapperschlange beißen lassen und er hat sich später schützend vor mich geworfen, als einer seiner Bewacher versucht hat, mich zu erschießen."

Sie sackte in sich zusammen, zwang sich aber weiterzusprechen. „Drei Männer waren an der Hütte und sie sind alle tot. Mein Vater liegt tot auf dem Wagen."

Wieder gaben ihre Beine nach und Caleb ergriff sie. Alles um sie herum drehte sich und es war, als ob die Stimmen um sie herum sich von ihr entfernten. Sie schloss die Augen.

„Ridge", hörte sie sich plötzlich noch einmal, aber es rauschte bereits in ihren Ohren. „Beerdigt Papa auf dem Familienfriedhof. Ich habe mich von ihm verabschiedet." Ihre Sinne schwanden ihr und es wurde schwarz um sie herum.

Caleb rannte mit der leblosen jungen Frau zur Klinik und brachte sie sofort in einen Operationsraum. Die beiden Ärzte waren direkt hinter ihm und auch Schwester Mia und Estelle folgten. Caleb hatte kaum das Zimmer verlassen, als sich die Tür auch schon schloss.

Richter O'Malley konnte sehen, dass die gesamte Stadt in Sorge und Aufruhr war und vertagte den Rest der Verhandlung auf den folgenden Tag. Offenbar handelte es sich nun auch um Mord, da Kates Vater ja gar nicht wie geglaubt bereits verstorben, sondern erst an diesem Morgen getötet worden war. Er ließ sich von Caleb noch einmal alles ausführlich erklären, nahm die Karte an sich und schickte ein paar Männer zu der Hütte, um die anderen Leichen zu holen.

Erst dann schloss er sich den anderen Wartenden in der Klinik an. Viele der Frauen weinten. Kate Cooper war offenbar sehr beliebt und es war allen klar, dass es gerade um Leben oder Tod bei ihr ging.

Es dauerte lange, bis Doc Nelson aus dem Operationszimmer kam. Todd war mittlerweile ein nervöses Wrack, aber Ridge und Diana und viele anderen waren genauso aufgelöst.

Robert Daynes trat auf den Arzt zu. „Wie geht es Kate? Wird sie es überleben?"

Doc Nelson zuckte mit den Schultern. „Es ist schwer zu sagen. Sie hatte Glück, da das Messer keine ihrer Organe verletzt zu haben scheint, aber sie hat unheimlich viel Blut verloren und das macht es gefährlich."

Er seufzte. „Schwester Mia wird in Kürze anfangen, ihr Rote Beete Saft einzuflößen. Es soll helfen, neues Blut zu erstellen und wieder aufzubauen."

Todd sah den Mediziner direkt an. „Und wenn das nicht genug ist?"

„Dann können wir nur noch eine Bluttransfusion machen. Allerdings ist das mit großen Risiken verbunden, da wir einfach noch nicht genug über Blut wissen. Andere Ärzte haben es bereits versucht und hatten den meisten Erfolg bei Patienten, die Blut von einem Verwandten bekommen haben."

Diana ergriff die Hand ihres Mannes. „Und wenn es nicht gut gehen sollte?"

Doc Nelson sah betroffen aus. „Wenn Kates Körper das andere Blut zurückweisen sollte, gibt es nichts mehr, was wir noch machen können."

Es war früher Morgen, als Doc Nelson wieder aus dem Operationsraum kam. Er und Timothy hatten sich abgewechselt und Kate unter ständiger Beobachtung gehabt. Der Mediziner sah müde, aber auch besorgt aus.

Diana war die Erste, die ihn ansprach. „Wie geht es Kate?"

Er schüttelte den Kopf. „Keine Veränderung. Es bleibt uns nichts anderes übrig, als es mit einer Bluttransfusion zu versuchen. Gibt es einen von Kates Verwandten, der nicht so weit weg wohnt?"

Rowan erhob sich und kam näher. „Ich bin Kates Onkel. Ihr Vater war mein Bruder."

Der Arzt nickte. „Wir müssen es einfach versuchen. Es muss Ihnen aber bewusst sein, dass es keine Garantie gibt."

„Die Transfusion ist beendet. Jetzt können wir nur noch abwarten und hoffen und beten, dass Kates Körper das Blut ihres Onkels annimmt. Ich schlage vor, Sie gehen jetzt zur Gerichtsversammlung. Schwester Mia und ich werden bei Kate bleiben und sie weiterhin beobachten. Ich werde sofort Bescheid geben, wenn sich etwas ändern sollte."

Todd, Diana und auch Amanda blieben zurück. Amanda konnte nicht aufhören, zu weinen. Sie machte sich große Sorgen um ihre Freundin und wollte sich einfach nicht vorstellen, dass Kate sterben könnte.

Victor, Jared und Gregory, genau wie Ambrose, wurden zu lebenslanger Haft verurteilt. Der Richter gab ihnen auch eine Warnung, dass jeder Fluchtversuch mit der sofortigen Hinrichtung bestraft werden würde.

Am späten Abend ließ Doc Nelson es zu, dass Ridge und Diana, sowie Todd und auch Amanda ins Krankenzimmer durften. Es schien, dass die Bluttransfusion erfolgreich war, aber sicher konnte man das erst sagen, wenn Kate wieder wach war.

Während der Nacht wechselten sich die Ärzte wieder ab und auch Mia und Estelle taten dies, damit jeder wenigstens etwas Schlaf bekam.

Kate kam zu sich, nachdem Doc Nelson alle aus dem Zimmer gebeten hatte, damit er die junge Frau wieder untersuchen konnte. Timothy tauchte einen Moment später auf.

UNVERWÜSTLICHER KAMPFGEIST

„Kate, wie geht es dir?" Doc Nelson blickte sie aufmerksam an, während er ihren Puls fühlte. Sie öffnete die Augen.

„Ich bin mir nicht ganz sicher."

„Tut dir etwas weh?"

Sie nickte. „Die Wunde schmerzt ganz schön. Wie lange war ich bewusstlos?"

„Zwei Tage." Der Arzt erklärte ihr in wenigen Worten, was sie hatten machen müssen, um sie am Leben zu erhalten.

Tränen füllten ihre hübschen Augen. „Onkel Rowan hat mir das Leben gerettet? Geht es ihm gut?"

„Es geht ihm ausgezeichnet. Ihm war nur etwas schwindelig, nachdem wir die Bluttransfusion durchgeführt hatten."

„Was ist mit den Männern passiert, die meinen Vater auf dem Gewissen haben?"

„Sie sind zu lebenslanger Haft verurteilt worden und der Richter hat sie gewarnt, sollten sie auch nur einmal versuchen zu flüchten, würden sie hingerichtet werden." Timothy drückte ihre Hand.

„Die ganze Stadt hat sich um dich gesorgt. Amanda, Ridge, Diana und Todd sind dir fast gar nicht von der Seite gewichen. Soll ich sie hereinlassen?"

Der Gedanke an Todd gab ihr wieder einen Stich. Sie wollte ihn nicht sehen, nicht jetzt. Sie musste es erst einmal verarbeiten, dass er bereits verheiratet war.

Kate schüttelte ihren Kopf. „Nein. Ich möchte jetzt noch niemanden sehen. Ich bin zu erschöpft. Könntet ihr mich auch bitte alleine lassen?"

Die beiden Männer nickten und versprachen ihr, dass sie Mia erst später ins Zimmer schicken würden. Kate lag angespannt in ihrem Bett, atmete aber erleichtert auf, als die

Tür ins Schloss fiel. Obwohl sie sich bemühte, leise zu weinen, konnte sie die Schluchzer nicht ganz unterdrücken. Wenn Todd doch nur ehrlich mit ihr gewesen wäre.

„Sie versucht, mich zu vermeiden. Sie möchte nicht, dass ich mit ihr über das Problem rede." Todd seufzte. Estelle sah ihn entgeistert an.

„Willst du behaupten, dass sie nicht erschöpft ist?"

„Ganz und gar nicht. Ich weiß, dass Kate eine Menge durchgemacht hat und auch ihr Körper müde und erschöpft ist, aber ich bin mir ziemlich sicher, dass sie dies jetzt als Ausrede benutzt. Ich hätte mit ihr von Anfang an ehrlich sein sollen."

„Woher solltest du denn wissen, dass Victor und Jared ihr das Ganze so an den Kopf werfen würden? Sie haben Kate die ganze Zeit nur demütigen und verletzen wollen." Estelle ballte die Fäuste.

„Eben. Sie hat in den letzten Wochen so viele Dinge erfahren und herausgefunden, dass sie das Gefühl haben muss, dass sie niemandem mehr trauen kann. Die Sache mit dir und mir und zu erfahren, dass ihr Vater noch am Leben war und als Geisel gehalten wurde, muss dem Ganzen dann die Krone aufgesetzt haben."

„Geben wir ihr eine Stunde und dann gehen wir gemeinsam herein. Vielleicht lässt sie ja doch besser mit sich reden, als du denkst."

UNVERWÜSTLICHER KAMPFGEIST

„Kate", sagte Doc Nelson sanft. „Hier sind ein paar Leute, die dich gerne sehen möchten."

Die junge Frau sah auf und wurde sofort von Diana fest in die Arme geschlossen, gefolgt von Ridge und Amanda. Rowan trat als nächster an sie heran.

Als sie ihren Onkel erblickte, füllten sich ihre Augen mit Tränen. „Danke." Mehr konnte sie in dem Augenblick nicht herausbringen. Rowan drückte sie liebevoll an sich.

„Hey, es ist alles in Ordnung. Ich würde das jederzeit wieder tun. Ich bin nur froh, dass es erfolgreich war."

Kate versuchte, sich aufzusetzen, stöhnte aber vor Schmerzen auf. Doc Nelson trat wieder an ihr Bett.

„Es ist noch zu früh, Kate. Deine Wunde muss noch mehr verheilen, bevor du dich aufsetzen oder aufstehen kannst. Du musst auch daran denken, dass dein Körper eine Menge durchgemacht hat und auch wenn die Bluttransfusion erfolgreich war, musst du dich schonen, damit der Blutkreislauf sich wieder normalisieren kann."

Sie nickte, zuckte aber zusammen, als sie plötzlich die tiefe Stimme von Todd vernahm.

„Könnte ich bitte einen Moment alleine mit Kate sein?"

Die Anwesenden nickten und verließen den Raum. Es war Zeit, sich mal wieder frisch zu machen. Jetzt, wo Kate wieder wach war, konnten sie alles wesentlich entspannter angehen.

„Kate, es gibt da etwas, worüber wir sprechen müssen."

Sie schüttelte den Kopf, sah ihn aber nicht an. „Bitte geh, Todd. Ich kann und möchte jetzt nicht sprechen."

„Es ist aber wichtig. Victor und Jared haben dir ein paar schreckliche Dinge an den Kopf geworfen und etwas davon muss noch erklärt werden."

Sie schloss die Augen. „Ich kann dir versichern, dass keine Erklärung notwendig ist. Ich habe es sehr wohl verstanden und konnte es auch nicht als Lüge abtun, da Estelle und ihr Bruder kurz darauf ebenfalls auftauchten. Ich habe wirklich kein Interesse an irgendwelchen Ausreden."

„Kate, bitte lass mich erklären. Ich hätte dir—"

„ ... nicht sagen sollen, dass du mich liebst?" unterbrach sie ihn heftig und man konnte sehen, wie verletzt und doch angespannt sie war. „Du hättest dich mir nie so nähern dürfen. Warum hast du es nicht so gelassen, wie es war? Ich wäre schon irgendwann damit klargekommen. Mit deinen Verheimlichungen und unnötigen Worten hast du alles nur noch schlimmer gemacht."

Obwohl sie ihn nicht ansah, spürte sie, dass er wieder etwas sagen wollte, doch sie schnitt ihn ab, noch bevor er die Chance dazu hatte.

„Lass mich bitte alleine. Gib mir die Möglichkeit, die letzten Wochen und Monate zu verarbeiten. Du bist mir jetzt ohnehin keine Erklärung mehr schuldig. Es ist, was es ist."

Todd schien weiterhin nicht aufgeben zu wollen, doch Estelle trat näher und ergriff seinen Arm.

„Warum isst du nicht erst einmal Frühstück? Ich habe gehört, dass Witwe Robertson eine ausgezeichnete Köchin ist. Ich bleibe so lange bei Kate."

Kate wollte gerade widersprechen, aber da Todd daraufhin wirklich den Raum verließ, hielt sie sich zurück. Estelle holte sich einen Stuhl und setzte sich neben Kates Bett.

UNVERWÜSTLICHER KAMPFGEIST

Warum konnten die anderen sie nicht in Ruhe lassen? Sie sehnte sich danach, die Tränen herauszulassen, die sie krampfhaft zurückhielt.

„Kate", sagte Estelle schnell, bevor die Jüngere etwas sagen konnte. „Was Victor und Jared dir über Todd und mich gesagt haben, stimmt nicht. Wir sind nicht verheiratet."

„Du musst dir keine Sorgen machen, ich werde euch nicht im Wege stehen und habe auch nicht vor, eure Ehe zu zerstören."

„Kate", bemerkte die junge Frau mit Nachdruck. „Ich sage dir die Wahrheit. Todd und ich sind kein Ehepaar."

„Wie kannst du das behaupten? Victor hatte sogar einen Zeitungsartikel darüber."

Estelle schüttelte ärgerlich den Kopf. „Er und Jared haben den eigentlichen Artikel geändert und gefälscht drucken lassen. Victor kennt den Inhaber der Zeitung persönlich."

Kate runzelte die Stirn. Jetzt verstand sie gar nichts mehr. „Wieso bist du dann hier? Wenn es nicht stimmt, warum hast du nichts gesagt, als ihr in meinem Haus gewesen seid?"

„Sie haben meine Großeltern bedroht und Männer geschickt, die meine Großeltern umbringen sollten, falls mein Bruder und ich uns falsch verhalten würden."

Kate schnappte nach Luft. „Das ist ja furchtbar."

Estelle nickte. „Diese Dreckskerle halten vor nichts und niemandem zurück."

„Und wie sind sie auf dich gekommen? Woher kannten sie dich?"

„Sie kannten mich nicht. Es waren Isaac Miller und Jared Carter, die das Ganze ins Rollen brachten."

Estelle holte tief Luft, aber dann sprudelte alles aus ihr heraus. Kate erfuhr, dass Isaac so fixiert auf sie war, dass er nach dem Tod von Kates Großeltern Kontakt mit ihrem Onkel in Sacramento suchte, um mehr über Todd zu erfahren. Howard Carter weigerte sich aber, ihm irgendwelche Auskünfte über seine Familie zu geben.

Jared hatte das zufällig mitbekommen und angefangen, sich selbst über Todd Informationen einzuholen. Er konnte die richtigen Namen von Todds Eltern nicht herausfinden, aber er erfuhr, wo der Vater von Todd her kam.

Zur gleichen Zeit war Todd in seiner Aufgabe als Marshall in der Nähe von Denver unterwegs und er und sein Partner konnten eingreifen, als eine Bank in Denver, wo Estelle als Geisel gehalten worden war, ausgeraubt wurde. Er und sein Mitarbeiter verhinderten, dass Estelle getötet wurde und die Räuber wurden verhaftet und ins Gefängnis gesteckt.

Da Estelles Eltern so dankbar darüber waren, luden sie die beiden Marshalls zum Abendessen ein. Während der gemeinsamen Zeit bemerkten die Glovers, dass Todd sie an jemanden erinnerte und irgendwann sprach Estelles Mutter ihn direkt darauf an.

Es stellte sich schnell heraus, dass Todd der Sohn von dem Bruder von Estelles Mutter war.

UNVERWÜSTLICHER KAMPFGEIST

Kate schaltete rasch und schnappte nach Luft. „Aber dann ... dann ... ist Todd dein Cousin?" stammelte sie und blickte die andere erschrocken an. Estelle nickte lächelnd.

„Du kannst dir gar nicht vorstellen, wie sich meine Mutter gefreut hat. Sie hatte immer ein ganz besonderes Verhältnis zu ihrem Bruder und es brach ihr das Herz, als er heimlich heiratete und dann verschwand. Keiner wusste, dass das Baby von meinem Onkel und meiner Tante überlebt hatte."

„Wie meinst du das?"

„Nachdem die Zeitungen über den mysteriösen Tod von einem jungen Ehepaar berichteten, die aus der Nähe von Denver kamen und Victor kurz darauf seinen Sohn verhaften ließ, dachten alle, die mit der Situation ein wenig bekannt waren, dass die Schwägerin meiner Mutter getötet worden war, bevor sie das Baby auf die Welt bringen konnte. Nur die Carters wussten, dass sie eine Woche vorher ein Kind geboren hatte."

„Du liebe Güte. Was müssen deine Großeltern und die Geschwister von Todds Vater durchgemacht haben?"

„Es war schon sehr tragisch. Großmama und Großpapa sind dann ein paar Jahre später nach Boston gezogen."

„Wissen sie, dass ihr Todd kennt und er ihr Enkelsohn ist?"

Estelle nickte. „Todd ist nach Boston gereist, nachdem sein Vertrag mit den Marschalls abgelaufen war."

„Und Victor? Weiß er, dass du mit Todd verwandt bist?" Kate war nach wie vor geschockt. Wie klein die Welt doch manchmal war.

„Victor und ein paar seiner Männer tauchten bei uns ein paar Wochen später auf. Zum Glück war meine Mutter gerade in Boston bei ihren Eltern. Mein Vater kannte die Geschichte und wie sehr alle gelitten haben und hätte Victor am liebsten zum Teufel gejagt, aber er wusste auch, dass er einen klaren Kopf bewahren musste."

Estelle schüttelte den Kopf. „Im Übrigen hat keiner unserer Verwandten es abgenommen, dass der Bruder von Todds Mutter hinter der Ermordung steckte, aber sie hatten keinerlei Beweise."

Die junge Frau atmete ein und aus, da sie über die Sache doch ganz schön aufgebracht war.

„Victor unterstellte meinem Vater, dass er der Bruder von Todds Vater war und befahl ihm, ihn sofort zu seinen Eltern zu führen. Er forderte meinen Vater auch auf, ihm zu sagen, wo Todd war." Irritiert ballte sie ihre Fäuste.

„Mein Vater hatte für solche Arroganz noch nie etwas übrig und machte seinen Unmut sehr deutlich, in dem er Victor in seine Schranken wies und ihm unmissverständlich zu verstehen gab, dass er nicht der war, für den er ihn hielt. Er informierte Victor, dass Todds Großeltern schon vor Jahren fortgezogen waren."

„Was glaubt er, wer er ist?", schnaufte nun auch Kate.

„Ein selbstsüchtiges Ungeheuer", machte sich Estelle daraufhin Luft, fuhr dann aber gemäßigter weiter.

„Da Victor immer noch darauf bestand Todds Großeltern sehen zu wollen und meinem Vater offenbar nicht glaubte, nahm er Victor zu seinen Eltern mit und konnte so beweisen, dass es sich nicht um das Ehepaar handelte, dass er vor vielen Jahren einmal aufgesucht hatte. Wir dachten, dass wir nun Ruhe von ihm haben würden."

„Er hat euch weiterhin nicht in Ruhe gelassen?"

„Doch, erst schon, aber dann kontaktierte er uns mit einer Drohung und Bestechung und zwang mich so an ihrem Spiel mitzumachen. Mein Vater war außer sich, aber nachdem er sich mit Todd in Verbindung gesetzt und erfahren hatte, dass die vorgesehene Entführung von dir eine Falle sein würde und sie das Ganze an dem Abend beenden wollten, entschlossen wir uns mitzuspielen und unseren Teil dazu beizutragen. Selbstverständlich wussten wir zu dem Zeitpunkt noch nicht, dass da etwas zwischen dir und Todd war."

Estelle zwinkerte der jüngeren grinsend zu, doch Kate spürte, wie ihre Wangen puterrot wurden.

„Es ist noch nicht wirklich etwas zwischen uns. Ich meine, es könnte vielleicht was werden." Kate war verlegen und vermied nun Augenkontakt, doch Estelle ergriff ihre Hand.

„Oh nein, Kate, dass es zwischen euch gefunkt hat, ist ganz klar. Todd wäre beinahe gestern Abend doch noch in dein Zimmer gestürmt, um alles aufzuklären, aber Timothy und ich konnten ihn auf heute vertrösten. Es gibt keinen Zweifel, dass Todd dich über alles liebt und das schon eine ganze Weile. Jetzt liegt es an dir, zu entscheiden, wie es mit euch weitergeht."

Kate blickte die andere junge Frau verdattert an. Mit so einer direkten Rede hatte sie gewiss nicht gerechnet.

„Und bevor du mich mit einer Ausrede zum Schweigen bringen willst: Ich kann sehr wohl sehen, dass du auch über beide Ohren in meinen Cousin verliebt bist. Deine Reaktion, nachdem Viktor und Jared dir an den Kopf geworfen hatten, dass Todd und ich verheiratet sind, machte das mehr als deutlich."

„Ich weiß nicht, wie ich mich jetzt verhalten soll." Kate sah die Ältere verlegen an.

„Lass das ruhig Todd machen. Ich bin mir ziemlich sicher, dass er es kaum noch erwarten kann dich in seine Arme zu nehmen und richtig zu küssen." Estelles Augen funkelten vergnügt, aber Kate hatte das Gefühl auf einmal hohes Fieber zu haben.

Die Ältere grinste. „Ich werde Todd jetzt holen und dann dafür sorgen, dass euch keiner stören wird." Sie zwinkerte Kate zu und war kurz darauf auch schon verschwunden.

Kate atmete tief ein. Ihr Herz schlug ihr bis zum Hals und die Schmetterlinge im Bauch schienen Purzelbäume zu schlagen und dennoch schämte sie sich etwas, dass sie Jared und Victor einfach so geglaubt hatte. Sie schloss die Augen und horchte in sich hinein.

Kate konnte es nicht länger leugnen, aber Estelle hatte über ihre Gefühle recht. Sie war in den jungen Mann verliebt. Trotz allem meldeten sich dann doch sofort wieder Zweifel an.

Was, wenn noch irgendwas passieren würde? Was, wenn die ganzen Probleme ein Zeichen von Gott waren, dass sie einfach nicht füreinander bestimmt waren?

Alle Bedenken verflogen, als einen Augenblick später Todd im Türrahmen erschien. Ihr Herz machte einen Satz. Ohne zu zögern, ging er direkt auf sie zu, nahm ihren Kopf in seine Hände und beugte sich zu ihr hinunter, um einen Moment später seine Lippen gegen die ihren zu drücken.

Sein Kuss war leidenschaftlich, doch auch zärtlich und Kate konnte es dieses Mal sogar genießen. Sie erwiderte seinen Kuss und schlang ihre Arme um seinen Hals. Als er den Kuss plötzlich unterbrach und seinen Kopf zurückzog, griff sie nach seinem Hemd und zog ihn zurück an ihre Lippen.

UNVERWÜSTLICHER KAMPFGEIST

Ein breites Grinsen erschien auf seinem Gesicht und dennoch küsste er sie wieder, zuerst fordernd, dann langsam und zärtlich. Kate seufzte selig, als der zweite Kuss endete und sie sich in ihr Kissen zurücklehnte. Ihre Wangen fühlten sich heiß an und obwohl sie ihr Glück nicht fassen konnte, vermied sie nun Augenkontakt.

Todd zog sich einen Stuhl heran, ergriff ihre Hand und hob mit seiner anderen Hand ihr Kinn höher, damit er in ihre Augen sehen konnte.

„Weißt du, wie glücklich es mich macht, dich so zu sehen? Es ist unfassbar, dass du dich deinen Gefühlen nun stellst und sogar den Kuss nicht unterbrechen möchtest." Er grinste sie schelmisch an und zwinkerte ihr verschmitzt zu. Kate wollte ihre Augen senken, doch er hielt sie mit seinem Blick gefangen.

„Es tut mir leid, ich hätte mich dazu nicht hinreißen lassen dürfen", murmelte sie verlegen, doch Todd schüttelte seinen Kopf.

„Dafür brauchst du dich gewiss nicht zu entschuldigen, Kate. Und mach dir auch keine Sorgen, jetzt, wo du dir sicher bist, werde ich dich küssen, wann immer es mir möglich ist." Er zwinkerte ihr wieder zu und beobachtete lächelnd, wie sie dunkelrot anlief.

Ohne ihre Hand loszulassen, zog er etwas aus seiner Hosentasche. Einen Ring. Kate sah mit großen Augen zu ihm auf.

„Ich habe lange genug gewartet und möchte sichergehen, dass du mir nicht mehr entwischen kannst, oder aber mir dich jemand wegschnappt. Kate Lauren Cooper, würdest du mich heiraten?"

Kate blinzelte ein paar Tränen weg, war im ersten Moment aber sprachlos und überrumpelt. Todd wartete geduldig und beobachtete sie.

Die junge Frau horchte in sich hinein. Liebte sie ihn genug, um seine Frage ohne Bedenken mit *Ja* beantworten zu können? Ihr Herz reagierte mit stürmischem Klopfen, was auch die letzten Zweifelchen beseitigte.

„Ja, Todd, ich möchte dich heiraten."

Er strahlte übers ganze Gesicht, schob ihr den Ring auf den Finger und gab ihr einen Kuss, der ihr den Atem nahm.

„Ich liebe dich, Kate."

„Ich liebe dich auch."

17

Unerwarteter Besuch

E s war Doc Nelson und Schwester Mia, die dem jungen Paar zuerst gratulierten. Estelle erschien einen Moment später und man sah ihr an, wie sehr sie sich für die beiden freute.

Der Arzt schickte den jungen Mann dann aus dem Zimmer, damit er seine Patientin untersuchen konnte. Er entschied, dass er Kate mindestens für zwei Wochen in der Klinik behalten wollte, damit alles gut verheilen, sie sich aber auch von den seelischen Wunden erholen konnte.

Als Todd wieder ins Zimmer gelassen wurde, setzte er sich gleich zu Kate ans Bett. Sie lächelte ihn an.

„Ich nehme an, dass du bei Ridge und Stanley noch um meine Hand anhalten musst?"

Er grinste spitzbübisch und drückte ihr im nächsten Moment auch schon wieder einen Kuss auf die Lippen.

„Das kann ich gerne tun, aber ich habe bereits den Segen deines Vaters."

Kate sah erstaunt zu ihm auf. „Wann hast du denn mit meinem Vater gesprochen?"

„Ein paar Monate, bevor du aus San Francisco zurückgekommen bist. Da ich zu dem Zeitpunkt in Denver zu tun hatte, habe ich ihm einen Besuch abgestattet, ihm von meinen Gefühlen erzählt und ihn gefragt, ob er uns seinen Segen geben würde, falls du dich in mich verlieben solltest. Seine Erlaubnis gab er mir gerne, nahm mir aber auch das Versprechen ab, keinerlei Druck auf dich auszuüben und alles auf sich zukommen zu lassen."

Kate traten Tränen in die Augen. Was würde sie dafür geben, dass ihr Vater noch lebte, um selbst an der bevorstehenden Hochzeit teilnehmen zu können?

Todd zog sie vorsichtig in seine muskulösen Arme und küsste ihre Stirn. „Dein Vater wird im Geiste bei unserer Hochzeit sein und ich denke, dass auch Lauren und deine Großeltern anwesend sein werden."

Sie vergrub ihr Gesicht in seinem Hemd und weinte leise vor sich hin. Ihr Herz schmerzte und dennoch füllte enormes Glück das Loch, das durch den Verlust ihrer Lieben entstanden war. Sie spürte die Liebe, die Todd für sie empfand und war dankbar für ihre Freunde und Verwandten, die sie noch hatte.

Selbstverständlich sprach sich die Verlobung der beiden sofort in der kleinen Stadt herum und jeder freute sich für sie. Viele Gratulanten kamen an dem Tag vorbei und alle versprachen, dass sie tatkräftig bei der Hochzeit mithelfen würden.

Ridge und Diana erschienen und zogen die junge Frau nacheinander in die Arme. Als Ridge dann aber damit drohte, Todd und Kate von den Blumen und Bienen zu erzählen und Kate dunkelrot im Gesicht geworden war, warf Todd seinen Onkel lachend hinaus.

UNVERWÜSTLICHER KAMPFGEIST

Kate ging es jeden Tag besser und sie durfte dann auch bald aufstehen. Amanda besuchte sie jeden Tag und gemeinsam gingen sie spazieren und nahmen auf einer Bank auf dem Friedhof Platz.

„Caleb und ich waren gestern in Denver. Er hatte mich eingeladen und als wir im Restaurant auftauchten, wo wir zu Abend essen wollten, waren fast meine ganzen Geschwister anwesend sowie Calebs Familie. Er fragte mich vor allen, ob ich ihn heiraten würde, aber bevor ich überhaupt die Gelegenheit hatte, seinen Antrag anzunehmen, sagten meine Schwestern schon ja. Alle gleichzeitig."

Amanda schüttelte den Kopf und verdrehte die Augen. Kate, die sich das Ganze natürlich sofort bildlich vorstellte, brach in hellem Lachen aus. Ihr Lachen war so ansteckend, dass auch Amanda nicht anders konnte und mitlachen musste.

Die beiden Frauen waren sich einig, dass es sich gut anfühlte, endlich einmal wieder so richtig lachen zu können, ohne Angst haben zu müssen, dass jeden Moment etwas Schreckliches passieren könnte.

Kate war froh, als sie endlich wieder nach Hause konnte. Todd hatte sie abgeholt und folgte ihr mit ihrer Tasche, als sie ins Haus ging. Ridge und Diana begrüßten sie herzlich und beobachteten sie gespannt. Verwundert über die Reaktion der beiden, öffnete sie die Tür zu ihrem Zimmer und blieb wie angewurzelt stehen.

Der Raum war verändert. Das Bett war ausgetauscht worden und nun befand sich ein Ehebett darin. Kate spürte, wie sie knallrot wurde, als ihr bewusst wurde, was das bedeutete.

Todd stellte die Tasche ab und umschloss sie mit seinen muskulösen Armen. „Gefällt es dir", raunte er in ihr Ohr, was bei ihr ein leichtes Kribbeln im Bauch verursachte. „Nur noch eine Woche."

Kate stockte der Atem. Sein gut riechendes Rasierwasser machte es für sie unmöglich klar zu denken und dennoch hatte sie das Gefühl, als ob ihre Wangen inzwischen in Flammen standen.

Todd drehte sie zu sich herum und drückte einen Kuss auf ihre Lippen. Seine Arme hielten sie fest gegen seine Brust gepresst und die beiden vergaßen alles um sich herum, bis Ridge sich räusperte.

„Vielleicht solltest du deine Verlobte nicht unbedingt im Schlafzimmer küssen, Todd. Zumindest nicht, solange ihr nicht verheiratet seid. Der Teufel wartet nur darauf, euch in Versuchung zu führen."

Obwohl Ridge sehr ernst gesprochen hatte, zwinkerte er Kate verschmitzt zu, die ihn mit brennendem Gesicht erschrocken und verlegen zugehört hatte. Das Zwinkern gab ihr dann den Rest und sie vergrub ihr Gesicht in Todds Hemd, der sie grinsend festhielt.

Am selben Abend setzten sie sich im Wohnzimmer zusammen, um die letzten Hochzeitsvorbereitungen zu besprechen. Kate wollte sich gerade neben Todd setzen, als sich ein dicker Wurm über das Sofa schlängelte. Die junge Frau schrie kurz auf und wollte entsetzt und angewidert auf den Sessel springen, als Todd sie abfing und hochhob.

UNVERWÜSTLICHER KAMPFGEIST

Ein tödlicher Blick traf Aaron, der kurz vorher hereingekommen war. „Wie kannst du es wagen?", fuhr sie ihn sofort an und der Angesprochene blickte verwundert auf.

„Was soll ich denn gewagt haben?"

„Das weisst du ganz genau. Bring diesen ekligen Wurm raus."

„Wieso denkst du, dass ich es gewesen bin?", fragte er scheinheilig und sie kniff gefährlich ihre Augen zusammen.

„Weil du das schon gemacht hast, als wir noch Kinder waren."

„Und das bedeutet automatisch, dass ich immer schuld bin?" Er zog eine Augenbraue hoch. „Ich habe dieses Mal wirklich nichts damit zu tun. Ehrenwort."

Kate funkelte ihn unschlüssig an. „Wer sollte es denn sonst gewesen sein? Ridge tut so etwas nicht."

Ihr väterlicher Freund grinste sich eins, nickte aber. Kate schaltete schnell, als ihr bewusst wurde, dass ihr Verlobter verräterisch still geblieben war. Ihr Kopf schnellte herum und sie blickte Todd vernichtend an.

„Du Schuft."

Der junge Mann grinste frech, doch als sie noch mehr sagen wollte, küsste er sie einfach. Als er sie wieder freigab, waren ihre Wangen wieder einmal ganz warm.

„Das ist nicht fair. Ein Kuss wird dir jetzt auch nicht mehr helfen."

„Bist du sicher?" Vergnügt küsste er sie wieder und setzte sie dann ab, damit er den Wurm hinausbringen konnte. Als er zurückkam, saß Kate auf dem Sessel und nicht wo er vorher gesessen hatte. Todd runzelte die Stirn und blickte sie fragend an.

„Kannst du mir sagen, warum du dich in den Sessel gesetzt hast? Ich hatte gehofft, neben dir zu sitzen."

„Ach wirklich? Ich habe gedacht, dir ist die Anwesenheit des Wurmes wichtiger und da ich nicht weiß, was für anderes Ungeziefer du im Sofa versteckt hast, habe ich mich lieber in die Sicherheit des Sessels zurückgezogen." Sie sah zu ihm auf, verzog aber keine Miene.

Todd lehnte sich zu ihr runter. „Kate", knurrte er und blickte ihr tief in die Augen. „Ich habe den Wurm hinausgebracht und würde dir raten, dich sofort auf das Sofa zu setzen."

Obwohl sie sogleich rot wurde, zwang sie sich, ihn weiterhin anzusehen.

„Meinst du, dass du es verdient hast, neben mir zu sitzen?", fragte sie herausfordernd und grinste sich eins.

Bevor sie wusste, wie ihr geschah, hatte er sie aus dem Sessel gezogen und ließ sich im nächsten Augenblick mit ihr auch schon aufs Sofa fallen. Kate schnappte erschrocken nach Luft, während die anderen laut loslachten. Um sicherzugehen, dass sie ihm nicht wieder entwischen konnte, schlang er seine Arme um sie und hielt sie eisern fest.

„Das ist doch wesentlich besser", murmelte er in ihr Ohr und als sie zu ihm aufblickte, schenkte er ihr ein Lächeln, das ihr Herz höher schlagen ließ.

„Kate, ich könnte deine Hilfe in der Küche gebrauchen. Ich habe Tee und heiße Schokolade vorbereitet und heute Nachmittag auch Kekse gebacken." Diana war aufgestanden und zwinkerte der jungen Frau fröhlich zu.

UNVERWÜSTLICHER KAMPFGEIST

Kate wollte sich gerade erheben, als Todd sie noch fester in seine Arme zog. „Wage es ja nicht, dich hinterher woanders hinzusetzen", flüsterte er mit seiner tiefen Stimme und drückte ihr schnell einen Kuss auf die Wange. Sie stand auf, verdrehte aber ihre Augen, als sie Diana folgte.

Die beiden Frauen gossen den Tee und die heiße Schokolade in zwei Kannen. Während die Ältere dann die Kekse auf eine Platte legte, holte Kate Tassen und Teller aus dem Schrank und setzte die Tassen auf Untertassen, bevor sie diese auf ein Tablett stellte.

Diana sah zu ihr hinüber und beobachtete, dass Kate etwas in eine der Tassen schüttete, konnte aber nicht erkennen, was es war. Kurz darauf waren die beiden zurück im Wohnzimmer, doch als Diana eingießen wollte, schüttelte Kate ihren Kopf und blickte ihre mütterliche Freundin unschuldig an.

„Lass mich das heute mal machen", sagte die junge Frau und zwinkerte der Älteren zu. „Du arbeitest so hart für uns und darfst dich auch ruhig einmal bedienen lassen."

Sie fragte alle der Reihe nach, ob sie Tee oder Schokolade wollten und überreichte ihnen einen Moment später eine volle Tasse. Todd bat um heiße Schokolade und das bekam er auch.

Kate füllte ihre eigene Tasse, während ihr Verlobter vorsichtig sein Getränk pustete und noch bevor er einen Schluck getrunken hatte, erhob sich Kate mit der Ausrede, noch etwas Tee kochen zu wollen. Sie drehte sich auf dem Weg zur Küche aber noch einmal um und beobachtete, wie Todd einen kräftigen Schluck trank, im nächsten Moment dann aber losprustete und zu husten begann.

Ein strafender Blick in Kates Richtung und sie rannte aus dem Zimmer und wollte gerade durch die Verandatür zum Stall laufen, als Todd sie von hinten ergriff, sie herumdrehte und über seine Schulter warf. Ihr Herz setzte für einen Schlag aus.

Obwohl sie sofort anfing zu zappeln, trug er sie seelenruhig über den Hof und in die Scheune, wo er sie auf einen Heuhaufen fallen ließ, sie dann aber eisern festhielt.

„Gib mir einen Grund, warum ich dich nicht in eine Wassertränke tauchen sollte", knurrte er, sein Gesicht war nur Millimeter von ihrem entfernt.

„Es ist viel zu kalt dafür, im Übrigen bist du selbst schuld, wenn du den Wurm vorhin nicht ins Haus gebracht hättest, hättest du deine Tasse heiße Schokolade jetzt genießen können", schoss sie zurück und streckte ihm frech die Zunge raus.

„Das war doch mindestens ein Esslöffel Salz", empörte er sich weiterhin, doch das ließ Kate kalt.

„Und jedes Salzkörnchen war verdient." Sie grinste schelmisch und versuchte sich zu befreien, doch er ließ sie nicht los.

„Ist das so?", fragte er mit hochgezogener Augenbraue und bedachte sie mit einem selbstsicheren Schmunzeln. „Dann ist dies jetzt auch verdient."

Bevor Kate wusste, wie ihr geschah, begann er sie zu kitzeln. Sie wehrte sich mit Händen und Füßen, doch er hörte erst auf, als sie ihn, um Luft ringend, anbettelte, aufzuhören.

Sie blieb einen Moment still liegen, um wieder zu Atem zu kommen, bevor sie ihn mit zusammen gekniffenen Augen anblickte.

„Das war gemein. Gegen dich habe ich doch gar keine Chance."

UNVERWÜSTLICHER KAMPFGEIST

„Und das ist auch gut so", konterte er sogleich und beugte sich dann zu ihr hinunter und küsste sie mit Hingabe und Leidenschaft. Sie schob ihn von sich, als ihre Lungen zu protestieren begannen. Als er daraufhin seine Lippen wieder auf die ihren pressen wollte, hielt sie ihm den Mund zu.

„Bitte nicht mehr, ich muss jetzt erst einmal wieder zu Atem kommen."

Er grinste ihr zu, zog sie auf die Beine und fest in seine Arme. „In einer Woche sind wir endlich verheiratet. Ich kann es kaum erwarten, den Rest meines Lebens mit dir zu verbringen."

Zwei Tage vor dem großen Ereignis und als die Familie sich gerade zum Abendessen begeben wollten, klopfte es an der Tür. Kate kam aus der Küche und ging zielstrebig auf die Tür zu, um zu öffnen, doch Todd war schneller.

Verwundert blickte er sein Gegenüber an. „Howard?"

Kate schob ihren Verlobten etwas zur Seite, wirkte aber genauso überrascht. „Onkel Howard, was tust du denn hier?"

Der Ältere räusperte sich. „Darf ich hereinkommen?"

Kate und Todd sahen einander an, nickten dann aber und baten ihn ins Wohnzimmer. Ridge und Diana kamen einen Moment später auch dazu.

Todd zog Kate neben sich auf das Sofa und legte seinen Arm um sie. Beide konnten diesen plötzlichen Besuch nicht einschätzen. Nachdem sich auch die älteren hingesetzt hatten, ergriff Kate das Wort.

„Hör zu, Onkel Howard, ich weiß nicht, warum du hier bist, aber falls es um Jared gehen sollte, hat er alles verdient, was ihm geschehen ist. Er hatte auch mit dem Tod meines Vaters zu tun."

Howard nickte. „Das bezweifele ich in keiner Weise. Ich bin hier, um mich bei dir zu entschuldigen und ich möchte dir von ganzem Herzen danken, dass du dich drei Jahre so liebevoll um unsere Eltern gekümmert hast."

Kate wurde immer misstrauischer, wusste aber, dass sie ihrem Onkel die Chance geben musste, ihnen zu sagen, weswegen er gekommen war.

Todd blickte seinen Adoptivbruder fragend an. „Wusstest du, dass dein Sohn hinter diesen Attacken steckte?"

Der Ältere schüttelte seinen Kopf. „Nein, aber als ich von der Gerichtsverhandlung und dem Urteil hörte, wurde mir einiges klar. Er war so besessen, an das Gold deines Vaters heranzukommen, dass er offenbar vor nichts zurückschreckte."

Kate runzelte die Stirn. „Wir haben kein Gold auf unserer Ranch. Ich weiß nicht einmal, wie Jared darauf gekommen ist."

Howard sah seine Nichte sprachlos an. „Als du vor drei Jahren von deinem Vater nach San Francisco gebracht wurdest, erzählte Jared mir, dass Steven meinem Vater ein großes Stück Gold mitgebracht und geschenkt hatte."

Für einen Moment wurde es ganz ruhig im Raum, aber auf einmal klickte es bei Kate.

„Deswegen kam Jared am nächsten Tag wieder und fing an, erst meinen Vater und dann mich zu attackieren." Sie nickte zu sich selbst, bevor sie weitersprach.

„Das Gold kam aus einer der Goldminen, die in der Nähe unserer Stadt sind. Da mein Vater die Minenarbeiter oft finanziell unterstützt hat, schenkten ihm die Arbeiter etwas von dem Gold, das sie aus der Mine geholt hatten."

Howard schüttelte ungeduldig seinen Kopf. „Warum überrascht mich das nicht? Jared war schon immer egoistisch und machthungrig. Seit er Jugendlicher war, hatte er nur Geld im Kopf."

Er griff nach Kates Hand. „Es tut mir so leid, dass ich dich und meine Eltern völlig ignoriert habe. Meine Frau hat mich mehrere Jahre lang hintergangen und manipuliert. Sie hat es meinem Vater nie verziehen, dass er unserer Ehe nicht seinen Segen gegeben hat. Leider hat es lange gedauert, bis ich verstanden habe, warum er so dagegen war."

Kates Onkel seufzte. „Meine Frau hat genau wie unser Sohn nur Geld und Macht im Kopf. Nachdem wir nach Sacramento gezogen waren, weigerte sie sich, meine Eltern zu besuchen und erzählte unseren Kindern hinter meinem Rücken, wie furchtbar ihre Schwiegereltern waren. Als du dann nach San Francisco kamst und sie von dem Gold erfuhr, sah sie ihre Chance, noch mehr Keile zwischen meine Eltern und mich zu treiben. Alle Kommunikation, die von dir, meinen Eltern und auch Todd kam, fing sie ab und verbrannte diese sofort."

Kate schnappte erschrocken nach Luft. So etwas hätte sie nicht erwartet. Ihr Herz schmerzte für ihren Onkel.

„Auch die Nachrichten über den Tod meiner Eltern zerstörte sie sogleich, aber als das Telegramm kam, wann die Beerdigung meines Vaters sein würde, nahm es unsere jüngste Tochter entgegen. Als sie sah, worum es sich handelte, versteckte sie es in ihrem Zimmer. Leider war ich gerade für eine Woche beruflich unterwegs und habe es erst am Abend der Beerdigung erhalten."

Wieder seufzte er. „Ich bat meine Frau am folgenden Tag ein Telegramm an dich zu schicken, um zu fragen, wie es meiner Mutter geht. Sie versprach es. Da ich in den folgenden Tagen nichts hörte, ging ich persönlich zum Telegrafenamt und fragte nach, ob das Telegramm wegen meiner Mutter auch wirklich hinausgegangen war. Der Postbeamte überprüfte das, fragte auch seine Mitarbeiter und dadurch erfuhr ich, dass meine Frau es gar nicht verschickt hatte. Der Postbeamte erzählte mir daraufhin, dass meine Frau dem Telegrafenamt die Anweisungen gegeben hatte, Nachrichten und Briefe nur an sie aushändigen zu lassen und fragte mich, ob das so seine Richtigkeit hatte."

Howard sah auf einmal sehr müde aus, fuhr aber fort, nachdem er einen Schluck Tee getrunken hatte, den Diana ihm angeboten hatte.

„So habe ich dann die Wahrheit erfahren, da ich meine Frau zu Hause sofort zur Rede stellte. Sie zeigte keinerlei Reue und sagte mir auf den Kopf zu, dass meine Eltern und besonders auch mein Vater das verdient hatten."

Todd schüttelte seinen Kopf. „Unglaublich. Somit hat dir das Biest die letzten paar Jahre mit deinen Eltern gestohlen."

Howard nickte. Traurigkeit war auf seinem Gesicht zu lesen. Kate erhob sich, ging zu ihrem Onkel und umarmte ihn. Er war zuerst etwas überrascht, schloss sie dann aber ebenfalls in seine Arme.

„Was hast du jetzt vor?"

„Ich habe, nachdem ich alles erfahren hatte, sofort die Scheidung eingereicht. Seitdem kämpfe ich ums Sorgerecht für meine beiden Töchter. Meine Frau möchte die beiden zu sich holen, damit ich für sie zahlen muss, aber unsere Mädchen wollen das überhaupt nicht. Als sie mitbekamen, dass ihre

Mutter sie absichtlich von ihren Großeltern ferngehalten und sie immer nur angelogen hatte, und dann auch noch erfuhren, dass meine Frau verhinderte, dass ich über den Tod meiner Eltern erfahre, weigerten sie sich, mit ihrer Mutter mitzugehen."

„Richtig so", machte Kate sich plötzlich Luft. „Was für ein furchtbares Frauenzimmer deine Frau doch ist. Ich war die ganze Zeit immer so ärgerlich mit dir, dabei konntest du ja gar nichts dafür. Verzeih, dass ich so schlecht über dich gedacht habe."

„Dafür musst du dich bestimmt nicht entschuldigen, Kate. Ich hätte genauso gedacht und empfunden."

Er sah seine Nichte verständnisvoll an. „Nachdem ich dann endlich alles so weit in Bewegung geleitet hatte, bin ich sofort nach San Francisco gereist, aber da warst du schon wieder in Colorado. Ich suchte dann den Pastor auf und der erzählte mir, wie sehr meine Eltern gelitten haben, dass ich sie aus meinem Leben verbannt hatte. Ich hätte einfach meine Arbeit, Arbeit sein lassen und sie besuchen sollen, anstatt meiner Frau zu glauben, aber damit muss ich jetzt leben."

„Mr. Carter, haben Sie schon zu Abend gegessen?", mischte sich nun Diana in das Gespräch. „Wenn nicht, würden wir Sie gerne einladen."

Howard nickte. Kate schenkte ihm ein warmes Lächeln. „Du kannst auch bei uns übernachten und wenn du Zeit hast, würden wir uns freuen, wenn du übermorgen zu unserer Hochzeit kommst."

Ihr Onkel lächelte. „Ach ja. Deine Tante hat mir davon berichtet. Ich freue mich sehr für euch zwei und würde sehr gerne an diesem freudigen Ereignis teilnehmen."

18

Eheglück

Wer dachte, dass Bräute am Hochzeitstag die nervöseren waren, hatte noch nie einen angespannten Bräutigam erlebt.

Todd, der normalerweise Stärke und Ruhe ausstrahlte, lief wie ein kopfloser Hahn durch die Pension der Witwe Robinson. Ridge und er, sowie Aaron und Howard, hatten sich schon am ganz frühen Morgen in die Stadt begeben, damit Kate sich, mit Hilfe von Diana und Amanda, in Ruhe fertig machen konnte.

Kate wirkte äußerlich ruhig, war innerlich aber völlig aufgeregt. Diana und Ridge wollten am Nachmittag für einige Tage nach Denver, um zwei ihrer Kinder zu besuchen und auch Howard würde dann aufbrechen, damit die Neuvermählten das Haus für sich hatten. Es war kalt geworden, aber das machte es für ein junges Ehepaar nur noch gemütlicher.

Die junge Braut stand in ihrem Zimmer und blickte sich um. Ihr Herz klopfte ihr bis zum Hals, als sie daran dachte, dass an diesem Abend Todd und sie das Bett teilen würden.

UNVERWÜSTLICHER KAMPFGEIST

Sie war von ihrer Großmutter und auch Diana auf die Hochzeitsnacht vorbereitet worden, aber trotzdem konnte sie sich nicht so richtig vorstellen, was sie erwarten würde. Sie lehnte sich gegen den Türrahmen und schloss für einen Moment die Augen, um ihre Nervosität wieder unter Kontrolle zu bekommen.

Zum Mittag bekam sie kaum einen Bissen runter und dann war es auch schon Zeit nach Black Hawk aufzubrechen, um in der Kirche getraut zu werden.

Todd ging in der Kirche auf und ab. Die Männer, die in seiner Nähe waren, schmunzelten amüsiert. Sogar seine Großeltern waren aus Boston gekommen, wollten sich aber ohnehin in ihrer alten Heimat zur Ruhe setzen. Verwandte und Freunde von nah und fern, waren gekommen, um der Hochzeit beizuwohnen.

Ridge trat auf Todd zu und klopfte ihm auf die Schulter. „Atme tief ein, Todd. Kate wird jeden Augenblick durch die Kirche schreiten und an deiner Seite stehen bleiben."

Auch Herman Clarkson gesellte sich zu den beiden. „Ich bin überrascht, dich so aufgeregt zu sehen", sagte er grinsend und legte seinen Arm um die Schultern des Bräutigams.

„Lacht ihr nur", konterte Todd sogleich. „Ich habe schon lange auf diesen Moment gewartet, aber Kate hat sich ihren Gefühlen ja erst vor ein paar Wochen gestellt. Was, wenn sie sich entscheidet, mich doch nicht zu heiraten?"

Die beiden älteren Männer lachten kurz auf. „Darüber brauchst du dir gewiss keine Sorgen zu machen. Kate liebt dich über alles und wird dich nie wieder hergeben wollen."

„Wie kannst du dir so sicher sein, Ridge?"

Der Angesprochene schmunzelte wieder. „Weil ich Kate von klein auf kenne. Ja, sie war unsicher für eine gewisse Zeit, aber das ist alles längst vergessen. Kate weiß genau, was sie will und wenn sie sich letztendlich über etwas sicher ist, kann nichts und niemand sie davon wieder umstimmen."

„Ist Todd am Altar?", wollte Kate wissen, als Crystal das Brautzimmer der Kirche betrat und diese nickte strahlend.

„Das ist er. Er macht sich bereits Sorgen, dass du ihn vielleicht nicht mehr heiraten möchtest."

Kate blickte die Ältere verwundert an. „Wie kommt er denn auf so einen absurden Gedanken?"

Diana zog die junge Frau für eine mütterliche Umarmung in ihre Arme. „Weil er ein aufgeregter Bräutigam ist. Unsere Männer tun immer so, als ob nichts und niemand sie aus der Ruhe bringen kann, aber in solchen Momenten ist das plötzlich ganz anders."

Estelle trat nun auch heran. „Außerdem musst du bedenken, dass er schon lange in dich verliebt ist, es dir aber nicht sagen konnte, da du nicht einmal wusstest, dass er gar nicht dein Onkel ist. Er hat jetzt Angst, dass du kalte Füße bekommen könntest."

„Ha", bemerkte Kate ironisch und zwinkerte den Frauen zu. „Er hat mein Herz mit Gewalt erobert und wird mich so schnell bestimmt nicht wieder los."

„Lass dich anschauen, Kind", mischte sich jetzt Crystals Mutter in die Unterhaltung mit ein, während Amanda ihrer Freundin einen Schleier ins Haar steckte. „Wunderschön", sagte sie selig, nachdem sie die Braut von oben bis unten angeschaut hatte und die anderen nickten übereinstimmend.

Sie hörten auf einmal die Töne von *Treulich Geführt* und nach einem weiteren Blick, auf die Braut, öffneten sie die Tür und traten in den Flur. Ridge stand bereit, um die Braut zum Altar zu führen.

Er lächelte sie warm an. „Kate, du siehst einfach bezaubernd aus. Todd wird aus allen Wolken fallen und sich noch einmal in dich verlieben."

Die junge Frau strahlte ihn an, wurde dann aber wieder ernst. „Schade nur, dass Papa nicht dabei sein kann." Sie seufzte.

Ridge hob sachte ihr Kinn und blickte ihr gerade in die Augen. „Dein Vater ist für immer in deinem Herzen und wird in solchen Momenten immer bei dir sein. Das Gleiche gilt für deine Mutter. Ich glaube fest daran, dass sie dein ganzes Leben lang über dich als Engel gewacht hat und weiterhin wachen wird."

Tränen schossen in Kates Augen und sie sah ihren väterlichen Freund vorwurfsvoll an, weil er sie mit seiner Bemerkung zum Weinen gebracht hatte. Ridge drückte sie aber sogleich liebevoll an sich.

„Du wirst so geliebt, Kate, und in ein paar Minuten bekommst du einen Ehemann, der dich auf Händen tragen wird. Diana und ich sind unsagbar dankbar für dich und haben dich von Anfang an als unsere jüngste Tochter betrachtet." Er drückte ihr einen Kuss auf die Stirn, wischte ihr die Tränen ab und führte sie zum Altar.

Todd sah aus, als ob er jeden Augenblick einen Freudensprung machen wollte, als er Kate und Ridge auf sich zukommen sah.

Der Vormann hatte Kate kaum an die Seite des Bräutigams geführt, als der junge Mann sie auch schon in seine Arme zog, ihren Kopf in seine Hände nahm und ihr einen Kuss auf die Lippen drückte.

Leises Lachen war zu hören, aber Kate lief puterrot an. Todd grinste ihr zu. Pastor Owen räusperte sich, zwinkerte der Braut aber zu.

„Ich weiß, dass du es kaum noch erwarten kannst, Kate, wann immer du möchtest, zu küssen, aber eigentlich kommt dieser besondere Kuss erst, nachdem ich euch zu Mann und Frau erklärt habe", meinte er trocken und das Lachen wurde lauter.

Etwas verlegen nickte Todd dem Pastor zu und schon kurze Zeit später wurde das junge Paar als Ehepaar erklärt und Todd wiederholte den Kuss, den er Kate vorher bereits gegeben hatte.

Glückwünsche und Umarmungen prasselten auf die beiden ein und danach setzte sich die Hochzeitsgesellschaft in Richtung Pension und Restaurant in Bewegung.

Es wurde eine schöne Zeit und Todd und Kate genossen es, mit ihren Lieben zusammen zu sein. Als sich dann aber Regenwolken zusammenzogen, beschloss der junge Mann lieber zur Ranch aufzubrechen, damit sie nicht noch von dem kommenden Sturm überrascht wurden. Sie verabschiedeten sich von allen und dann hob Todd seine Frau auf die Kutsche und kurz darauf waren sie bereits unterwegs.

UNVERWÜSTLICHER KAMPFGEIST

Die ersten Regentropfen fielen, als sie auf den Hof gefahren waren. Todd zog Kate in seine Arme und trug sie ins Haus, eilte aber gleich wieder hinaus, um auszuspannen und die Pferde in den Stall zu bringen.

Kate rief nach den Hunden und machte es ihnen in der Waschküche gemütlich, bevor sie ein Feuer im Kamin machte und auch den kleinen Ofen in der Küche anzündete.

Eine wohlige Wärme breitete sich im Haus aus. Kate sah aus dem Küchenfenster, als Todd über den Hof zum Haus lief, doch nun prasselte der Regen nur so auf ihn hinunter. Er zog sich gleich in den Waschraum zurück, um sich zu trocknen und trockene Sachen anzuziehen.

Kate wollte gerade Tee kochen, als Todd hinter ihr auftauchte, seine muskulösen Arme um sie schloss und ihr einen Kuss auf die Wange drückte.

Sie war erschrocken zusammengezuckt, da sie in dem Augenblick gar nicht mit ihm gerechnet hatte, spürte dann aber wie ihre Wangen rot anliefen, als sie merkte, dass ihr Ehemann gar kein Hemd anhatte.

Er drehte sie zu sich herum und presste seine Lippen gegen ihre und begann sie leidenschaftlich zu küssen. Kates Herz setzte aus und dennoch erwiderte sie seinen Kuss. Ohne den Kuss zu unterbrechen, hob er sie hoch, trug sie ins Schlafzimmer und ließ die Tür ins Schloss fallen, während er sich mit ihr übermütig aufs Bett warf.

Der Sturm war in vollem Gange, aber die Neuvermählten waren zufrieden und glücklich. Sie saßen vor dem Kamin und Todd hatte seine Frau gerade auf den Schoß genommen und hielt sie fest an sich gedrückt. Kate seufzte selig.

Todd sah sie aufmerksam an. „Ist alles in Ordnung?"

Sie nickte und lächelte ihm zu. „Ich bin einfach glücklich. Ich liebe dich, Todd."

„Ich liebe dich mehr", murmelte er, bevor er sie mit einem Kuss bedachte, der ihr den Atem nahm. Daraufhin kuschelte sie sich in seine muskulösen Arme und schloss die Augen.

Obwohl sie gerade in den letzten Monaten eine Menge durchgemacht hatte, wusste sie, dass Gott über sie wachte. Sie hatte wundervolle Menschen in ihrem Leben und jetzt auch einen Ehemann, der sie vergötterte und den sie über alles liebte.

Dankbarkeit erfüllte Kate und ihr Herz klopfte schneller, als Todd ihr Kinn hob und sie mit Hingabe und zärtlicher Leidenschaft küsste. Er war ihr Partner, ihr Beschützer, ihr Freund. Er war ihre ganze Welt.

Ende

Epilog

Todd fuhr sich nervös durch die Haare, hörte im nächsten Augenblick aber auch schon das Schreien eines Babys. Ridge umarmte seinen Großneffen und gratulierte ihm.

Doc Nelson erschien kurz darauf und nickte dem jungen Vater lächelnd zu. „Ich gratuliere, Todd. Du hast eine Tochter."

Er musste sich dann aber doch noch einige Zeit gedulden, stürmte aber überglücklich ins Schlafzimmer, als der Arzt wieder aus dem Raum trat und die Tür weit öffnete. Todd eilte sofort auf Kate zu, die im Bett saß und ein kleines Bündel in den Armen hielt. Er konnte nicht viel sehen, aber die Kleine hatte offenbar eine Menge schwarze Haare und als er sich über sie beugte, sah er ein winziges Näschen aus dem Handtuch schauen.

Kate sah zu ihm auf, ein strahlendes Lächeln auf ihren Lippen. Todd drückte ihr einen Kuss auf die Lippen, doch dann fiel sein Blick wieder auf das Kind in Kates Armen.

„Möchtest du sie halten?" Die junge Frau sah ihn aufmerksam an und er nickte gerührt. Kate legte ihm die Kleine vorsichtig in die Arme und beobachtete mit Tränen in den Augen, wie ihr stattlicher Ehemann dieses kleine Persönchen zärtlich an sich drückte.

Ridge trat nun auch ins Zimmer und Diana setzte sich auf die Bettkante und drückte die Hand der jungen Mutter.

„Habt ihr euch schon überlegt wie ihr sie nennen wollt?"

Kate sah ihren Mann mit großen Augen an, bevor sie sich räusperte. „Ich habe gedacht, dass wir sie Lauren Jennifer Carter nennen könnten."

Todds dunkle Augen funkelten. „Nach unseren Müttern?"

Kate nickte.

„Das ist eine hervorragende Idee", stimmte Diana sofort zu. „Somit habt ihr eure Mütter immer bei euch. Sie werden sich in eurer Tochter widerspiegeln. Im Übrigen habt ihr etwas ganz Besonderes geschaffen. Lauren Jennifer ist absolut bezaubernd und so niedlich."

Ridge stimmte seiner Frau zu und ließ sich von Todd das Baby in die Arme legen. „Sie sieht so aus wie du, Kate. Du warst auch so ein kleines Würmchen, als du geboren wurdest."

Während Todd sich zu seiner Frau hinunterbeugte, um ihr noch einen Kuss zu geben, blickten Diana und Ridge die Kleine an und waren selig.

Mit Lauren wurde eine neue Generation begrüßt und das Band der Liebe, das sie alle verknüpfte, wurde damit nur noch mehr gestärkt.

UNVERWÜSTLICHER KAMPFGEIST

[1] Jesaja 40:31

Did you love *Unverwüstlicher Kampfgeist*? Then you should read *Weihnachtliche Küsse*[1] by Rebecca Lange!

[2]

Lady Ophelia Winter ist eigentlich ganz zufrieden mit ihrem Leben, bis auf die Tatsache, dass sie ihren Namen nicht mag und jeden möglichen Verehrer, der ihr vorgestellt wird, zurückweist. Ihr Vater weiß nicht, wie er mit seiner eigensinnigen Tochter umgehen soll, aber Lord Winter, der Viscount von Hethersett, ist dennoch entschlossen, eine gute Partie für sie zu finden. Als Ophelia einen an ihren Vater adressierten Brief findet und liest, entdeckt sie eine schockierende Wahrheit über sich selbst, ihr Erbe und ihr Leben, die sie nicht erwartet hat.

1. https://books2read.com/u/b5R5lk

2. https://books2read.com/u/b5R5lk

Obwohl es ihr schwerfällt, lernt sie, ihre neue Realität zu akzeptieren. Eine Zeit lang scheint alles gut zu laufen, bis sie mit einigen der jungen Damen der feinen Gesellschaft wegen Lord Garrett Haywood, dem Herzog von Ashford, aneinander gerät. Der junge Mann verwirrt sie. Einerseits scheint er ein arroganter und selbstverliebter Aristokrat zu sein, der fast mit einer anderen verlobt ist, andererseits ist ihr Herz schon kurz nach der ersten Begegnung mit ihm hoffnungslos verloren. Als die junge Frau zum zweiten Mal ein Dienstmädchen vor ihrem Arbeitgeber beschützt und Zeuge eines Gesprächs wird, das nicht für ihre Ohren bestimmt ist, ahnt sie nicht, dass sie eine Reihe dunkler Geheimnisse aufdecken wird, die gleich mehrere Familien betreffen.

Read more at https://rebecca-lange.mailchimpsites.com.

About the Author

Rebecca ist die Mama von zwei Söhnen (17 und 19 Jahre alt), ist seit über 20 Jahren mit ihrem Ehemann verheiratet und lebt zurzeit in Utah. Sie ist in Deutschland geboren und aufgewachsen, dann aber in die USA ausgewandert, nachdem sie ihren Ehemann auf einer Hochzeit in Schottland kennengelernt hat.

Sie ist ein Mitglied der Kirche Jesus Christus der Heiligen der letzten Tage und liebt ihren himmlischen Vater und Erlöser Jesus Christus.

Sie spricht fließend Deutsch und Englisch und hat sich selber herausgefordert, indem sie bewusst entschied, ihre Bücher erst einmal in Englisch zu schreiben, anstatt in ihrer Muttersprache. Aber das soll sich nun ändern.

Sie hat sich mit einer erfolgreichen Autorin aus Irland zusammengetan, die Rebeccas Bücher jetzt ins Deutsche, Italienische und Spanische übersetzen lässt.

Zurzeit arbeitet Rebecca an einem spannenden Western, der zuerst in Deutsch erhältlich sein wird.